永远的波特

——彼得兔的妈妈

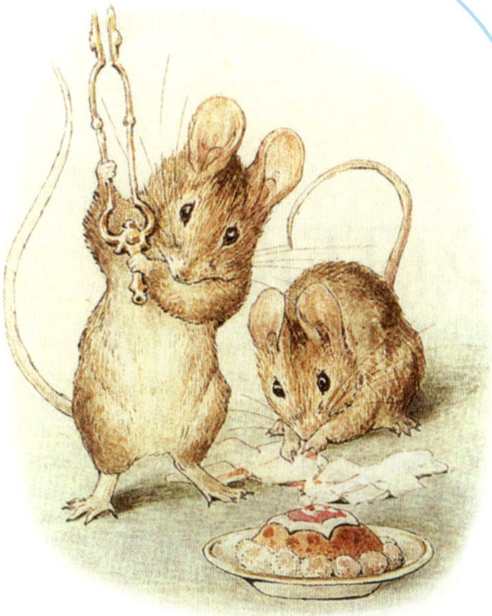
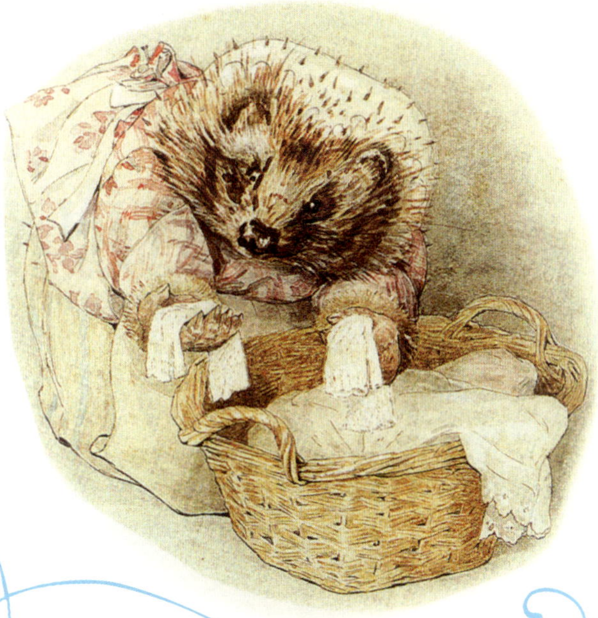
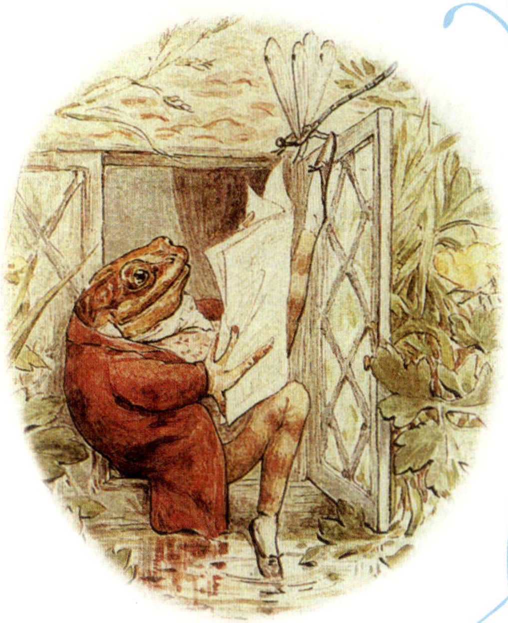
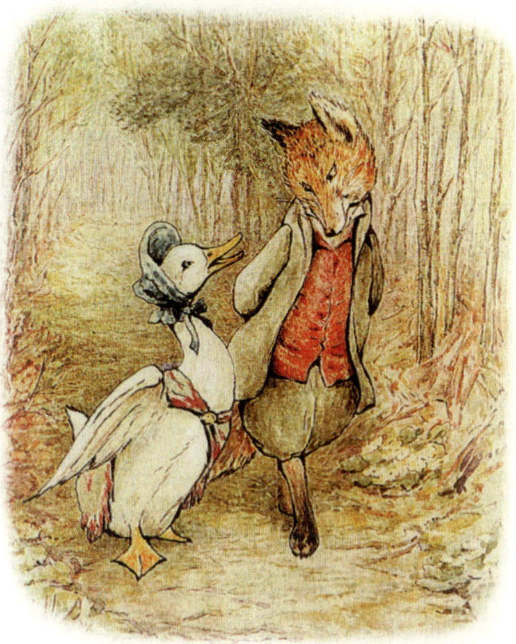

永远的波特
—— 彼得兔的妈妈

[英] 朱迪·泰勒／著　肖丽媛／译

北京联合出版公司

图书在版编目（CIP）数据

永远的波特：彼得兔的妈妈 /（英）朱迪·泰勒著；肖丽媛译 . -- 北京：北京联合出版公司, 2020.5
ISBN 978-7-5596-3999-8

Ⅰ . ①永… Ⅱ . ①朱… ②肖… Ⅲ . ①传记文学 – 英国 – 现代 Ⅳ . ① I561.55

中国版本图书馆 CIP 数据核字 (2020) 第 035335 号

永远的波特 ——彼得兔的妈妈

著　　者　[英]朱迪·泰勒
译　　者　肖丽媛
监　　制　谭燕春
策划编辑　高继书
责任编辑　牛炜征
特邀编辑　郝苗苗
装帧设计　缪惟

北京联合出版公司出版
（北京市西城区德外大街 83 号楼 9 层 100088）
北京联合天畅文化传播公司发行
北京美图印务有限公司印刷　新华书店经销
字数 210 千字　189 毫米 ×254 毫米　印张 14.5
2020 年 5 月第 1 版　2020 年 5 月第 1 次印刷
ISBN 978-7-5596-3999-8
定价：88.00 元

版权所有，侵权必究
未经许可，不得以任何方式复制或抄袭本书部分或全部内容
本书若存在质量问题，请与本公司图书销售中心联系调换。电话：(010) 64258472-800

序

在很长一段时间里，比阿特丽克丝·波特和她的作品一直占据着我生活的一部分。跟很多人一样，初次知道波特，是依偎在妈妈的膝头听她为我讲述《提棘·温可太太的故事》，妈妈的声音至今还在耳边萦绕。这本书一直是我的最爱。

二战爆发时，我刚好八岁。当时我被送到湖区的一所寄宿学校就读，每逢星期六，我都会整日在外闲逛和游荡。如果那时候我知道波特仍然健在，而且就住在附近，该有多好！我准会想个借口到卡斯特农舍去拜访她！

十几岁时，我开始分担些照顾孩子的工作。由于战后纸张匮乏，当时只能买到比阿特丽克丝·波特作品的法文版。尽管提棘太太在法语中被称作"Poupette-à-L'Épingle"，但只要读出声来，立刻就会想起那只熟悉的老刺猬。

多年后，在我从事儿童读物的编辑和出版工作时，比阿特丽克丝·波特的作品又成为我判定衡量新作品的标准。她灵动恣肆的文笔、精致细腻的水彩，以及文字与图画的完美结合，为许多新生代作家和艺术家带来了灵感，启发他们创作出最好的作品。

目前为止，有关比阿特丽克丝·波特生平的作品已经出版了很多，她的非凡魅力总能激起人们的兴趣，让人为之着迷。毫无疑问，还会有更多关于她的作品涌现。然而，最早一部唤起人们对波特进行关注的作品是1946年出版的《比阿特丽克丝·波特的故事》，作者是玛格丽特·莱恩，也正是这部作品激发了我创作此书的灵感，为此，我要向玛格丽特·莱恩表示感谢。

写作期间，我有幸获得许可，得以自由查阅弗雷德里克·沃恩出版公司的档案资料，包括比阿特丽克丝·波特与该公司在整整五十年间的往来信件：从1891年11月她的画稿首次被拒，到1943年7月，她因手头作品全部赠完而向公司索求更多样书，以此作为送给女童子军成员的奖励。所有这些档案资料都是极其珍贵且令人欣喜的。在本书中，我尽可能地引用比阿特丽克丝·波特的原话（偶尔也引用了她独特而怪异的拼写）来讲述她自己的故事。本书中的引用，除少数引自其他资料外，多数均取自波特本人的书信和日记。

朱迪·泰勒

目录

第一章　"我和弟弟都是在伦敦出生,因为爸爸在那里当律师。" / 1

第二章　"拥有自己的一部分积蓄,用来买些书,并逐步实现自我独立,这是一件很了不起的事情。" / 47

第三章　"他这一生并不长,但过得很有价值,很幸福。" / 73

第四章　"由于这位出版商向来经营印书业务,因此一味地想着如何加大书籍的版面,偏偏又负担不起这样高的成本。" / 121

第五章　"农场里的羊产小羊羔了,再过一个星期,就会有更多的羊羔出生。" / 161

第六章　"我已经很多年没有到自己喜爱的山丘上走一走了,不过我仍然清晰地记得那里的每一颗石子,每一块岩石,每一根树枝。" / 193

第七章　"兔子彼得的魅力可谓经久不衰,但其中的奥秘究竟是什么,就连我自己也不知道。" / 213

H.B.P.

第一章

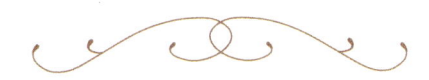

"我和弟弟都是在伦敦出生,因为爸爸在那里当律师。"

比阿特丽克丝和弟弟伯特伦,摄于1878年11月

出生公告

本月二十八日星期六，出庭律师鲁珀特·波特先生之妻，于南肯辛顿区博尔顿花园2号宅邸诞下一女。

1866年7月30日星期一，《泰晤士报》刊登了海伦·比阿特丽克丝·波特平安出生的消息。当天的报纸还刊载了如下几条新闻：在拉内利及周边地区，六十余人死于霍乱；刚刚竣工的、连接欧美的大西洋海底电缆面向公众开放；杜莎夫人蜡像馆的展品中新增了王室新人海伦娜王妃和克里斯坦王子的蜡像；米德尔塞克斯郡的科尔尼哈奇精神病院招募一名女性护理主管，年薪三十英镑；伦敦市内大型店铺宣布正式施行星期六半休日制度，将于星期六两点关门。当时英国国内的政治气氛十分紧张，各界工会要求加薪的呼声一日高过一日，为引起公众关注，他们时常在伦敦的街头上演大规模游行示威。此外，在美国的积极支持下，爱尔兰的政治局面动荡加剧，逐

博尔顿花园——伦敦的一处街区。1866年7月28日，比阿特丽克丝在这里出生。鲁珀特摄于1889年

渐演变为废除《联合法案》的政治运动；与此同时，肆虐全国的牛瘟终于出现消退的迹象。

大约七十五年后，比阿特丽克丝·波特这样写道："我和弟弟都在伦敦出生，因为爸爸在那里当律师，但我们祖祖辈辈的根——我们的收益和喜悦都是在英格兰北部。"事实确如波特所说。比阿特丽克丝和伯特伦的祖父母、外祖父母都在兰开夏郡出生并在那里成长，双方的家族也都是靠棉纺业发家的。

姐弟俩的曾祖父本是个棉纺织商人，但他的儿子艾德蒙·波特，也就是姐弟俩的祖父，在二十三岁时决定效仿叔叔，专门从事棉布印染业。1824年，艾德蒙·波特与堂兄查尔斯在曼彻斯特东部的丁廷格联手创业，那里离格洛瑟普不远。两人接手了一家老旧的印染厂，采用手绘木模在质地粗糙的灰白色棉布上印染图案。那段日子，他们过得十分艰难。

艾德蒙后来这样写道："创业初期是非常窘迫的，不过最终，我们印染的棉布凭借良好的质量形成了市场优势，并逐渐走入正轨。然而好景不长，我们很快便到了垂死挣扎的边缘。我们在不断地摸索中发现，原来棉布印染业的税负比其他任何一个行业都重。"

艾德蒙这里提到的税是指印染税。在他看来，印染税的征收存在诸多不公之处，正是因为这一点，艾德蒙毕生都对政治抱有浓厚的兴趣。1830年，他加入了由印染业代表和棉纺业代表组成的代表团，并前往伦敦向政府请愿，请求废除"扼杀"印染业和棉纺业的印染税。此举奏效后，印染税在第二年得以废除。尽管如此，想要挽救艾德蒙和查尔斯联手创立的工厂却为时太晚，艾德蒙·波特的印染生意因此一败涂地。然而艾德蒙·波特终非在逆境中一蹶不振的人，当堂兄查尔斯"转做墙纸生意时"，他却重整旗鼓，又从头开始做起了印染生意。

比阿特丽克丝·波特的祖父艾德蒙·波特（1802—1883），唯一神教派教徒，在曼彻斯特附近的格洛瑟普拥有一家大型棉布印染厂，1861年当选卡莱尔地区的自由党派议员

艾德蒙·波特把厂里的职工照顾得很好，为他们修建了阅览室和图书室，并成立了一所学校

艾德蒙·波特公司拥有多处自建私人水库，水库上方便是丁廷格拱桥，桥上铁路于1845年12月首次通车

杰茜·克朗普顿，是远近闻名的大美人，在1829年嫁给艾德蒙·波特

艾德蒙是一位非常开明的经营者。他时时关注着"艾德蒙·波特公司"的生产条件和工人的劳动环境。他不仅淘汰了耗时费力的手雕印模，引入了最新的机械化印染设备，而且还为工人建造了图书室和阅览室。在十九世纪，雇用童工是非常普遍的社会现象，艾德蒙也不例外，不过他在工厂对面建起一所寄宿学校，以便工厂里的孩子以及在别处做工的孩子在这里一同接受教育。此外，厂里设有为全厂工人提供廉价饭菜的食堂。为了提高效率和节约成本，艾德蒙·波特特地租下当地的一座农场为食堂供货。到1845年时，艾德蒙·波特公司已经发展成一家颇具规模的印染企业，拥有多处自建水库。在水库上方，气派壮观的丁廷格拱桥横跨而过，由格姆斯雷通往伍德海德的列车就是从这座大桥上经过的。截至此时，"艾德蒙·波特公司"已成为世界上最大的棉布印染企业，而波特的印染产品更是名满天下。

艾德蒙·波特是一名虔诚的唯一神

教派信徒，他的妻子杰茜·克朗普顿同样也是，两人于1829年结婚。杰茜是个远近闻名的大美人，她的父亲是个大资本家，在兰开夏郡和湖区拥有多处房产。杰茜的个性有些特立独行，这点很像她的父亲，看待事物的观点也有些激进。在曼彻斯特，波特一家可谓人丁兴旺，两人结婚后的十一年里，育有四男三女共七个孩子。比阿特丽克丝的父亲鲁珀特是波特家的次子，出生于1832年。在艾德蒙的事业有起色后，家里常常是宾朋满座。在众多朋友中，有两个人对艾德蒙的人生轨迹产生了重大影响，并促使他在若干年后举家南迁，这两个人分别是理查德·科布登和约翰·布莱特。波特之所以能与科布登相识，说到底还是因为棉花。科布登最初是一名旅行推销员，负责为伦敦的一个棉纺批发商推销产品，到1831年时，他已经成为兰开夏郡一家棉纺工厂的合伙人。布莱特是一名教友派信徒，他的父亲是罗奇代尔地区的一名磨坊主。他与科布登志同道合，两人不约而同地投身到"反《谷物法》联盟"的事业中，为废除控制农民谷物价格的《谷物法》尽心竭力地奔走。1841年，科布登当选为斯托克

波特家的常客约翰·布莱特（1811—1889），1843年首次当选为议员，曾与科布登一道，为废除《谷物法》积极奋斗（左下图）

理查德·科布登（1804—1865），同为波特密友，1841年当选为议员，反《谷物法》联盟领袖（右下图）

詹姆士·马蒂诺,唯一神教派牧师,曼彻斯特唯一神教派新学院教授,艾德蒙次子——鲁珀特·波特的老师

波特地区的议员,两年后,布莱特也当选为达勒姆地区的议员。两人就此开始了他们的政治生涯,并在日后逐渐成为英国政界影响深远的人物。受这两个人的影响,波特一家谈论的话题不可避免地带上了强烈的政治气息。

1842年,艾德蒙·波特一家从曼彻斯特迁往自家工厂附近,在那里建起一座气派优雅的宅院,命名为"丁廷格小屋"。在这里,水库风光尽收眼底,波特家对朋友们的款待也越发慷慨奢侈起来。宾客们或乘火车沿新修的铁路,从二十多公里外的曼彻斯特赶来,或驾着自家的马车,沿着乡村颠簸崎岖的道路来到丁廷格。众多的访客中也包括盖斯凯尔夫妇——丈夫威廉是克罗斯大街基督教礼拜堂的主任牧师,妻子伊丽莎白当时尚未开始她的作家生涯。每年夏季避暑期间,波特家总会在苏格兰租住一幢大房子,威廉·盖斯凯尔是那里的常客。

当时,艾德蒙·波特俨然已成为一位事业有成的企业家。他在担任商会会长的同时,也兼任曼彻斯特美术学校的校长一职,这是他长期致力于培养纺织品设计人才的结果。此外,考虑到他率先将科技手段引入棉布印染业的这一卓越功绩,皇家学会授予他会员资格。艾德蒙的

鲁珀特·波特在林肯律师学院求学期间所作的素描。五十年后，他的女儿也画了一幅戴着无边帽的小鸭子的作品

印染生意如日中天，越发红火起来，他的长子克朗普顿逐渐肩负起经营管理的重任。对艾德蒙来说，实现他多年政治抱负的时刻终于到了。1861年，艾德蒙·波特当选为卡莱尔地区的自由党议员，并于同年离开曼彻斯特，前往伦敦。

艾德蒙的次子鲁珀特与哥哥一同在当地学校接受教育，他十六岁时被送往曼彻斯特的唯一神教派新学院学习。在那里，他遇到了两位对他影响至深的老师，一位是威廉·盖斯凯尔，另一位则是哈丽雅特·马蒂诺的弟弟——詹姆士·马蒂诺。多年后，比阿特丽克丝·波特回忆起马蒂诺博士与爸爸会面的情景时，这样写道："我觉得爸爸对马蒂诺博士的才智和人品非常仰慕和崇拜，对他的尊敬也远远超过对其他人。我曾听爸爸说，马蒂诺博士头脑清晰，具有良好的判断力，在宗教问题上，他是唯一可以绝对信赖的人。"

鲁珀特学生时代成绩优异，曾多次获得古典文学和古代史等科目的优秀奖。他同时也学习数学、物理、法文和德文，并在1851年获得文学学士学位。他是整个波特家族中第一个获得这一殊荣的人。

家里人原本期待着鲁珀特能像兄长一样，尽心竭力地经营家族生意，但鲁珀特已经打定主意，想要成为一名出庭律师。就这样，他于1854年初来到伦敦，在林肯律师学院攻读法律专业。这里的生活不像格洛瑟普的田园生活那般悠闲，学习任务非常繁重，但鲁珀特的成绩十分优秀，有时为了缓解压力，他便在空闲时画素描。他一直对绘画很感兴趣，素描本里都是鸟类和动物的精美写生画，还有诙谐幽默的人物、动物讽刺画。

1857年，鲁珀特正式获得律师资格。1863年，他与兰开夏郡一位棉花商的女儿海伦·利奇结婚

1857年11月17日，鲁珀特·波特正式获得律师资格，二十五岁的他从此开启了与家里兄弟们截然不同的职业生涯。他的专业是平衡法起草与产权转让，他曾在伦敦律师学院的律所里任职三年，接下来的三十年里一直在新广场3号律所任职。

鲁珀特三十一岁时与海伦结婚。海伦的父亲名叫约翰·利奇，是波特家的一位老朋友，也是一名唯一神教派信徒。他本是斯泰利布里奇地区的一名棉花商，家资殷实，性格爽朗，对于扩展事业颇具独到见解，因而被誉为"曼彻斯特皇家交易所最精明的人"。为了节省进口皮棉的成本，他组织了自己的私人船队，如此摇身一变，棉花商又成了造船大户。约翰娶了一位名叫简·阿斯顿的姑娘，女方的娘家在大曼彻斯特的杜金菲尔德地区。婚礼当天，这位新郎"一袭紧身打扮"，非常惹眼。随后，"这对新人驾着四轮马车开始了新婚旅行，他们踏遍了整个英格兰地区。对于新娘而言，这的确是一场毕生难忘的旅行"。约翰·利奇讲起话来总是力求文雅："记得有次去伦敦，

1875年，九岁的比阿特丽克丝在达尔盖斯宅邸度假时画的水彩画（上图）

1880年7月，比阿特丽克丝在十四岁生日前画的蓝铃花和雏菊（左图）

比阿特丽克丝和弟弟伯特伦养的宠物蝙蝠，这幅画是比阿特丽克丝在1887年4月所画（左图）

比阿特丽克丝1887年2月画的飞蛾成虫、幼虫，原始大小的蛹以及显微镜下翅面鳞片的放大图（下图）

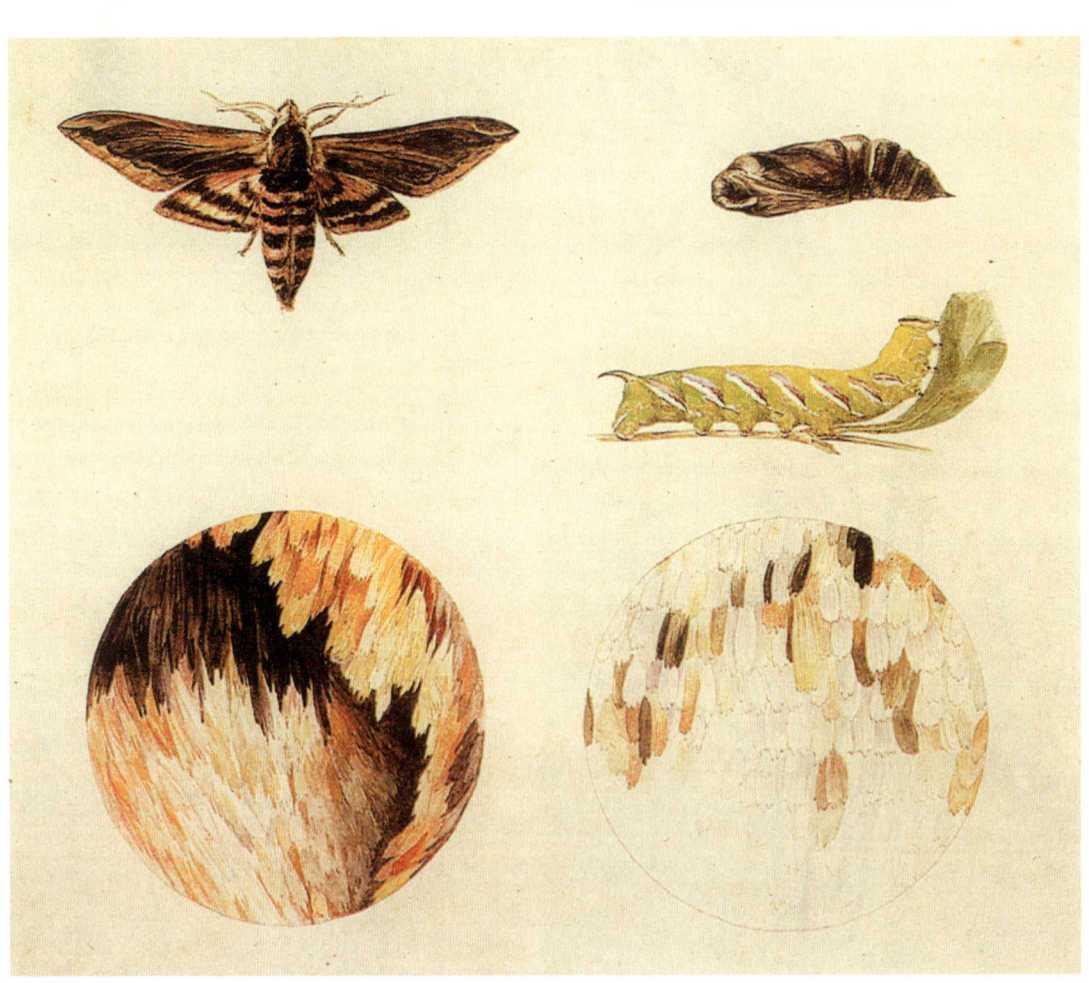

他当日便折返回家，逢友便称自己是'禽鸟'——暗示自己像候鸟一样往返于两地。"

与当时的很多富裕人家一样，利奇一家也是儿女满堂，他们共育有三男五女。最小的女儿伊丽莎白嫁给了鲁珀特的弟弟沃尔特·波特。约翰去世两年后，1863年8月8日，海伦与鲁珀特·波特在曼彻斯特附近的海德地区一座唯一神教派教堂内完婚。二十四岁的海伦比丈夫小七岁，嫁妆是从父亲那里继承来的一大笔遗产。

婚后的头三年，波特夫妇一直住在当时伦敦市内的繁华地带——哈利街1号，如今那里已经成为医生们的高级住宅区。海伦怀上第一个孩子的时候，波特夫妇搬到了博尔顿花园，住在一栋新建的四层小楼里。由于地处肯辛顿郊区，这里远离喧嚣，生活宁静。五十多年里，一家人一直住在博尔顿花园2号，直到鲁珀特去世后才将这处宅邸卖掉。

对于波特太太而言，要想打理这样一栋大房子，必须雇上几个仆人才行。于是，她从老家斯泰利布里奇请来了两姐妹帮忙。伊丽莎白负责家务，萨拉负责全家饮食。随后又从伦敦请来了乔治·考克做管家。这位管家的性格非常古板，他的拿手绝活儿是将桌上的餐巾纸折成三角帽的形状，把银器擦拭得一尘不染，餐具也摆放得井井有条。此外，波特太太还雇用了一位名叫雷诺德的车夫，让他负责照料位于博尔顿花园后面的一排马厩里的马匹。女儿海伦·比阿特丽克丝出生后，波特家又聘请了一名负责带孩子的保姆。

博尔顿花园2号公寓的庭院。鲁珀特·波特摄于1890年4月。1866年，比阿特丽克丝即将出生时，波特夫妇迁到了这所新居

比阿特丽克丝小时候是一个孤独的、纤弱的,并且经常生病的小女孩

在接下来的四十三年里，位于博尔顿花园公寓四楼的育婴室，一直是比阿特丽克丝玩耍和接受教育的场所。后来，这里又成了她的画室。很多作品中提到，比阿特丽克丝童年的家教十分严苛，其实这在当时的中产阶层家庭中是很普遍的现象。相比之下，波特家对孩子并不过分苛刻。

孩子们在育婴室内接受严格看管，没有机会与父母交流。几乎所有的孩子都是由保姆和家庭教师负责看管或教育，只有在特殊情况下或者在跟父母道晚安时，才有机会被带到楼下跟父母相见。波特太太偶尔也会沿着长长的楼梯爬到二楼的育婴室去看看，但这种时候不多，而且她对里面的情形几乎一无所知，毕竟这里是保姆的专属地盘。

看管比阿特丽克丝的保姆来自苏格兰的高地地区，那里也是波特一家每年夏天都去度假的

鲁珀特·波特对摄影艺术极为迷恋，时常以妻女为主题拍摄照片

比阿特丽克丝与威廉·盖斯凯尔在达尔盖斯宅邸。比阿特丽克丝正穿着那双"黑白相间、斑马腿般的长筒棉袜"

地方。据比阿特丽克丝回忆,这位保姆"对巫术、精灵以及加尔文宣扬的恐怖教义深信不疑(这些教义逐渐被遗忘,但精灵故事保存在了我的记忆里)……我至今仍然清楚地记得一两岁时的情景;不仅仅是记得学习走路之类的事,还记得一些场所,记得当时的种种感受……那时我最喜爱的玩具只有两件:一件是一个破旧的木偶,名叫托普西;另一件是一只胖嘟嘟的填充小猪,它之前是白色的,后来变得脏兮兮的(后来连胶带做的尾巴也掉了)。不过这只小猪不是我的。奶奶把它放在书桌最底层的抽屉里"。

比阿特丽克丝由保姆麦肯齐全权负责照顾。她平日里对比阿特丽克丝的管教颇为严厉和规范。她给比阿特丽克丝喂奶、穿衣,哄着她学会爬、学会走,并且教她说话。除此之外,她还给比阿特丽克丝讲起了精灵故事。如果从文学性的角度来看,比阿特丽克丝当时最喜欢读的书都属于"不入流"的垃圾作品,然而从现代性的角度来审视,这些书可算作饱含辛辣讽刺的伪

鲁珀特·波特的两幅画作，后来被印在博尔顿花园育儿室的盘子上

童书！用比阿特丽克丝的话说，她"喜欢读些关于小女孩的傻故事"。她读的书虽然零零碎碎，却十分驳杂："我还记得，小时候保姆给我读过《汤姆叔叔的小屋》。"比阿特丽克丝能够自己读书以后，波特家的图书馆就成了最好的阅读资源。"当时我已经试着读韦弗里的小说，除此之外，我还读过一本味同嚼蜡的《印染入门》，还有一本晦涩难懂的厚书——我记得好像是特里默夫人写的《知更鸟罗宾的家族史》，不过一点儿都不好看。""后来我又漫不经心地读起了《罗布·罗伊》，吃力地看了几页，读得非常痛苦；之后又试着读了读《艾凡赫》和《魔符》，之后继续读起了《罗布·罗伊》；不知不觉中，我竟然能看下去了（只不过要跳过那些复杂的单词）……当时手里的书少得可怜，只好把埃奇沃思小姐和司各特的小说读了一遍又一遍。"

比阿特丽克丝自小体弱，经常生病，没有什么玩伴，也很少去伦敦以外的地方，唯一的活动就是常常带着她的小狗桑迪在肯辛顿花园散步。桑迪是她最早养的小狗，一只褐色的苏格兰小猎犬；除此之外，陪她散步的就只有保姆——在一旁负责她的衣服没有穿得不像样子。比阿特丽克丝回忆说："当时穿的衣服很不舒服，和丹尼尔画的梦游奇境中的爱丽丝一模一样：连衣裙用糨糊浆洗过，白亮亮、硬邦邦的；长筒棉袜一圈儿黑一圈儿白，看起来像斑马腿；高帮皮靴上钉着一排扣子。""头发必须朝后梳好，捋顺，然后用一条扁平的发带束在耳朵后面。星期日要戴黑色天鹅绒发带，平日戴黑色或棕色的普通丝带。我记得发带的两端各有一颗扣子，分别连结

比阿特丽克丝在1884年7月28日的日记里写道:"爸爸今早在密莱司家里为格莱斯顿老先生拍了一张照片。"

着一段橡皮筋,两颗大扣子总是紧紧地勒在耳根上,疼得要命。"

年幼的比阿特丽克丝被保姆照顾得妥妥帖帖,而在这一段时间里,鲁珀特·波特正尽情地享受伦敦上流社会的闲暇生活。他把日常业务托付给其他人打理,自己则终日出入于"革新"俱乐部,与自由党派的支持者聚在一起,这其中就有他父亲艾德蒙的老朋友约翰·布莱特。与这些人在一起,他总能找到一种家的感觉。鲁珀特常同刘易斯·莫里斯讨论诗歌,此人是一名专门负责所有权转让业务的律师,也是一名诗人,同时还是"英国贵妇学校及上流社会的桂冠诗人",也是坦尼森勋爵的挚友。与此同时,鲁珀特继续保持着对艺术和绘画的热爱,每隔一段时间就去皇家艺术学院观看展品,或是去美术馆买些作品来收藏,他尤其偏爱伦道夫·凯迪克的作品。他仍然保持着学生时代养成的习惯,时常作画和素描,不过从来不作油画。十八年后,他的女儿比阿特丽克丝这样写道:"爸爸显然不知道作油画的难处。虽然他的素描很不错,但从来没尝试作过水彩画,当然更不用说油彩了。"鲁珀特常常陪着妻子去剧院看戏,他特别钟情于喜剧和轻歌剧,对摄影的兴趣也是与日俱增。当时,摄影还是一种新颖的艺术形式,早在与海伦结婚之前,

约翰·埃弗雷特·密莱司爵士参照鲁珀特·波特的摄影作品，于1885年为英国首相威廉·尤尔特·格莱斯顿作的肖像画

他就已经对摄影萌生了兴趣。

  那个时代的摄影器材十分笨重，不过鲁珀特雇了多名仆人负责搬运，这样他便可以全身心地沉浸在摄影这项新的嗜好中，满足他随时随地拍摄的意愿。他用照片记录下了伦敦街头变幻的风景，也把耐着性子摆姿势的家人和朋友收入了镜头。1869年，鲁珀特成为伦敦摄影协会的会员。如此一来，他不仅可以向协会的月刊杂志投寄自己的作品，而且还从中学到了不少有关摄影的知识。鲁珀特还曾多次在每年一度的摄影展上展出自己的作品。虽然摄影只是他的业余爱好，但几年下来，他的摄影技巧已经相当娴熟。有的时候，他会为好友，也就是当时著名的油画家、插画家约翰·埃弗雷特·密莱司提供风景照片，作为他绘画用的背景素材；有时候也会拍些自己姐妹的照片，给他做参照。密莱司娶的是约翰·拉斯金的前妻，夫妇二人的引荐让鲁珀特极大地拓展了自己的社交圈，从而结识了许多社会名流，其中便包括罗斯伯里伯爵的小女儿佩吉·普利姆罗丝夫人，以及曾在晚年当上英国首相的威廉·格莱斯顿。鲁珀特是一位一丝不苟的摄影师，每等到照片显影后，他总不忘在每张照片后面记录下拍摄的时间和地点，然后小心翼翼地将照片放进大箱子

纽顿风景，作于格斯豪尔塔楼。这是比阿特丽克丝的母亲海伦·利奇结婚前的一幅画作

或是影集里。这些作品被完整地保存了一个多世纪，具有极高的史料价值。

此时，海伦·波特已彻底告别了悠然自在的田园生活，转而把精力花费在一名城市妇人应该承担的社会责任上。她再也没闲情捡起"还算拿手的水彩画"，每天不是坐着马车出去送请帖，便是与肯辛顿的贵妇人们聚在一起饮茶，要么就是急匆匆赶回博尔顿花园2号宅邸准备精致丰盛的晚宴——要知道，波特家的座上宾是绝对不会饿着肚子离开的。宴席之丰盛，仅从1875年5月7日的记录便可见一斑。客人们的饮食包括："春季蔬菜汤、三文鱼、甜面包、龙虾、炸肉排、童子鸡、火腿、烤羔羊、豌豆烤鸭、奶油布丁、果冻、樱桃冰激凌和黑面包冰激凌。"

1872年3月14日，海伦·比阿特丽克丝快六岁时，她的弟弟沃尔特·伯特伦出生了。因为给姐弟俩取名的时候，姐姐的名字里借用了妈妈名字中的海伦两个字，弟弟则取了叔叔名字中的沃尔特三个字。为了避免叫起来混淆，人们只叫姐弟俩的中间名字——比阿特丽克丝和伯特伦。而家里的亲戚朋友则叫他们"B"和"伯蒂"。弟弟出生后，保姆要同时照顾两个孩子，难免有些精力不济，年龄大些的姐姐自然要独立起来，自己找些有趣的事情做。比阿特丽克丝继承了父母的艺术天赋，很小的时候就从素描和油彩绘画中找到了乐趣，对于书中的插图更是百看不厌。家里人总是不住地鼓励她。等她年龄大了些，父母陆续添购了一些新的读物放在育儿室里。后来比阿特丽克丝回忆说："只要莫尔斯沃思夫人的书一上市，父母就会买给我，书里还配有沃尔特·克莱恩画的插图。"此外还有埃威格夫人写的《小妖精布朗尼》，书中配有克鲁克尚克画

的插图，以及美国儿童杂志《圣徒·尼古拉斯》——这本杂志当时正刊载着雷金纳德·伯彻和霍华德·派尔的作品。很多名家的画册、书籍都在比阿特丽克丝阅读的作品之列。"我大约六七岁的时候……爸爸的朋友、牛津大学的威尔森教授来到家里，从兜里掏出一本书，然后跟妈妈一起谈论，我这个年龄读这本书是否太早，或者这本书是不是太老了——在我看来都是一回事。这本书当时颇受人们喜爱，作者也是牛津大学的一位教授。当时我一下子就被丹尼尔的插画迷住了，根本记不得他们是怎么评论刘易斯·卡罗尔的。"

比阿特丽克丝渐渐长大，与父母相处的时间也逐渐增多。不过她总觉得母亲难以接近，心里有些畏惧。与母亲相比，她更喜欢父亲，与父亲的关系也越来越亲密。每逢父亲外出应酬或休假时，父女两个总要分开一阵，于是只好用书信往来，各自诉说近况和见闻。九岁的比阿特丽克丝曾给父亲写过一封信，信中说道："亲爱的爸爸，今天我不能去花园里散步了，因为我感冒了。宝贝女儿H.B.波特。"她的父亲在回信中写道："亲爱的B，希望你以最快的速度好起来。你会传染给妈妈的。你的爸爸。"

1866年，比阿特丽克丝的祖父艾德蒙·波特退休后，携妻子从女王门迁至赫特福德郡哈特菲尔德地区的坎姆菲尔德庄园。据比阿特丽克丝回忆说："那是很大的一栋老房子，不过里面的房间不大，没有过于华丽的装饰。房子的外壁是红砖砌成的，刷了白漆。"整个庄园占地三百英亩，宽敞的花园是"万能的布朗"于1800年所造。对

在比阿特丽克丝六七岁的时候，她第一次看到了《爱丽丝梦游奇境》的复印本，并且立即被丹尼尔的插画迷住了

1875年，九岁的比阿特丽克丝写给父亲的一封信

赫特福德郡的坎姆菲尔德庄园，如今已成为芭芭拉·卡特兰德的住宅，与当初1866年比阿特丽克丝的祖父艾德蒙·波特购买时的样子并没有多大变化

于伦敦来的孩子而言，这里与天堂无异。比阿特丽克丝对这里充满了热爱，用她的话说便是"全世界都找不出更让我喜爱的地方了……老式挂钟在马棚里嘀嘀嗒嗒地走着，空中弥漫着刚刚割下的干草的芬芳，农家庭院里的动静远远地传入耳中……你只需要敞开心扉，就能像我一样置身其中，看到风从北面的阳台呼啸而过，卧室窗外的橡树在冬夜里低吟和摇曳着，橡树下方，绿色的草地延展开来，一直铺向水塘的方向……再往东，穿过大片的绿草地和稀稀疏疏的几棵橡树，眼前豁然开朗，一片绿油油的草地一直延伸到远方的潘珊格森林，延伸到升起的地平线。如果在附近登高望远，你会觉得整个赫特福德就像是一棵硕大的橡树。每一排篱笆里都耸立着棵棵树木，站在门前的小山丘上，一眼望去，排排大树，重重叠叠。到了夏天，远景是清一色的浓绿……"

"冬天的景色丝毫也不逊色。披霜挂雪的橡树仿佛被精心装饰过，映着蓝天和阳光时，偶尔会发出橘黄色的光芒，即便是在阳光下，霜雪也不会融化。祖母曾对我说，在赫特福德，雪一旦下起来，

比阿特丽克丝与爸爸关系十分亲密,她会耐心地跟爸爸一起摆好姿势,等着延时照相机自动按下快门

整整一个冬天都不会化。不知你是否注意过,下霜的时候,雪就会变成青色。我从来没见过如此奇异的颜色。想来这种乳白中透着柠檬青的颜色倒与野生香脂树树籽儿的颜色有些相似。霜雪天里,庭院里的两棵香柏煞是好看,向外延展的树枝如同挂上了霜雪做的花环,雪化的时候,水珠缓缓地滴落在满是灰土的老树皮上,打出一片红色印记。"

除了美景之外,坎姆菲尔德庄园还有各种各样的农产品。比阿特丽克丝曾回忆说:"对于我们这些长年生活在都市伦敦的孩子来说,最令人欢喜的是每天在庄园里都有无限量的鲜牛奶喝。我到现在都记得第一次到祖父母家那天的场景:经过一路的颠簸,我已经口干舌燥、疲惫不堪,眼巴巴地盼着那第一顿的午后茶点。当时我坐在窗前,看到一个农家的小男孩儿,他手里提着一个大牛奶桶,摇摇晃晃地沿着马车道走过来。牛奶端上来的时候已经加过热,装在一个鼻烟色的罐子里,罐子深得似乎没有底,里面的牛奶微微泛着青色。

"我至今似乎还能听到年轻的保姆从橱柜里拿出陶瓷盘子时发出的叮叮当当的声响,以及铺开洗得白白净净的粗棉织桌布时发出的哗啦哗啦的响声。那些陶器散发着一股凉飕飕、很好闻的气味……后来,我们又吃到了鸡蛋——那些刚下的鸡蛋特别新鲜,即便是再没有经验的厨娘也不会把它们煮硬。"

不过，坎姆菲尔德庄园之所以令比阿特丽克丝情有独钟，最主要还是因为这里与她的祖母有着千丝万缕的联系。比阿特丽克丝年纪还小的时候，就常坐在书房桌子下方的横杠上，"照顾"她的宝贝绒布小猪。比阿特丽克丝还记得，"桌布上带着黄绿色的流苏，祖母的罐子里装着非常硬的姜饼，我当时躲在桌子下面偷吃，一颗（乳）牙被硬生生地硌掉了"。祖母还拿出很多书来给孙女看，比如埃奇沃思小姐的《单纯的苏珊》，那是一本厚厚的袖珍本旧装版。此外，她还常给比阿特丽克丝讲起自己小时候在格斯豪尔生活的故事。就这样，祖孙二人建立起了深厚的感情，这段感情一直持续到1891年杰茜·波特去世，那一年她刚好九十岁。

从伦敦到坎姆菲尔德的交通还算便利，因此，比阿特丽克丝时常到庄园去做客。另外，波特一家每年4月份都会离开伦敦，在位于英格兰西南的海边旅馆里住上两周。每年夏天，波特一家都会带上仆人出去避暑，从7月末一直住到10月份。鲁珀特婚后的十八年里，一直像他的父亲一样，每逢夏天就携家人到他最喜爱的苏格兰去避暑，在乡间租一座拥有大片土地的庄园，在那里度过漫长的夏天。1871年夏，鲁珀特设法租借到了优雅气派的达尔盖斯宅邸，从这里能够俯瞰泰河缓缓流过，并且距离珀斯的邓凯尔德不远。这栋宅邸的主人名叫查尔斯·斯图尔特，时任南非最高法院的法官。在接下来的十一年里，达尔盖斯宅邸一直都是波特家消暑的必选之地。一家人乘火车从国王十字车站出发，一路向北来到山野乡间，一住就是三个

比阿特丽克丝与家庭教师戴维德森小姐。鲁珀特·波特摄于1876年前后

十一岁的比阿特丽克丝与家人在乡间度假时画的一张风景画。画的右下角记着日期：1877年10月

月。其间，大人们在宅邸附近猎捕些山鸡、松鸡，或是追捕雄鹿，或是到泰河钓鳟鱼。孩子们有时也跟着大人一起钓鱼，有时则在泰河两侧的石滩上独自玩耍，在被河水卷上岸的横七竖八的流木里"探险""寻宝"，或是在森林荒野里自由自在地奔跑嬉戏。

对于生活在伦敦的孩子们而言，达尔盖斯无疑是个绝佳的所在，苏格兰的田园风物更是对比阿特丽克丝和她弟弟以后的生活造成了很大影响。比阿特丽克丝十八岁时在日记里写道："树林里居住着传奇而善良的人们，上个世纪的勋爵贵妇与我一路同行，沿着草木葱郁的小径，不时从矮的围垣或墙花篱中摘下一枝枝古色古香的花朵……我记得这里的每一块石头、每一棵树木，石楠散发出幽幽的芳香，清风吹过杉林时轻声低诉，仿佛是尘世中最美妙的乐曲。即便偶尔远处会传来隆隆的雷声，山谷中会卷起呼啸的狂风，啊，这里依然是那么美妙，依旧是我眷恋的家……夕阳正缓缓下沉，渐渐隐没在群山之间，山的那边腾起一片紫色的暮霭，缓缓飘进山谷，与谷中氤氲的雾气融在一处。一两个小时后，预示着丰收的满月从群山之中升起，精灵们纷纷跑出来，在平坦的草地上翩跹起舞。耳中不时传来夜莺的怪异啼叫，蝙蝠不断在房子四周盘旋，黑漆漆的森林里回荡着獐鹿的嘶鸣。夏夜的轻风奏起狂放而奇异的乐曲，由远处缓缓传来，越来越近。"

在达尔盖斯宅邸，比阿特丽克丝满怀着兴奋与喜悦，探索着身边这个充满野性的世界。伯特伦年纪大些时，也加入了姐姐的探索行动，时而追逐着害羞而胆小的獐鹿，时而四处采摘野

死于达尔盖斯的金翅雀，比阿特丽克丝于1879年8月20日绘

花，带回家去仔细研究，一笔一画地临摹下来。比阿特丽克丝把大量时间花在了临摹和彩绘上。她九岁时的作品便隐隐透露出一种"日久必成气候"的气象。她几乎见到什么就画什么，不论是大人们在白天猎捕到的动物，还是从草地上采摘来的金凤花，都是她的临摹素材。姐弟俩在抓到野兔后，会把它们驯服，然后作为临摹的对象画下来，有时还会把它们带回伦敦。如果兔子死了，姐弟俩就把兔皮剥下来，把兔肉扔到锅里煮，一直煮到骨肉分离，然后把骨骼拿出来做研究，经过一番临摹，再收藏起来。此外，姐弟俩还学会了辨认鸟的叫声。只要听到附近树林和田野里有鸟叫，他们马上就能判断出是什么种类的鸟，并且知道它们的巢穴在哪里。姐弟俩的探索和发现得到了父母的鼓励。

"我还清楚地记得十岁生日的那个清晨，清楚得如同苏格兰的阳光洒落在老旧的地毯上。爸爸送给我一套布莱克布恩夫人的鸟类写生画册。我当时心情非常激动，满怀期待地去敲爸爸妈妈的房门。那天正好是星期天，又是在早上，家里人连早饭还没吃。我把这套画册存放在客厅的橱柜里。每次看书之前，我都要到那个精致的黄铜水龙头下面，把脏兮兮的小手洗干净。冷澈的泉水像琥珀一样，从高昂的水龙头里奔流而出……那本书很漂亮，绯红色的封面镶着金箔的边儿，我高兴得在屋子里手舞足蹈，一刻也停不下来。"

当地人都知道姐弟俩喜欢野生动物，于是经常会带些礼物送给他们收藏。比阿特丽克丝回忆说："还记得星期一那天，伍德先生顶着午后的炎热来到了达尔盖斯。他从帽子里拿出了一份礼物送给我们——那是他在途中捉到的二十几条蝴蝶的幼虫。伍德先生真该用那方红色的手帕包裹这些幼虫，因为他头上的白发已经和幼虫混在了一处。"

比阿特丽克丝特别喜欢临摹花草，每次去乡间散步，总要采一些花草回来临摹

鲁珀特从不忘邀请伦敦的朋友们，约他们来达尔盖斯共度美好

比阿特丽克丝与她的朋友在苏格兰，她当时正戴着那个"把耳根勒得疼得要命"的发带（右上图）

1871—1881年间，波特一家每逢避暑时，都会租住在邓凯尔德附近的达尔盖斯宅邸。著名画家密莱司及家人时常在这里做客。鲁珀特将这幅照片命名为《鳟鱼垂钓之后》（左上图）

的假期。密莱司时常带着妻女来过一过钓鱼瘾。约翰·布莱特也常常来这里垂钓，他不仅是达尔盖斯宅邸的常客，还深得两个孩子的喜爱。然而与比阿特丽克丝最为要好的客人，要数牧师威廉·盖斯凯尔。他当时已经年过七旬，妻子也过世了，因此，他常来达尔盖斯做客。比阿特丽克丝八岁那年织了条围巾，作为圣诞礼物送给了盖斯凯尔。老牧师十分畅怀，在信中写道："每次戴上这条围巾，我都会想起你，尤其是在这个季节里，我几乎每天都戴着。"

威廉·盖斯凯尔非常享受与孩子们在一起的时光，分享他们对动物的热爱。每当度假结束，不得不离开达尔盖斯时，他都会与孩子们保持书信往来。他在写给比阿特丽克丝的一封信中说："我在石楠丛

比阿特丽克丝十二岁时，父母聘请了家庭教师卡梅隆小姐，专门教她绘画。这是比阿特丽克丝于1879年12月画的一张炭笔画，笔法略显青涩

中看到了一只野兔，不由得想起了汤米，希望它能乖乖地吃饭、快乐地成长。请代我向它问好。"

盖斯凯尔去世十年后，比阿特丽克丝回忆起他们在苏格兰度假的一次经历。"我当时记得清清楚楚，他舒舒服服地坐在达尔盖斯宅邸门口的台阶上，晒着温暖的阳光，身穿一件灰色的大衣，戴着一顶看起来十分老旧的帽子，膝头摊着当天的报纸。不经意间，他抬起头来，脸上挂着和蔼的笑容。我的耳边似乎仍然回响着他的脚步声，小径两侧飞舞着绿头苍蝇，一个身穿连衣裙和条纹袜的小女孩，蹦跳着来到他的身边，送给他一束紫红色的野花。'谢谢你，乖孩子。'他说着，伸出一只胳膊，把女孩搂在怀里。"

"蜜蜂在花丛中嗡嗡飞舞，空气中弥漫着玫瑰的芬芳，小狗桑迪蹲在门口的老位置，背靠着台阶，偶尔一群燕子掠过草地，飞过房顶，呢喃声不绝于耳。夏季的轻风从长满石楠的沼泽地吹来，穿过树林，风中隐隐夹杂着山谷中牛群相互应答时发出的哞叫声。"

不论是在达尔盖斯还是在伦敦，鲁珀特总是随时随地将身边的人物或风景收入镜头：来访的客人和他们的猎物、比阿特丽克丝、伯特伦、波特家的家庭教师、房屋以及周围的美景等等。

博尔顿花园的仆人们也会随着波特一家去苏格兰度假，有些仆人要提前动身去打扫度假时居住的宅邸，有些仆人则与波特一家同行。每次度假时，出生在苏格兰斯泰利布里奇的哈珀姐妹总是十分欣慰，因为她们又可以回到故乡了。波特一家也非常愿意与仆人们共度美好的假期。波特一家第二次到达尔盖斯避暑时，主管一家人饮食的姐姐萨拉·哈珀和当地猎场管理人麦克

画家密莱司在他的画室里。鲁珀特时常带着女儿比阿特丽克丝来访。密莱司曾在这里指导过比阿特丽克丝如何调色

唐纳德结了婚,之后便留在了苏格兰。

在乡间度假的几个月里,孩子们的首要任务是玩耍和四处探索,功课被放在了次要位置。要回伦敦时,便意味着要收敛心思,开始认真学习了。育儿室已经改做教室,比阿特丽克丝的第一位家庭教师哈蒙德小姐就是在这里开始了对她的启蒙教育。伯特伦到了年龄后,也跟姐姐一同听课。除了"读、写、算"等基本课程外,姐弟俩很大一部分时间都被分给了水彩和素描。比阿特丽克丝十二岁的时候,家里专门请来卡梅隆小姐教授绘画。"其实我真的很感激她,尽管有好一阵子我们之间的关系都不是很融洽。很多技巧,比如自由画法、立体表现法、形态描写、远近法以及一些水彩画中花卉的画法等,都是从她那里学来的。除了具体使用的颜料、画材比较容易讲解外,其他的内容传授起来非常困难。如果老师和学生看待自然和艺术的角度大相径庭,师生之间肯定会发生冲突。"

比阿特丽克丝很少也不太擅长画人物画,除此之外,她几乎什么都画。她的水彩和素描作品中包括博尔顿花园的庭园、腾比海岸的悬崖、坎姆菲尔德庄园里的农舍等等。她还临摹过一些书里的插图,此外还画过教室桌子上的花瓶、摆在客厅里的水果等等。不过画得最好、最细致的作品,要数那些小动物。这些小动物有的是她和弟弟在探险过程中从达尔盖斯带回来的,有的是从伦敦的宠物店里买来的。这些小动物只能养在四楼的教室里,姐弟俩偶尔会偷偷地带着它们到楼下的花园里透透气。他们养了一只名叫潘趣的青蛙、两只名叫托比和朱迪的蜥蜴、几只水螈,还有姐弟俩都特别喜欢的一条小蛇。小蛇的名字叫萨莉,是从赫特福德买回来的,"昨天,19日,我们带回来一条很小的游蛇,只有十四英寸长,非常可爱。我们在路上发现了它,它知道自己逃不掉了，于是就咝咝地叫个不停，把身子扭成了好几个结。它不像腹纹蛇那样咬人。在屋外的时候，它身上会散发出一股特别强烈的气味，但不是很难闻。腹纹蛇的味道就很难闻，有点儿像腐烂的盐虾……"她又在第二天的日记里写道："今天特别不顺，昨天夜里，萨莉和四只黑水螈一起逃走了。只在教室里找到一只黑水螈，贮藏室里找到另外一只，可无论如何都找不到可怜的萨莉。没准儿它正在外面的什么地方活动筋骨呢！"

在卡梅隆小姐教授绘画的几年时间里，比阿特丽克丝的其他课业也得到了大幅度充实。父母总是暗暗地给她鼓劲儿，希望她的兴趣爱好能变得更广泛些。对于女儿的绘画学习和艺术创作，鲁珀特一如既往地给予了强有力的支持。每次去参加画展或参观美术馆时，他都会把女儿带上，同时经常与她讨论政治话题和当天的新闻。由于波特家的餐桌上不可避免地会谈到政治，鲁珀特总是允许女儿在一旁听着他们讨论。有时，他会带着女儿一起去参观密莱司先生的画室，这位大画家还曾亲自指点她如何调色。到了这个年纪，比阿特丽克丝真正需要的是一个朋友，一个除了弟弟以外的朋友。姐弟俩虽然手足情深，但比阿特丽克丝并不能向他倾诉心事。她需要一个可以与之谈心、谈论生活中琐事的朋友。随着比阿特丽克丝日渐长大，她与妈妈之间的相处也变得越发困难。父母不准姐弟俩与外人往来过密，生怕染上疾病或沾染不良的习惯。这样一来，陪伴比阿特丽克丝的，就只有她的宠物和她的日记。日记都记在一个包着封皮的练习本里，每一页都用尺子打好了横格。有的日记则记在一些零散的纸上。为了防止他人，特别是妈妈偷看自己的隐私，比阿特丽克丝发明了一套密码文字。这套密码基本上只是采用简单的字母替换，但操作起来十分方便。她熟练地运用着这些密码文字，行云流水地记录着自己的见闻和感受。由于有些内容保密性太强，有十多

比阿特丽克丝的弟弟伯特伦生于1872年3月14日，姐弟俩都酷爱小动物和绘画

从十五岁到三十岁出头的十五年里，比阿特丽克丝用自创的密码文字写了大量的日记。这些日记的内容直到她去世后的1958年才被她的忠实研究者、收藏家莱斯利·林德破译

年一直没有人能够破解。后来还是莱斯利·林德——一位专门研究波特的专家和收藏家——于1958年才揭开了谜底。事后，年事已高的波特本人不得不承认，这些内容即使她自己也读不懂了，"小时候，我用密码文字写过很多东西，有赞美诗，还有些对话记录，都是用密码和缩略符号写的。现在就是拿着放大镜来看，我也读不懂当时都写了些什么。"

比阿特丽克丝在日记中记录了许多琐事：她描述过与爸爸在画展上看到的作品，以及她对作品的看法，还记录了一家人在苏格兰度假的趣闻，与亲友去伦敦动物园游玩的经历，等等。1882年7月的一篇日记中写道："我们去了公共游泳池。"日记中摘录了报纸上的风趣故事以及爸爸从俱乐部回来时讲的笑话。当时的鲁珀特·波特已经是"雅典娜神殿"的正式会员，同时也是"革新俱乐部"的会员。此外，比阿特丽克丝还在日记里记下了她对周围一些"人物"的评论。从这些文字中不难看出，她是一个聪颖早慧、很有主见，而且意志坚强的女孩。虽然她时常被头痛、感冒所困扰，但她非常幽默，对时事非常敏感。当时，爱尔兰的自治派激进分子在伦敦实施了爆炸式袭击，这让比阿特丽克丝非常担忧。她在1883年3月16日星期五的日记中写道："下一次被炸的又会是哪里？昨晚有人企图炸毁议会大道的政府办公大楼，幸亏大楼建得比较牢固，受损不算严重，但附近的几条街道上仍然四处散落着玻璃碎片。最令人吃惊的是，炸药竟然会有这么大的威力，一块砖头被炸得飞出一百英尺，穿透一堵墙后，落在附近的马棚里。有人说那响声就如同八十吨级的大炮，这么说确实不夸张，我在家里都听到了。

"还有一次，有人企图用炸药炸毁《泰晤士报》的报馆，但这次的阴谋没有得逞。这似乎说明背后的策划者一定是爱尔兰人，因为去年夏天，《泰晤士报》刊载了一篇头条文章，文章里指责爱尔兰贪心不足，应该学会收敛、知足，不应再提要求。爸爸说，这都是格莱斯顿先生的错，是他不断地纵容那些激进分子，稍有不满，爱尔兰人就会用恐怖袭击来示威。唉，恐怕这里很快就要变得跟法国一样糟糕了。"

此外，英国美术珍藏品的流失一事也让比阿特丽克丝忧心忡忡。她在1884年6月的一篇日记中写道："听说过不了多久，布里斯托地区著名的雷考德美术馆就要在克里斯蒂举行拍卖会，布伦海姆的作品将单独售出的传闻也成了事实。用不了多久，英格兰的美术珍品就会所剩无几，英伦三岛上再也见不到古代大师们的杰作了。政府太过小气了，不肯花钱收购这些珍品，任凭他们以极低的市价卖给国外的博物馆，一经卖出，肯定再也收不回来了。有些珍品卖给了有钱

1882年，波特一家第一次到湖区避暑，居住在温德米尔附近的雷伊城堡。鲁珀特摄

的美国人，但结果都是一样，再也收不回来了。"

尽管身处都市樊笼，比阿特丽克丝仍不忘留心观察周围的野生动物："1883年5月19日，星期六。今年春天，鸟异常地多，或许是因为去年冬天太冷了。乌鸫的身影到处可见，那边的树篱里还有一对篱雀，除此之外，再没见到过其他的篱雀。还看到几只雄黑歌鸟叽叽喳喳地吵架，一群雄知更鸟也总是在哇啦哇啦地争吵，但这些日子只见到深褐色的雄知更鸟，雌鸟一只也没看到。今年入春以来，附近一只画眉鸟都没看见，长尾山雀也有很久没见到了。前几天，我似乎看到了两只鸫鹩，如果那是雄鸫鹩，整整一个冬天它都会发出响亮而美妙动听的鸣啭声。另外还看到两对儿燕八哥，一对儿在格雷伯夫人的院子里，另一对儿在比尔先生家的院子里。两对儿燕八哥整日忙忙碌碌地为一窝小鸟觅虫子，有好一段日子了，好像是在4月初开始筑的巢，巢是用衔来的马粪筑的。"

1882年夏天的假日，鲁珀特遇到了一个麻烦——可爱的达尔盖斯宅邸，这个孩子们刻骨铭心的歇暑之家，竟无法前往了。房主斯图尔特先生死在了南非海角殖民地的韦恩伯格，这座宅邸的所有权被转到了他的法定继承人名下，但这位继承人将租金提高到四百五十英镑，着实高得离谱。无奈之下，鲁珀特只得另觅他处。这一次，他别出心裁地选择了北部的湖区附近，租下了温德米尔湖西岸的雷伊城堡。这是一座气势恢宏的建筑，一栋仿照诺曼风格建造的城堡，"这座

城堡是道森先生于1845年建造的，费用来自他妻子的嫁妆。这位阔太太名叫玛格丽特·普雷斯顿，本是利物浦一个大户人家的小姐，她的父亲罗伯特·普雷斯顿是一位靠酿杜松子酒发家的商人，家资殷实。据说建造这座城堡（或许包括家具在内）足足花费六万英镑，耗时七年才完成。石料是从湖对岸开采，然后由一批老马拉的有轨矿车一路运到施工地点的。城堡竣工之前，设计师莱特福特先生就因纵酒过度去世了"。

那一年，比阿特丽克丝十六岁。这是她第一次走进这个与她的后半生紧紧联系在一起的地方。

同年7月中旬，波特一家带着那只在达尔盖斯度假期间收养的爱犬斯波特，兴致勃勃地住进了雷伊城堡，一直在此地待到了10月底。城堡周围环绕着山丘、湖泊以及水流湍急的小河，景致与熟悉的苏

1882年7月，在雷伊城堡度假时，比阿特丽克丝画的一张城堡书斋的水彩画（左上图）

比阿特丽克丝与爱犬斯波特，波特一家在苏格兰避暑时，收养了这只小狗（右上图）

威廉·盖斯凯尔晚年常与波特一家一同度假。这是他们在达尔盖斯宅邸门前照的照片。鲁珀特摄于1880年8月（右图）

1882年9月，波特一家同友人在温德米尔湖中泛舟，持桨者正是比阿特丽克丝（下图）

格兰倒是有几分相近。只是在湖中钓鱼比不上在泰河过瘾，而且这里也没有可以追赶的雄鹿。但湖区有很多风景如画的山中小湖供人游览，大一点儿的湖泊里还能划船，幽静的田野小径也正是散步的好地方。比阿特丽克丝和伯特伦在这里发现了许多从未见过的花，姐弟俩还画了许多从未见过的植物和小动物，并在这片未知的土地上开始了他们新的探险。有一天，两个孩子不知不觉地走出了很远，竟然到了四公里之外的霍克斯黑德。"回来的途中，我俩问了三次路，还是找不到家。走到哪个农场里都有苏格兰牧羊犬冲着我们汪汪地狂叫。爬越牧场围栏时剐破

了衣服，居然还被几头牛追赶了一次。"

与在苏格兰度假时一样，波特家的老朋友们再次陆陆续续地赶来做客，威廉·盖斯凯尔从曼彻斯特的教堂赶来，约翰·布莱特也来了，他因为英国军队介入埃及内乱一事，刚刚辞去内阁职务不久；比阿特丽克丝的祖母老波特夫人也大老远地从坎姆菲尔德赶来了，由于她的娘家曾在这附近拥有大片田产，老波特夫人的心里总是怀着深深的眷恋。这些亲朋好友终日与鲁珀特·波特谈论着政治、宗教，评论着艺术、文学。当地的一名牧师也成了雷伊城堡的常客，他叫哈德威克·罗恩斯利，是个长相英俊的小伙子。他刚刚三十出头，是一名诗人；他曾在巴利奥尔学院学习古典文学和化学，对体育运动十分热衷，也是一名出色的桨手。他在牛津大学学习期间就仰慕著名美术批评家约翰·拉斯金，最终成了拉斯金忠诚的追随者和友人。在雷伊教区担任牧师的五年里，罗恩斯利渐渐爱上了湖区的自然风光，并立志保护这里的自然环境，断然拒绝工业及观光事业带来的人为破坏。他率众抗议铁路向湖区延伸，阻挠政府封闭自古以来的小路，同时强烈反对在山腹荒地里开设采石场、在湖岸修建大型四轮马车专用道。此外，他还着手准备成立湖区防卫协会，该协会正是英国国家信托社的前身。哈德威克·罗恩斯利对年仅十六岁的比阿特丽克丝产生了极大影响。罗恩斯利的妻子伊迪丝很擅长绘画，他本人对比阿特丽克丝显而易见的艺术天赋也很赏识，常常与比阿特丽克丝讨论地理和考古，在这两门科目上，他的学识非常渊博。在两人的交谈中，罗恩斯利向比阿特丽克丝讲述了保护自然环境、保存历史古迹的重要性，以及自己对此坚定不移的信念。他与比阿特丽克丝一样，对

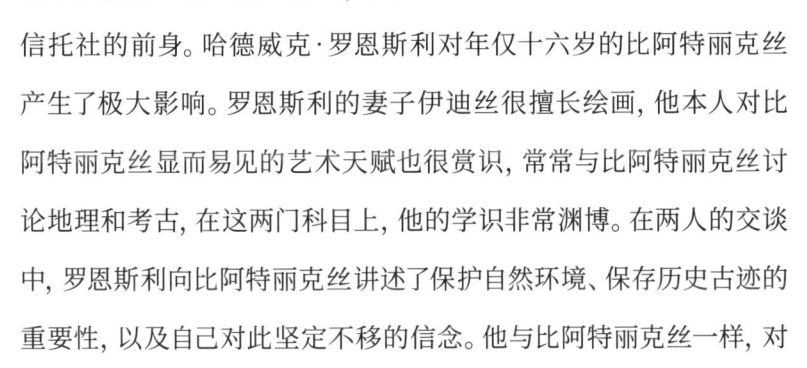

十六岁的比阿特丽克丝，鲁珀特摄于1882年10月15日

波特一家除避暑外，还在每年4月的春季大扫除期间，去南方海岸旅游。这幅照片是1883年在伊尔弗勒科姆海岸拍摄的

大自然充满了热爱，并时时刻刻准备为保护自然而不懈地奋斗下去。

第二年4月，十一岁的伯特伦到了接受正规教育的年龄，于是被送到伊斯特本寄宿学校就读，由弗雷德里克·霍林斯先生进行教育和指导。一直以来，伯特伦都是比阿特丽克丝的亲密伙伴，姐弟俩一起度过了许多幸福快乐的时光，可眼下弟弟却要离开了。就在一个月前，波特家的第一任家庭教师哈蒙德小姐也辞职离去。尽管师生二人已经结下深厚的情谊，但哈蒙德小姐不得不承认，她已经没有什么可以教给比阿特丽克丝了，她的这名学生不久就会青出于蓝，超过自己。就这样，比阿特丽克丝再次变成孤零零的一个人，只得终日在博尔顿花园的寓所里与父母相伴。年近十七岁的比阿特丽克丝本以为课业已经结束，可以把精力集中在她最在意的绘画上，不料波特太太另有打算。就在伯特伦被送去寄宿学校的前一天，她为比阿特丽克丝聘请了一位新家庭教师——安妮·卡特小姐。对此，比阿特丽克丝非常不高兴，妈妈又一次让她失望了。她后来回忆说："本以为我和妈妈之间的矛盾已经够多了，没承想她又让人心里不痛快。以这种心情开始新学习，也真是够新鲜的。如果家里硬逼着我学习，我也只能老老实实地服从，可心里就是忍不住窝火——还好，爸爸不会强迫我。这次要学德文、英文，还有常识性的知识，用来学画的时间一而再再而三地被削减。本来以为可以静下心来画画了，偏偏就是不能得偿所愿。虽说只用坚持一年时间，可难保妈妈以后不会逼我学其他科目，一辈子都摆脱不了。除了画画，我没法儿专心做任何事情；除了画画，我对任何事情都没有耐心。"

为晚宴购买的菠萝，旁边趴着的是比阿特丽克丝养的小蜥蜴朱迪。比阿特丽克丝于1883年6月绘

  比阿特丽克丝就这样跟着家庭教师学了起来。学习德文的同时也继续学习拉丁文，虽然一开始不大如意，渐渐地，比阿特丽克丝发现拉丁语竟成了自己最喜爱的科目。"阿诺德博士的教科书学完了，现在正在读弗吉尔的作品，很有意思。"绘画课也再次开始了，这一次与以往不同的是，比阿特丽克丝要到老师那里去学习。"明天就要去A夫人那里开始第一次课程的学习了，每次两个小时，星期一和星期四都要去，总共十二节课。因为A夫人收费很高，所以只能学这么多。当初是伊斯雷克伯爵夫人把她介绍给爸爸的。当然，不上课的时候，我就可以喜欢画什么就画什么。明天可能是第一节油画课或者人物素描课。我对人物素描一窍不通，之前虽然画过几幅，却从来没给任何人看过。或许，A夫人可以教会我很多技巧。之前我从卡梅隆小姐那里就学会了很多东西，不过学什么都得看自己是否用心，好在技巧上的难点还是可以教会的，况且有老师现场示范，就让我们拭目以待好了。"

  然而刚刚上完一次课，比阿特丽克丝就对这位新老师产生了质疑："今天去了A夫人那里，真不知道该怎么说好。目前为止，我还没对任何人、在任何情况下提起过我的感受。说实话，我很失望，甚至有些讨厌这门课，居然还收这么高的学费，简直就是在浪费钱财。这样下去，对我一点儿好处都没有。我尤其不喜欢她的颜料，为什么不用英国产的颜料呢？亚麻籽油黏糊糊的，让人讨厌。她居然在阔幅画中使用沥青……我倒不是说她的素描和油彩画得不好，只是说我不

艾德蒙与鲁珀特，父子俩1883年8月在坎姆菲尔德庄园。两个月后，即1883年10月，艾德蒙去世，享年八十二岁

喜欢而已。她的画整齐平板得像个盘子，还有颜色、光线、阴影、线条以及表现的情感，我都不喜欢。"

"学习她的绘画风格是非常危险的，我还要继续学下去吗？真希望我任性的性格能保护我，让我免于她的同化，可是任性已经给我带来了不少麻烦，而且在这里上课真的很累——好不容易可以学画画了，老师的教法又令人生厌。出于这样或那样的考虑，不论是在家里还是教室里，我都只能忍气吞声。总的说来，A夫人还算友善，教得也很用心，只不过学不到太多东西而已。"比阿特丽克丝跟随A夫人的学习并没有持续很长时间。

这一年夏天，伯特伦放假回到了家里，碰巧教室里的小动物们正在上演一幕幕惊险的好戏。"多年前从英格兰伊尔弗勒科姆带回来的那只名叫托比的蜥蜴，蹒跚地爬了几步就去世了。它一定是年纪太大了，身体早就不灵活了，而且掉了很多指头。据我看，它之所以死掉，是因为它已经没办法从食物中汲取营养了。它死后，我才发现它的胃袋小极了，还从没见过任何动物有像它这么小的胃袋。"名叫朱迪的母蜥蜴生了一只蛋，非常遗憾的是，才过了几个小时，蛋里的小蜥蜴就死了。褐色的蛋壳有些透明，大约有四分之一英寸，差不多赶上朱迪的头那么大。透过蛋壳可以看到，小蜥蜴刚生下来的时候还很活泼，不停地蠕动着身子，蜷缩着的尾巴打了两个卷，隐隐约约能看到血管和膀胱，蛋壳里的液体就跟鸡蛋相似。

十八岁的比阿特丽克丝在赫特福德的布什豪尔,鲁珀特摄于1884年8月

"恰好在同一天,伯特伦以一先令六便士的价格从伦敦的普林斯宠物店买回一对模样丑陋的小蜥蜴——一雄一雌,分别取名叫萨里和曼达。"

波特家有只名叫斯波特的狗,常常逗得两个孩子很开心。斯波特对于乘坐马车有着强烈的热情,只要家里有人要出门,它一定要跟着出去才行,谁都拦不住。有一天,管家考克回到家里,讲起了斯波特的一桩趣事:他本来带着斯波特在正街散步,正巧一辆马车停在步行道旁,车里的仆人刚巧打开车门,斯波特猛地蹿进车里,蹲在了"几位贵妇人"的面前!

家庭教师安妮·卡特住在波特家里的这段时间,对这些不安分的小动物总是很宽容,跟比阿特丽克丝也非常要好,两人虽然仅仅相差三岁,安妮小姐对学生却丝毫不懈怠,永远都是卡特小姐。

就在暑期快要结束的时候,比阿特丽克丝的祖父艾德蒙·波特去世了。此时,艾德蒙已经到了耄耋之年,在最后的一年里,他的身体一直抱恙。艾德蒙去世后,偌大的坎姆菲尔德庄园变得空旷冷清,但老波特夫人执意要继续在这里住下去,毕竟两人曾携手走过五十多年的婚姻生活,为此,鲁珀特一家常来探望老夫人。老夫人偶尔也会到伦敦生活一阵子,跟大女儿卡拉一同住在位于女王门的老房子里,这里也是老夫人和艾德蒙曾经生活过的地方。祖母来伦敦时,比阿特丽克丝常来看望。她与祖母的感情向来非常深厚。她曾经这样写道:"从来没见祖母的气

1868年的南肯辛顿博物馆，比阿特丽克丝早年曾在这里度过许多愉快的时光，并临摹了许多展览品

色这样好过，她比以往更有活力了，不仅非常健谈，说话也风趣，打起惠斯特牌来还是那么纯熟自如。她那卷卷的头发已经变成灰白色，戴上那顶镶着黑色花边的软帽，一身朴素的绉纱裙，亚麻布的阔领和袖口翻折过来，看起来漂亮极了！她的腰板还是那么挺直，脸色那么和蔼慈祥，眼睛虽然有些凹陷，却依旧闪亮有神。她总是一刻也闲不下来。没有人能比得上祖母，在我眼里，她几乎堪称完美，她看起来跟我们一样，还有那么多美好的年华等着她，有谁能想到，她已经八十四岁了呢！"

1885年6月，安妮·卡特出人意料地宣布，她即将离开波特一家，与一位名叫埃德温·摩尔的土木工程师完婚。比阿特丽克丝心里明白，安妮此番离去，她又要重拾孤独寂寞了。不过这也意味着课程终于结束了。"7月19日，我的教育结束了。不论这期间我受过什么样的道德上的或知识上的教育，我都不曾死记硬背过。虽然学了这么多门语言，我连一句诗也没背下来。总的来说，我最喜欢的还是最后这位家庭教师——尽管卡特小姐身上也存在这样或那样的缺点，但在我所接触的人当中，她是最年轻的，而且脾气温和，聪明又有才气。以后再也没机会跟她一起学习德文了，真是让人遗憾。历史我可以自己读，法文也在继续学着，地理和文法倒是有些枯燥，

不过算数让我觉得很有意思,这种感觉是无法用语言表达的。"

没有了课业牵扯精力,比阿特丽克丝终于可以把大量时间花在画画上,不过她并没有终日把自己封闭在屋子里。她时常去参观画展,与爸爸一道去泰特美术馆参观法国画展,反复观摩美术界新秀米勒和柯罗的作品。他们还顺路去国家美术馆参观了特纳的作品,在那里,她看到一群年轻的姑娘正在临摹特纳的画作,"其中大部分人都是如饥似渴",这让比阿特丽克丝感到十分吃惊。此外,她还同爸爸去了慈善机构主办的艺术展,"爸爸常去参观这类展览,与其说是去看画,不如说他是心里好奇,只想看看这些恢宏的建筑里面是什么样子。"父女俩还定期到格罗斯维纳美术馆观看"黄绿派"的展出。除了观摩画展,比阿特丽克丝还陪着父母到南肯辛顿博物馆参观贸易展,尽管她对此并没有太高的兴致。后来她在日记中抱怨说:对于父母而言,把孩子带到展馆来,真是累赘和负担!还有那些烟草味,真的太难闻了!在这段时间里,比阿特丽克丝学会了自驾马车,不过,这门技艺只有在一家人去乡下的时候才得以展露。"家里有一辆小马车,还有一匹嫩黄色的小马,它今年已经十六岁了,是我见过的最漂亮的小马,买它的时候一共花了六英镑。这是我有生以来第一次学驾马车,非常有趣,到目前为止还没出过半点差错。"

1885年,爱尔兰自治派制造的爆炸惨案接二连三地困扰着伦敦,失业者时常在街头上演暴力示威活动,但这些都没能阻止比阿特丽克丝走出家门。

一天,比阿特丽克丝拉着大家去看戏,这一次的经历让她走进了一个全新的领域。"今天跟爸爸妈妈还有伊迪丝一起去全球剧院看戏,这部戏名叫《私人秘书》,非常有趣,只是剧里那些粗俗蹩

狼的头骨,比阿特丽克丝画的一张精密的钢笔素描,画上的日期是1886年1月1日

在温德米尔的霍尔赫德度假期间,比阿特丽克丝学会了驾驶四轮小马车。鲁珀特摄于1889年8月

比阿特丽克丝和弟弟伯特伦在家里养了许多小动物，这是比阿特丽克丝于1885年1月画的一幅蝙蝠的水彩画

1886年圣诞节时，比阿特丽克丝送给朋友的一幅田鼠的水彩画

脚的台词大煞风景，如果删掉就好了。最有趣的是在赶来看戏的路上。我们必须先去雅典娜神殿俱乐部接爸爸，走到白金汉宫大道时，恰好遇上女王陛下会晤访客，我们见到了威斯敏斯特公爵夫人，还有那豪华气派的马车队；回家的路上又遇到皇家禁卫军的仪仗队，我们被阻在路上足足半个小时，后来只好掉头绕过威斯敏斯特街，没承想又碰上一群人在律师学院附近喝酒，他们的大马车把道路堵得水泄不通。爸爸等在俱乐部里自然是急得不得了，以为我们的马车在路上出了什么事故。不管怎么说，这次外出真是大长见识，要知道，这可是我有生以来第一次路过禁卫军骑兵团司令部、海军部、皇室旧宫殿，第一次看到斯庄特街和伦敦大火纪念塔。"

这一年，伯特伦放假回到家里，姐弟俩仿佛又回到了从前。比阿特丽克丝花了十八个便士，从宠物店里买回一只秃尾巴的雄知更鸟，两人心满意足地带着它回到家里的庭园，把它放了出来。不过，姐弟俩都很喜爱的那只蜥蜴在庭园里走丢了。当伯特伦假期结束不得不返回学校时，姐姐比阿特丽克丝很爽快地答应他，一定会照顾好他特别喜欢的那只蝙蝠。"这是一只十分可爱的小动物，极其乖顺。只要喂给它充足的苍蝇和生肉，它就会很开心。我觉得不会有人愿意仔细观察它们，就连我也不曾留意过，原来它们的两条腿那么灵活，而且它们一共长了四条腿和两只翅膀，捕捉苍蝇时，尾巴能派上很大用场。"

然而没过多久，比阿特丽克丝就写信给弟弟说，蝙蝠很难养，让她伤透了脑筋。伯特伦在回信中十分明确地告诉姐姐具体该怎么做。"我估计是养不活的，如果是这样的话，最好杀了它，做成填充标本。填充之前，一定要仔细地量好各部位的尺寸，包括头、躯干、尾巴、前腕骨、桡骨、大腿骨、胫骨、第一个指头、钩爪以及其他各个爪头的长度。换句话说，就是要测量翅膀及腿上的全部骨骼的尺寸。我也不知道该怎么做才能让蝙蝠的翅膀伸展开，不过，或许可以用大头针把翅膀展开来钉住，就像你以前处置在爱丁堡捉到的那只蝙蝠一样。千万要记住，事先必须在它背后垫一块脱脂棉，这样能防止翅膀过于平展。头部无须做太多处理，否则会发出难闻的臭味。"

没过多久，比阿特丽克丝再次碰到一桩令她伤心的事，而这次，她还是不得不自己去处理。关于这次事件，比阿特丽克丝在日记中这样写道："10月18日，可怜的田鼠小姐，也就是扎理法，意外地死去了。我真是伤心极了。一直以来，它都很懂事地配合吃药，本以为它能挺过来的，可是一天晚上，它突然哮喘发作，躺在我手心里咽了气。可怜的小家伙，之前我还幻想着它能跟我活得一样长。

"其实，它的岁数也不小了，鼻子和眉毛都白了。在生命即将结束之前，它几乎已经什么都看不到了，可它还是那么可爱，看起来那么高兴。我想象不出还会有哪只田鼠能像它那样认识那么多人。布莱特先生、密莱司先生还有利·史密斯先生都很喜欢它，而且抚摸过它。不论从哪个角度来说，它都是我见过的最可爱的小动物。"

比阿特丽克丝的宠物田鼠扎理法，这张钢笔和铅笔的素描是在扎理法死后的第二年，即1887年画成

在位于凯西克的琳格霍姆宅邸度假。鲁珀特·波特摄于1887年9月。从照片中不难看出，因患风湿病，比阿特丽克丝的头发脱落了不少。（家中的小狗因未能一动不动地摆好姿势，照片拍得比较模糊）（右图）

照片中的琳格霍姆宅邸，百年后的今日，已经成为罗彻达尔爵士的住所，这里每年夏季都对外开放，供游人参观（下图）

　　四十多年后，比阿特丽克丝依然清晰地记得这只田鼠小姐："在我还是个孩子的时候，曾经养过一只非常惹人喜爱的小田鼠，这种小动物特别爱睡觉，我们总是对着它喊'醒一醒！醒一醒！扎理法！'，正像我们熟悉的一首诗里那句话的调子，'站起来！站起来！扎理法！把那个金垫子扔过来……'我们因此还给这个小家伙起了一个怪怪的名字，叫'扎理法'。"1929年出版的《精灵的大篷车》一书中，田鼠扎理法是主要形象之一。

　　虽然自幼年起，比阿特丽克丝就经常感冒头痛，但这一时期，她病得非常厉害，当时怀疑是

比阿特丽克丝于1903年夏季画的一张素描。德文特湖及圣赫尔伯特岛，背后是沃尔拉蛸壁

风湿引起的发烧。她的外表也因此受到了极大影响。"我在道格拉斯理发店，把仅存的几绺头发也剪短了。自从生病以来，头发几乎落光了，反正绵羊都要剪毛的。我可以毫不骄傲地说，我还从没见过有谁的头发像我一样短。去年夏天，我的头发还很浓密，再长四英寸就够到膝盖了，应该有一码的长度。"两年后，比阿特丽克丝的病情越发严重起来。当年的4月份，当她与家人一起到格兰奇·欧弗·桑德镇度假时，她感到两只脚和脚踝剧烈地疼痛，痛感很快蔓延到了膝盖。"虽然发烧并不严重，但风湿引起的关节痛异常厉害，连在床上翻个身都会忍不住叫起来。痛感在两条腿的前前后后、上上下下不断游走，从来没有停留在某一个部位。"康复以后，比阿特丽克丝才惊讶地发现，她竟然卧病在床这么久了。屋外的树林里，冬季的枯枝已经变成了夏季的绿叶。风湿症损害了她的心脏，长期地困扰着她的健康。

就在这一年里，伯特伦也病倒了。在此之前，父母曾把他从伊斯特本的学校转到切特豪斯学校，不料伯特伦对这里非常反感，转学后的第二个学期，他就患了胸膜炎，病情虽不严重，但足以令父母惊慌失措，连忙又将他送回了霍林斯先生在伊斯特本经营的学校。波特夫妇对公立学校的追求，便这样草草收场。

在接下来的几年里，波特一家每逢避暑休假，都会选择到风光秀丽的湖区去。在那里，鲁珀特·波特最常租住的是琳格霍姆宅邸，那里距坎布里亚的凯西克不远，坐落在德文特湖畔的树林中。当地的树林里住着许多采集坚果的红松鼠，为这片树林带来了勃勃生机，附近的湖泊又

伯特伦也酷爱绘画，这是他十六岁时画的红隼（左图）

铅笔素描——小兔本杰明，1890年（右图）

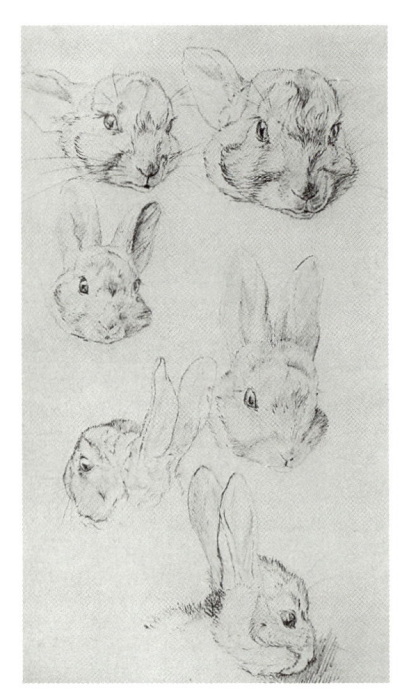

是垂钓和泛舟的绝佳场所。一条蜿蜒的小径一直通往湖畔，站在湖边能望见圣赫尔伯特岛及矗立在它背后的沃尔拉峭壁；向北眺望，突兀的斯基达沃山高耸入云，山上长满了石楠。在湖对岸的海希特山山脚下，洛多尔瀑布自山间倾泻下来，势如雷鸣。无论是在苏格兰，还是在雷伊城堡地区，比阿特丽克丝都从未见过如此气势磅礴、雄伟壮观的景致，这与她所熟悉的旖旎秀丽的湖区风光形成了鲜明对比。即便在回到伦敦后，她对英格兰北部这个偏僻小乡村的依恋仍然不曾消散，这份情感从此与她的一生紧紧地连在了一起。

约翰·布莱特时常到琳格霍姆宅邸做客，每次到达车站时，都会引起当地民众的轰动。他为波特一家带来了最新的政坛秘闻，有时也会为大家朗诵诗歌，特别是那首托马斯·格雷的《挽歌》，他每次都能朗诵得精彩至极。

正是在这个时期，比阿特丽克丝买了一只兔子。她曾在日记里写道：“它是从伦敦花鸟店买来的，被我装在一个纸袋里，偷偷摸摸地带回了家。在整整一个星期里，监管四楼的保姆们都没有发现它的存在。”比阿特丽克丝将那只兔子命名为本杰明，对它异常地疼爱，不论走到哪里都要带在身边。它正是比阿特丽克丝用来临摹的绝佳对象。

无论发生了什么、无论走到哪里，比阿特丽克丝都未停止过作画。她的画赢得姑父亨利·罗斯科博士的赞赏。当他听说侄女一心想买台印刷机却苦于囊中羞涩时，便建议她尝试出售自己的画作，或许能挣到一些钱。他说比阿特丽克丝每年为亲戚们画的圣诞卡就相当精美，如果寄给出版社，出版商一定会竞相购买。在这番鼓励下，比阿特丽克丝以本杰明兔子为模特，设计并绘制了六张画片。"话说日子越好，事情越顺利，我设计得最好的那张画片，正是坐在教堂里得到的灵感。作画期间遇到了一些阻碍，先是姑姑缠着我刨根问底，耽误了我不少时间，其次是本杰明向来对一些颜料垂涎欲滴，这种怪癖真叫人无奈。但六张画片总算是在复活节之前完成了。"他们列出了五家出版社的名单，将拉斐尔·塔克出版社排在了最后，因为这个名字让比阿特丽克丝觉得可笑："我期待着开展合作的出版社竟然取了这样一个可笑的名字。"没过多久，他们首选的出版社就令人失望地退回了所有画片，并附有一张不予采用的说明信件。后来，伯特伦在路过伦敦时，直接把六张画片拿到了位列名单上第二的希尔德斯黑摩和福克纳出版社。社长福克纳当场以六英镑的价格买下了所有画片，并表示希望能够看到这位画家的其他作品。比阿特丽克丝简直不敢相信这个好消息，她把这份惊喜独自藏在心里，静静地品味了一个星期，并在日记中记下了这番感受："听到好消息后，我做的头一件事就是喂了本杰明兔子满满的一大杯大麻籽，尽管在这之前我已经给它买了个兔笼子，但这是一笔多么划算的投资！没想到兔子本杰明大麻籽吃得太多了，第二天我准备画它的时候，它还没有完全从兴奋中镇静下来，根本不肯听话。我只好回到卧房，重新躺在床上，继续抿着嘴偷偷乐。直到凌晨两点，我模模糊糊地感觉到，本杰明似乎戴着那顶白色的棉睡帽，不声不响地来到我的床边，它的胡须

二十三岁时的比阿特丽克丝，鲁珀特摄于1889年9月

1890年比阿特丽克丝的画作被用作弗雷德里克·韦瑟利诗集《幸福的一对儿》中的插图（右上图）

希尔德斯黑摩和福克纳出版社于1890年购入的比阿特丽克丝的素描作品之一，同年印制成圣诞卡发行出售（左上图）

蹭得我有点儿发痒。"

比阿特丽克丝的部分画作被印制成圣诞卡和新年卡出版发行，另一部分则作为弗雷德里克·韦瑟利诗集中的插图得以出版，图下注着"海伦·B.波特画"。这本诗集以小册子形式出版，题目为《幸福的一对儿》，售价为四个半便士。至此，海伦·比阿特丽克丝·波特跨出了她的职业画家生涯的第一步。

第二章

"拥有自己的一部分积蓄,
用来买些书,并逐步实现自我独立,
这是一件很了不起的事情。"

1891年9月,二十五岁的比阿特丽克丝与兔子本杰明

1891年夏，在返回苏格兰之前，波特一家在哈特菲尔德附近的巴德维尔宅邸度假。鲁珀特·波特用照片记录下了这次旅程（右图）

1886年，比阿特丽克丝的家庭教师安妮·卡特嫁给了埃德温·摩尔。比阿特丽克丝常去看望安妮这个迅速扩大的大家庭（下图）

由于亲手设计的画片得以出版，比阿特丽克丝深受鼓舞。她于1891年11月将自己的部分画稿和一本画册呈交给多家儿童读物出版社，这其中就包括弗雷德里克·沃恩出版社。然而，这些材料被出版社退了回来，并没有达成合作意向。出版社在回信中写道："您的画稿已收到，遗憾的是，稿子派不上用场，因为在数年前，鄙社便已经放弃画册出版。不过您的图画设计很让人满意，如果能把故事和图画结合，以书籍的形式出版，我们随时愿意予以考虑。"

在极少数情况下，当波特夫人不用马车、暂时不邀请朋友的时候，比阿特丽克丝就会亲自驾着马车，穿过泰晤士河，到旺兹沃思的巴斯克维尔路去——她的老朋友安妮已经从贝斯沃特搬到了这里。安妮的丈夫埃德温常常去国外出差，参与土木工程项目，有时一走就是六个月，因此，孩子们都是安妮一个人独自拉扯大的。家里一共四个孩子，都还不满四岁。其中一个孩子出生在圣诞前夜，故而取名叫作诺埃尔（法语：圣诞），另外三个孩子分别是艾瑞克、玛乔丽和1891年1月出生的温妮弗莱达（弗莱达）。比阿特丽克丝很爱这几个孩子，时常把她养的宠物田鼠和宠物兔子装在篮子里，带给他们玩。巴斯克维尔路的这所宅邸里洋溢着温暖与友爱，这与博尔顿花园那种拘谨、局促的氛围形成了鲜明对比。

1892年夏，波特一家再次回到苏格兰避暑。十一年以来，这还是波特家首次返回苏格兰，但这一次，深得全家人宠爱的斯波特已经不在了，它在当年的4月份就死了。斯波特的缺席让全家人都感到十分失落。"十多年来，这还是头一次没有斯波特在身边陪伴。当初就是在这里领养的它，如今我们回来了，可它却不在了，想想真是难过。"

同样令比阿特丽克丝感到悲伤的，还有她的祖母——老波特夫人已经在前一年的9月份与世长辞，享年九十岁。为此，波特一家不得不卖掉了他们钟爱的坎姆菲尔德庄园。另外，伯特伦的状况也越发让人担心，他似乎遗传了舅舅威廉·利奇贪杯纵酒的嗜好，惹得全家人为他忧心忡忡。在过去的几年里，舅舅威廉曾因纵酒问题一度陷入经济困境，且不止一次地向鲁珀特·波特求援。五年前，舅舅威廉因病去世，这给比阿特丽克丝的心灵造成了极大震撼，"舅舅的肺部感染了炎症，可能是因为长期嗜酒，他的身体状况非常糟糕，现在已经丝毫没有指望了。这段回忆真的是太可怕了，简直无法用文字来表达。"有了舅舅的前车之鉴，比阿特丽克丝自然为伯特伦感到深深地担忧，"有时候，家庭教育再好也终归会有失败的时候，我真担心伯特伦会落得跟舅舅一样的下场。老天保佑，但愿不要被我言中。"

鲁珀特·波特认为，如果把儿子送到牛津大学读书兴许有助于戒除他的不良嗜好，因此，打算在10月份将伯特伦送到牛津大学。这年7月底，他租下了伯纳姆的西斯庄园，整整租了三个月的时间。这座寓所

杰茜·波特在1891年9月去世后，波特一家不得不卖掉了他们钟爱的坎姆菲尔德庄园。但是，从比阿特丽克丝在1892年8月所登的报纸来看，此时它仍然处于在售状态

伯特伦在画画上花了大量时间，但是家人因他嗜酒成癖的问题忧心忡忡

离达尔盖斯只有几英里的路程，波特一家坐上了从国王十字车站开往珀斯的夜间火车，载着满满的行李箱出发了。比阿特丽克丝坚持要把小兔子本杰明也带上。"旅行的途中，小兔子本杰明被藏在一个篮子里，外面用布盖着，放在火车的盥洗室里；快到丹巴的时候才把它从篮子里抱出来。它似乎受到了惊吓，把家人咬伤了。"

西斯庄园算不上宽敞，波特一家住得不太习惯，但在比阿特丽克丝看来，在这里住着反倒更舒服些。"我觉得小房子总比大房子更舒服……这栋房子的位置不错，拍卖商在推销时一定会用'清静隐幽，交通便利'等字眼来形容。这里离车站不远，仅仅隔着一片陡峭的河岸和一排篱笆。从这里可以俯视车站风光，景致别有一番情调。来来往往的火车给我们带来不少的乐趣。爸爸时常到外面去散心，有时则站在卧室的窗子前望着外面的夜景。"

由于这栋宅邸不够宽敞，容纳不下伦敦来的亲朋好友，波特一家索性关起门来安安静静地享受家庭的温馨。猎场管理人麦克杜格尔先生和他的妻子把波特一家人照顾得非常周到。布拉安河和泰河可供鲁珀特和伯特伦父子二人垂钓，8月12日则是全家人外出猎捕松鸡的日子。鲁珀特把大部分时间花在摄影上，而伯特伦则专心作画，比阿特丽克丝和妈妈整日坐着四轮小马车，到处拜访在达尔盖斯时结交的老朋友们，比如曾经照料全家饮食、后来嫁给当地猎场管理人的厨娘萨拉，还有在达尔盖斯时聘请的洗衣女工凯蒂·麦克唐纳德。"她是个长相有些滑稽的小老太太，圆圆的身材，矮矮的个子，深棕色的皮肤总让人联想到浆果。她穿着层层叠叠的衬裙，头上戴着顶亚麻织成的女帽。七十多年前的事情，她居然还记得清清楚楚，我甚至相信她可以把1871年第一次清洗过的衣物一一列举出来，也就是在那一年，她被聘到达尔盖斯的波特家做洗衣工。"有时候，比阿特丽克丝也会独自一人出去写生或摄影。她也跟她爸爸一样，尝到了摄影的乐趣。有了爸爸那套笨重的摄影设备，又有麦克杜格尔先生帮忙搬运，她"对摄影的痴迷很快达到了令人惊讶的程度"。偶尔会有野兔跑到菜园里搞破坏，或是性情温驯的鸥鸟跑到隔壁偷吃母鸡的食物，这些都被比阿特丽克丝收入镜头。每当照片拍得不是很理想时，麦克杜格尔先生的评论就显得有些尖刻。"他戴上眼镜仔细地检视着照片，毫不客气地说，他连哪里是头哪里是尾巴都分不清……"总而言之，他觉得这些照片还算不错，有时还会压低声音，不失时机地赞一声"天哪"！

自从得到爸爸的拍照设备，比阿特丽克丝很快尝到了摄影的乐趣。兔子本杰明就是一个现成的模特

比阿特丽克丝最喜欢画兔子，
她的素描簿里画满了兔子

当然，小兔子本杰明是需要照顾的，而且它是比阿特丽克丝重点关心的对象。"对于小兔子本杰明来说，这里并不是一个安全的地方。每次带它出去散心，我都得用一根皮带拴着它……今天吃过早饭，我牵着小兔子本杰明先生去白菜垄边觅食，突然，随着一阵窸窸窣窣的声响，一只小野兔蹿了出来，仿佛有话对本杰明说。它蹑手蹑脚地穿过白菜垄，刚走到一半就停住了，然后直起身子，嘴里显然是在咕哝着什么。我学着样儿叫了一声作为回答，可是傻乎乎的本杰明就知道吃白菜，一点儿反应都没有。这只小野兔一看就是只母兔，毛发凌乱，小嘴不停地嚼着什么东西。它向前蹦了几步，离本杰明只有三根皮带那么远的距离，小脸兴奋地抽动着，显出对本杰明心生爱慕。本杰明绕过一棵白菜，终于看到了那只小野兔，但是它吓得立刻跑掉了，或许它把小野兔当成哈顿夫人养的那只猫了。"本杰明不只吃白菜，"它终于意识到醋栗也是可以吃的，于是就用后腿站立起来，探着身子去吃灌木上的醋栗。可是它的嘴巴实在小得滑稽，看起来就像是在玩'咬樱桃'的游戏。"家里人偶尔会拿些糖果喂本杰明，但这样做的后果非常严重："小兔子本杰明患了牙痛病，而且小脸也肿了起来，真是让人担心。它的嘴巴太小，根本看不到里面，不过我感觉应该没有破。都是被薄荷糖和蜜饯害的，我为此好生埋怨了爸爸和麦克杜格尔先生一顿。但是有一点不得不承认，这小家伙乞食的本领确实很高超，只是它不明白，薄荷糖只能慢慢地吮着吃。"

波特一家虽远离伦敦，却不忘时时关注首都传来的消息，《泰晤士报》和《苏格兰人》等报纸刊物从不离手。比阿特丽克丝在日记中记录了家人对丁尼生爵士去世的看法以及对下一届桂冠诗人进行任免等事件的讨论。除此之外，她还提出了自己的看法："我希望继任者是一位真真正正的文学家，而不是个蹩脚的诗人。我最看好西奥多·马丁爵士。要想解决这个难题，还有一个办法，那就是把桂冠诗人的

1892年8月,在苏格兰伯纳姆地区的西斯庄园度假期间,比阿特丽克丝画的一张为母亲治伤的卡尔巴德医生的讽刺漫画

在邓凯尔德发现的菌类植物,1892年比阿特丽克丝绘

称号授予英洛奇小姐或者罗赛蒂小姐,由这两个人去竞争,总比大家争来抢去的好,至少不会争得乌烟瘴气。女王陛下在位的时间眼看就到头了,眼下实在不宜再生事端。"

不论比阿特丽克丝走到哪里,都与从前的家庭教师哈蒙德小姐保持着书信往来,在信中向她讲述一家人最近的探险、宠物的近况等等。在伯纳姆度假时,她也不忘给安妮·摩尔写信,还将自己拍的照片寄给她四岁的儿子诺埃尔。在这段时间里,比阿特丽克丝仍在继续作画,时而用铅笔画素描,时而用水彩,将附近的矮丘、橡木、松柏以及当地特有的桦树等景致统统在纸上呈现出来;此外,她还用画笔捕捉小动物、小鸟和野花的形象。有一次波特夫人摔了一跤,家人请来了当

查尔斯·麦金托什是邓凯尔德地区的邮差，也是菌类植物专家，他认为比阿特丽克丝的画不仅令人愉悦，而且从植物学的角度来看，描绘得也非常准确。比阿特丽克丝对这番评论非常珍视

地的一位医生为她治伤，她还把医生的样子画成了讽刺漫画。

除了画画以外，比阿特丽克丝把大量时间花在了搜集化石和采集菌类植物上，这是她最近培养的爱好，搜集之后便用细致的笔法进行临摹，渐渐地，她在化石和菌类植物的研究方面，变得渊博起来。在研究和临摹菌类植物的过程中，比阿特丽克丝结识了查尔斯·麦金托什，他是当地的一名邮差，比阿特丽克丝小时候在达尔盖斯度假时就曾依稀记得他。在她的印象里，查尔斯为人风趣，但相貌有些吓人。她曾这样写道："虽然嘴上不敢取笑他，可我心里总觉得，他像一根破旧的灯笼杆……又像是一个令人生畏的稻草人，总之是让人想象不出的一副模样：他高高瘦瘦的，有些驼背，胸口从没挺起来过，走路的时候胳膊也会甩起来。他的手杖显得那么短，顶端拴着一根绳套，长长的胡须垂到肩膀，飘飘荡荡的，两只水汪汪的眼睛总是出神地望着水坑或者别的什么地方，就是在路上迎面碰到，他也不会抬起头看一眼。"

作为当地的邮差，查尔斯每天要走十五英里的路程，挨家挨户地送信，途中有足够多的机会去研究乡间的自然风貌。多年下来，他已经对当地的苔藓和菌类植物了如指掌，并且当选为珀斯郡自然科学协会的会员。比阿特丽克丝很想把自己画的菌类植物拿给查尔斯看看，征求他的意见："在度假期间，我千方百计地想要跟这位学识渊博却害羞内敛的人说上几句话，可每次都是把我的画原封不动地带回来，没给他看，真是太蠢了……他显然对我的画很满意，评价的时候，他也是从植物学的观点出发，用词非常精准，这让我非常欣慰。有些批评家嘴上说起来头头是道，但胸中的学识还比不上可怜的查理（查尔斯的昵称）。比起那些半吊子来，查理才真正算得上学识渊博。"比阿特丽克丝坚信自己培养的新爱好是十分有益的，在她不断地进行搜集和研究的过程中，苏格兰这片土地再次向她展现了它的神奇之处。

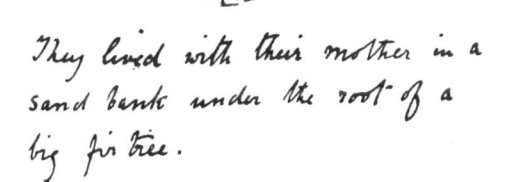

1893年9月4日，比阿特丽克丝在邓凯尔德的伊斯特伍德度假时，曾给诺埃尔·摩尔（上图）寄过一封图文并茂的书信，并在信里讲述了一个名叫彼得的兔子的故事（左图），这个故事后来成为《兔子彼得的故事》的蓝本

到了10月中旬，伯特伦按照爸爸的安排前往牛津大学。临行前，他的那只松鸦被塞进了一个小盒子里。它又是蹬腿又是乱叫，妈妈却毫不同情地说，"希望再也不要看到这只鸟了……它长得很漂亮，但是不适合养在家里。"然而牛津大学的教育并没有改掉伯特伦的恶习，这一点，全家人似乎都已预料到了。果然没过多久，伯特伦就带着松鸦回家了。

在接下来的两年里，波特一家再次回到北方度假。1893年，他们前往伊斯特伍德，住在邓凯尔德泰河河畔的安索尔庄园；第二年则住在科尔德斯特里姆附近的勒奈尔宅邸，从那里可以俯视通往切维厄特山的山谷，景色着实迷人。1893年9月4日，比阿特丽克丝在伊斯特伍德度假期间，给诺埃尔·摩尔写了一封图文并茂的书信，这封书信随后变得举世闻名。信中这样写道："亲爱的诺埃尔，我不知道该给你写些什么，只好给你讲一个关于四只小兔子的故事。这四只小兔子分别叫弗洛普茜、莫普茜、棉尾巴和彼得……"

比阿特丽克丝画的邻家小豚鼠，直到三十多年后才出现在她的作品中

在此之前，比阿特丽克丝曾在伦敦阿克斯布里奇大街的宠物店里买了一只比利时兔，价格高得令人咂舌，总共花费四先令零六便士。她给这只兔子取名为彼得·派珀，并且教会它一些把戏，用来逗孩子们开心。彼得与它的前任本杰明一样，比阿特丽克丝走到哪里它就跟到哪里。比阿特丽克丝对这只兔子宠爱有加，并且从各个角度对它进行临摹。九年以后，在这只兔子死的时候，比阿特丽克丝写道："尽管它没有多么聪明，皮毛、耳朵和脚趾都没有那么好看，但它性格温良，脾气温驯，是个讨人喜欢的小伙伴，也是一位性情安静的小朋友。"

正是在这个时期，比阿特丽克丝开始着手临摹豚鼠。斯隆广场有一家经营女帽的店铺，店主是位女士，居住在博尔顿花园街区的转角处，比阿特丽克丝每次都在她那里购买帽子。机缘巧合之下，她惊喜地发现，原来住在28号宅邸的帽店主人养了几只豚鼠。事情经过是这样的：比阿特丽克丝购买的帽子每次都是由两个孩子送到博尔顿花园，这两个孩子一个名叫艾维·亨特，一个叫杰克·亨特。他们的妈妈有一位朋友，在28号宅邸做女工，孩子们叫她"杰茜姨妈"。有一天，孩子们赶去送货的时候，突然遇到一场大雨，由于身上没带雨具，两人只好用一张纸来遮住这顶价值不菲的帽子。来到波特家的宅邸时，两个孩子心里十分忐忑，生怕帽子已经被雨水淋湿。出乎意料的是，他们并没有遭到责骂，而是被请进了屋里，换上了干爽的衣服，比阿特丽克丝为他们端来了茶点。这种待遇让两个孩子深感意外，言谈中，两人多次提到他们喜爱的豚鼠。就这样，比阿特丽克丝与住在28号的佩吉特一家人成了好朋友，经常应邀参加他们的午宴。伊丽莎白·安·佩吉特（妮娜）养的豚鼠样子有些奇怪，偶尔她会挑一两只借给比阿特丽克丝临摹。这个举动可算得上是慷慨大方，因为把豚鼠借给别人并非完全没有风险。"佩吉特小姐养了好多豚鼠，多得数不过来。一开始，我借了一只过来，画完乔普思先生这幅作品之后，便把它安然无恙地送了回去。可第二次就没有这么幸运了，我借了一只非常特别的豚鼠——这只豚鼠的颈子周围长满了长长的白毛，

1894年春，波特一家在法尔茅斯休假。坐在船尾的正是比阿特丽克丝。鲁珀特摄于3月31日（左上图）

1894年夏，波特一家在科尔德斯特里姆附近的勒奈尔宅邸避暑。一家人时常从这里出发，前往苏格兰东南部边界游览探险（左下图）

名字叫作伊丽莎白女王。它有着高贵的血统，是提特维罗二代豚鼠的后代，与著名的'桑吉巴王'和'亚洲之光'是远亲。可这只高贵的小豚鼠居然喜欢吃吸墨纸，还把纸牌、绳子等所有令它感到好奇的东西，统统吞到了肚子里，到晚上它便咽了气。当我察觉到有些不对劲儿、打算把它送回去时，我看到的却是一具湿漉漉、直挺挺、令人生厌的尸体，当时的心情可想而知。幸好佩吉特小姐为人随和，没有责怪我，我只好把自己画的画送给了她。"

对于比阿特丽克丝而言，接下来的几年时间可谓至关重要，正是在这个时期内，她迅速地开阔了自己的视野。在她二十八岁生日的前几天，一位名叫卡洛琳·哈顿的远房堂姐邀请她去家里做

比阿特丽克丝的远房堂姐卡洛琳·哈顿（上图）

卡洛琳的父亲克朗普顿·哈顿。当时比阿特丽克丝骗他说，请他检查自己背诵弥尔顿的诗，他才肯拿着书，耐着性子坐在那里，让比阿特丽克丝为他拍了这张照片（右图）

客。堂姐的家就在哈尔斯康博农庄，离格洛斯特郡的斯特劳德不远。比阿特丽克丝曾在日记中写道："6月12日星期二，我动身前往哈尔斯康博农庄。之前我独自去过祖母家，也曾在曼彻斯特待过一个星期，但这次一去就是五年，之前我还从来没有离开家这么久过，这算得上是件大事了。"比阿特丽克丝在堂姐家过得十分开心，一见到哈顿夫人就打心眼儿里喜欢她。后来她渐渐与卡洛琳的父亲克朗普顿·哈顿熟悉了，对他也产生了好感；她与堂姐妹们非常要好，特别是卡洛琳。在随后的几年里，比阿特丽克丝曾多次回到格洛斯特郡探望这一家人。

在这段时间内，她还拜访了姨夫弗雷德·波顿。弗雷德·波顿娶了利奇家的另外一个女儿哈里特，也就是比阿特丽克丝的姨妈，后来又从曼彻斯特搬到登比附近风景如画的郊区生活，住在宽敞气派的格维诺格宅邸里。弗雷德·波顿刚刚买下这栋宅邸的时候，房屋已经荒废不堪，这里本是米德尔顿一家的祖宅，但后来因其肆意挥霍以致家道中落，最后不得不蜗居在厨房里。后来，

11月的黄昏，博尔顿花园2号寓所窗前即景（左图）

1893年，比阿特丽克丝从佩吉特小姐那里借来的小豚鼠（右图）

姨夫弗雷德重新装修了这座宅邸，又添置了一些新的家具，在这方面，他从来没有吝惜过钱财。与很多兰开夏郡的绅士一样，比阿特丽克丝的这位姨夫也是靠棉纺业发家，因此他规定，要把棉花作为整个家族的象征，整座宅邸中应随处都看得见棉花的徽标。直到今天，我们还能看见刻在这座宅邸的壁炉挡板以及陈旧的家具上的棉花徽标。比阿特丽克丝逐渐为威尔士感到陶醉——同时也被姨夫的驾车技术吓坏了，她"完全不知道，原来姨夫是不会赶车的"。至于爱丽丝表姐，比阿特丽克丝总觉得她"过于安静"了。

在这段时间里，比阿特丽克丝仍然时不时地到旺兹沃思去拜访安妮·摩尔。眼下，安妮的家里又迎来了宝贝诺拉（小名巴蒂），加上两个哥哥和两个姐姐，家里总共是五个孩子。当然，比

爱花的比阿特丽克丝无论走到哪里都采摘大把的鲜花，然后把它们画下来（左图）

1897年10月，在凯西克郊外的琳格霍姆宅邸度假时，比阿特丽克丝发现的两种罕见的蘑菇（下图）

阿特丽克丝也会赶到梅登黑德去拜访哈蒙德小姐。哈蒙德小姐的家在"平克尼斯的一块公有地附近，在一座房顶由红瓦铺成的小别墅里"。唯一不足的是，这里地处偏僻，一路赶过来不仅颠簸劳累，而且还要花去不少路费。比阿特丽克丝不由得感叹说："恐怕平时很少有人会赶来拜访哈蒙德小姐的。"

此时，比阿特丽克丝已经培养起了广泛的兴趣爱好，在很多方面都可谓无师自通。她仍然在不停地搜集着化石，时常徘徊于苏格兰的采石场，或流连于断壁残垣之间，有时还会去湖区或格洛斯特郡，用手中冰冷的石凿将一块块石头打碎，带回家中临摹，或者送到自然历史博物馆进行鉴定。另外，只要一有机会，比阿特丽克丝就会拿起她的相机到处拍摄风景。她得到了一部价值不菲的新相机，这架相机"透着桃心木一样可爱的色彩"。她还与表姐爱丽丝一起学习如何用铂盐印像法冲洗照片。在这个时期里，比阿特丽克丝后来回忆说："一年以来，我差不多背了六部莎士比亚的戏剧，从不觉得疲惫，也不觉得后悔。"与此同时，她还对昆虫题材的水彩画展开了细致而复杂的研究。研究一段时间后，她开始觉得博物馆里"索引"藏品的分类极其混乱。后来，她从一位朋友那里借来一些罗马时代的文物和

在格维诺格宅邸里，壁炉挡板以及陈旧的家具上都可以见到波顿家族的棉花徽标

位于登比附近的格维诺格宅邸，摄于1895年。比阿特丽克丝曾多次到这里拜访她的姨夫弗雷德·波顿

1892年，比阿特丽克丝以精确笔法描绘的罗马时代的文物

厄耐斯特·奈斯特出版社虽然拒绝了比阿特丽克丝关于出版青蛙故事的提议，却买下了她的一些画稿，放在儿童年刊中做插图

藏品，并将它们临摹下来或画成水彩，收入画簿中。这些藏品和文物都是二十多年前在伦敦市出土的。

比阿特丽克丝之前给诺埃尔·摩尔寄过许多书信，其中一封便是讲了一只青蛙"渔夫杰瑞米先生"的故事。在这段时间里，比阿特丽克丝把这个故事改为插图绘本，并向专门经营美术彩印业务的厄耐斯特·奈斯特出版社投稿。之前比阿特丽克丝曾接受这家公司的委托，完成过不少小型项目，本以为自己的稿子有机会制作成画册出版，但奈斯特对这个提议并不感兴趣——"做成画册是肯定不行的，因为现在没人喜欢看青蛙故事"，不过对方买下了她的画稿，放在一份儿童年刊中作为插图使用。

能够自己挣钱谋生为比阿特丽克丝带来了莫大安慰，特别是在爸爸身体欠佳、妈妈又一如既往地难以相处的时候。她曾在日记中写道："拥有自己的一部分积蓄，用来买些书，并逐步实现自我独立，这是一件很了不起的事情，尽管这种独立显得有些悲凉。"这一年，比阿特丽克丝迎来了三十岁的生日，尽管她健康状况一直欠佳，但随着年龄的增长，她的性情似乎变得越发坚韧。"我觉得三十岁的时候比二十岁还要年轻，不管是在心态上还是身体上。"

也正是在这一年，她在基尤的皇家植物园遇到了一位植物学专家，这次相遇对比阿特丽克丝坚韧的性格无疑是一次考验。早在苏格兰时，比阿特丽克丝便对苔藓植物和菌类植物产生了兴趣，后来在查尔斯·麦金托什的鼓励和指点下，这种兴趣已经演变为深入的研究和探索。她不仅

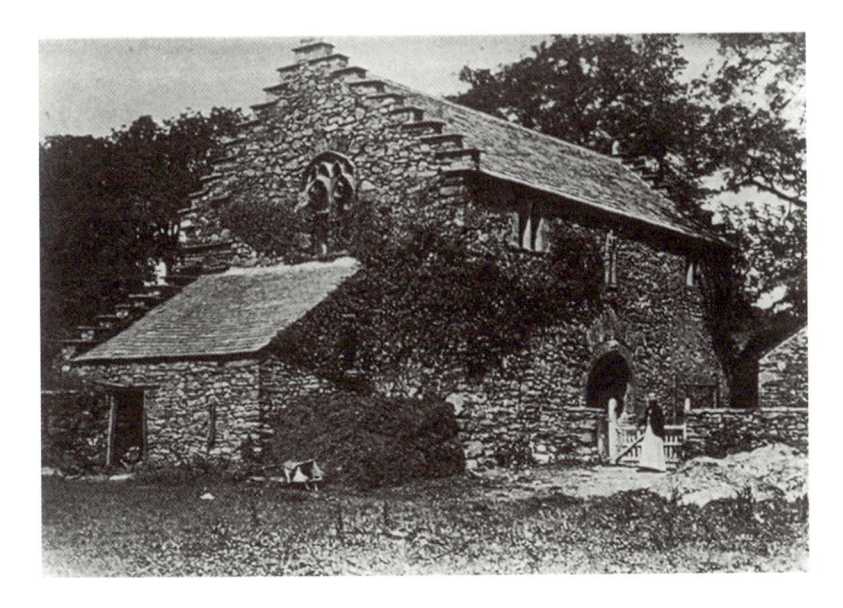

1896年夏，波特一家在索里村的雷克菲尔德宅邸避暑。比阿特丽克丝站在被鲁珀特称为"谷仓"的霍克斯黑德法庭前。鲁珀特摄于8月10日

使用显微镜研究孢子植物，甚至曾试着培育新的孢子品种。她也对巴斯德的青霉菌实验非常着迷，一遍遍地临摹着青霉菌的标本，并把自己的兴奋之情记录在日记中。她的画作令姑父亨利·罗斯科博士大为赞赏，于是把她介绍给自己的朋友、基尤植物园的园长西赛尔顿·戴尔先生，并请求让比阿特丽克丝去植物园参观和学习。比阿特丽克丝十分顺利地拿到了参观券——"他似乎对我的画很满意，仿佛还有些惊讶"——并在接下来的几个月里频繁地造访。她对植物园里菌类植物的培养非常着迷。没过多久，比阿特丽克丝便遇到了麻烦。她坚信自己找到了一种培养孢子植物的新方法，并且急于验证自己的想法正确与否。虽然比阿特丽克丝每次访问植物园都得到了热情的接待，园长助理乔治·梅西先生更是热情非常，不过她的这个提议没有引起重视。比阿特丽克丝认为，她的发现或许会带来一些潜在的利益，但她同时又担心，自己的这项发现会被他人剽窃，如此一来，她的贡献便会湮没无闻。于是，她继续坚持着自己的研究，并把研究成果以论文的形式详细地呈现出来。这篇论文名为《论伞菌孢子的萌发》，署名为海伦·比阿特丽克丝·波特小姐。1897年4月1日，这篇论文在伦敦的

1897年，比阿特丽克丝关于伞菌孢子萌发的研究论文，在伦敦林奈学会上宣读，这标志着她的研究终于得到了认可

1899年8月，比阿特丽克丝画的大公鸡头部水彩画

林奈学会会议上宣读，但负责宣读的人并不是比阿特丽克丝本人，而是在基尤植物园热情接待她的乔治·梅西先生，因为当时的女性是不能参加学会会议的。

在这段时间里，比阿特丽克丝和家人每年都会去湖区避暑，通常住在凯西克附近的琳格霍姆庄园。波特一家仍然与初到雷伊城堡时结识的牧师哈德威克·罗恩斯利保持着亲密的友谊，比阿特丽克丝与他的关系尤其好。此时，哈德威克·罗恩斯利已经从雷伊搬到了戈克拉斯维特，并成为当地的牧师。戈克拉斯维特刚好位于凯西克的另一侧，与琳格霍姆庄园相距不远。在那里，他与

比阿特丽克丝同她仰慕的恩师哈德威克·罗恩斯利以及他的儿子诺埃尔·罗恩斯利在琳格霍姆宅邸的庭园里。鲁珀特摄

妻子开办了一所工艺美术学校，以此来保护手工商品艺术，并抵制来自德国和日本的大量廉价进口商品。哈德威克·罗恩斯利身兼数职，除了管理教区和学校，他还是卡莱尔教团的荣誉成员，以及刚刚成立不久的国家历史遗迹与自然风光信托基金会的荣誉秘书；他时常发表十四行诗、关于湖区诗人作品的赏析以及湖区的旅游指南。此外，他还发表了大量的儿童歌谣，例如《送给孩子们的道德歌谣》等，受到一致好评，且流传甚广。因而，比阿特丽克丝在1900年为自己创作的儿童书籍寻求出版时，自然而然地想到了向罗恩斯利求助。

《兔子彼得与麦克戈尔先生的菜园》这本书，就是比阿特丽克丝根据七年前从邓凯尔德寄给诺埃尔·摩尔的一封书信创作而成的。摩尔家的孩子们非常珍视这些信件，一直以来都非常

摩尔家的孩子们珍藏着比阿特丽克丝写给他们的书信。这封信是比阿特丽克丝于1899年1月13日从黑斯廷寄给玛乔丽·摩尔的

> a great many carriages, one fat old gentleman always amuses one, he has the very smallest grey ponies in little blue & red coats.
>
> My pony must be having a lazy time, I shall come and see you some day when it is fine.
> yrs. aff— Beatrix Potter—

妥善地保存着它们。玛乔丽还把寄给她的信件收集起来,用一根黄色的丝带小心翼翼地扎在一起。比阿特丽克丝在寄给诺埃尔的一封书信中讲述了兔子彼得的故事,这个故事随后被比阿特丽克丝抄录下来,然后加入了更多的情节,以书籍的形式出版。全书的中间部分,也就是兔子彼得想办法逃出麦克戈尔先生的菜园的这一部分,便是后来补充进去的。此外,彼得与嘴里含着豌豆的老鼠相遇、遭遇大白猫以及回家后精疲力竭、进入梦乡等情节也是在这一时期补充完成的。同时,她又把麦克戈尔先生的篮子改为筛子,并加入了几只为彼得逃出醋栗网而鼓劲儿的小麻雀的形象。

比阿特丽克丝的手稿画在了一本印有横线的练习本上,每一页都采用图文对照的方式,卷头的插画为彩色,其余插图则采用黑白两色,均用钢笔或彩笔勾勒。比阿特丽克丝与罗恩斯利满怀

摩尔家的四个小姑娘。左起为温妮弗莱达、诺拉和玛乔丽,坐在地上的是琼。摄于1900年。这张照片很可能是鲁珀特所摄

希望地寄出了手稿,但先后遭到六家出版社的退稿,这让比阿特丽克丝逐渐失去了信心。有一家出版商倒是表现出一些兴趣,但他们建议书的尺寸应该更大些。对此,比阿特丽克丝并不赞同。"由于这位出版商向来经营印书业务,因此一味地想着如何加大书籍的版面,偏偏又负担不起这样高的成本!在这一点上,波特小姐与他有些争执……我想波特小姐用不了多久就会寻求与其他出版商的合作!她宁可花费一先令出版两到三本尺寸较小的书,也不愿意花六先令出版一本尺寸大的,因为在她看来,一本书六先令的价格太高了。"比阿特丽克丝最终找到了解决办法——自费印刷,自行出版。

在寻找印刷商的问题上,比阿特丽克丝征求了格特鲁德小姐的建议。这位格特鲁德小姐在自然历史博物馆工作,对"雕版和印刷有一定的了解",她的姐姐爱丽丝·B.伍德沃德曾为许多儿童

私家版《兔子彼得的故事》的原画稿。在沃恩出版社发行的版本中，图画为彩色，并将这位麦克戈尔太太改画得年轻了许多，最终还是在第五次印刷时删减掉了

书籍提供插画，并于六年后为文字版的《彼特·潘》提供了所有的全彩印版。伍德沃德家共有七个孩子，三个女儿均为艺术家，父亲亨利·伍德沃德博士是大英自然历史博物馆地理馆的主任，同时兼任《地理杂志》编辑，因此，格特鲁德有足够的资格为比阿特丽克丝提供意见。她推荐了伦敦一家名为斯峻奇和桑斯的印刷商，比阿特丽克丝接受了她的建议，并决定印刷二百五十册，只不过书名已经改为《兔子彼得的故事》。1901年12月16日，这套作品印刷完毕，对于比阿特丽克丝的亲戚朋友而言，这是一份绝佳的圣诞礼物。除赠给亲友的书籍外，剩下的书以每本半个便士的价格出售。这套小书迅速获得成功，各地读者纷纷致信比阿特丽克丝，表达他们对这本书的喜爱与赞赏，报纸上也相继刊出关于这部作品热销的消息："柯南·道尔也为孩子买了一本，并对这本书的故事和文笔大加赞赏。"仅仅一两周的时间，所有作品均已售罄。为了不让读者失望，比阿特丽克丝额外增印了二百册。

弗雷德里克·沃恩提出将黑白插图改为彩色插图的条件,接受了《兔子彼得的故事》的书稿,比阿特丽克丝也对故事内容做了些修改(上图)

1901年12月16日,比阿特丽克丝自费出版的《兔子彼得的故事》的封面(左图)

与此同时，罗恩斯利并没有放弃为《兔子彼得的故事》寻找商业出版人，他甚至耐心地将比阿特丽克丝的文字改成了韵文，开头部分如下：

从前有四只小兔子

没有哪只小兔比他们更乖巧

他们的名字分别叫

莫普茜、棉尾巴

弗洛普茜和彼得

如此一直改到：

他们坐下来吃茶点

非常礼貌地用餐

从不狼吞虎咽

吃一口蛋糕，喝一口牛奶

再来些黑莓果酱，真香甜

他联系的出版商中也包括弗雷德里克·沃恩出版社，这家公司曾收到过比阿特丽克丝的画稿，并在答复时表示"如果能把故事和图画结合，以书籍的形式出版，我们随时愿意予以考虑"。由于沃恩出版社内部关于这套所谓的"兔子书"意见并不一致，他们便向与该社合作过的、最成功的一位插画家莱斯利·布鲁克征求意见。莱斯利不久前曾为爱德华·里尔的《塘鹅合唱曲》以及《精灵詹比例》两部作品提供插画，获得一致好评。莱斯利认为沃恩出版社应该毫不犹豫地出版《兔子彼得的故事》，因为这部作品"无疑会取得成功"。沃恩出版社接受了莱斯利的建议，并在给罗恩斯利的回信里表示，他们愿意接受这部作品，但不太喜欢韵文这种形式。"如果采用简单的叙述，则可以充实很多内容，去年出版的《小男孩桑伯》一书便是采用这种叙述形式，而且非常有效。"此外，沃恩出版社坚持认为插图应该改为彩色，对此，比阿特丽克丝回复说："书中插图没有上色主要是因为两点考虑，第一，彩色印刷造价过高，第二，图中的人、物等形象的颜色本来就很单调，除了兔子的灰色就是绿色。"然而在沃恩出版社的一再坚持下，比阿特丽克丝在私人版《兔子彼得的故事》上市之前，终于答应为书中图画着色。

为了将出版价格控制在每本一先令六便士左右，沃恩出版社开出了第一版每本一便士的稿酬，总金额高达二十英镑。比阿特丽克丝认为沃恩出版社开出的条款非常慷慨，如果每本书的价格超过一先令六便士，她便已经做好了放弃稿酬的打算。比阿特丽克丝十分爽快地与沃恩出版社达成了协议，但心里有些担心父亲对此会做何反应，正如她在写给罗恩斯利的信中所说："我还没有告诉父亲，但我知道，一定要把每个条款都解释清楚才行，因为作为一名出庭律师，他非常重视形式。"就这样，罗恩斯利的韵文被舍弃，比阿特丽克丝开始仔细修改文字，并开始给插图着色。1902年3月，比阿特丽克丝与伯特伦在苏格兰度假时，她仍然一如既往地忙碌着。她在信中写道："弟弟总是嘲笑我画的人物；您和他都把麦克戈尔先生的耳朵看成了鼻子……其实根本不是鼻子……唉，我从来没学过画人物画。"

这个时候，伯特伦的酗酒问题日渐严重。自从在牛津大学度过短暂而抑郁的一段时间后，他便把多数时间花在了绘画和饮酒上。为逃避家里的约束，他时常去英格兰北部以及苏格兰地区写生。他的身边始终跟着一个人，名义上是为他"携带画板"，实际上是为了限制他饮酒。

从这张画中不难看出，伯特伦画的人物比姐姐更胜一筹。1902年，伯特伦把他的全部时间用在了绘画上

"他从大门底下挤了进去"——私家版《兔子彼得的故事》墨笔插图。现代版的插图均为彩色，故事内容也增加了许多（右图）

"然后，兔子太太挎起了一个竹篮"——《兔子彼得的故事》的素描稿（左图）

　　他曾多次前往伯纳姆写生，几年后，他在途中偶然遇到了玛丽·司各特，并坠入爱河。玛丽来自苏格兰的霍伊克地区，当时负责打理伯特伦居住的宅邸。伯特伦打算不理会父母的反对，与玛丽秘密成亲，并在苏格兰以务农为生。七年后，家人终于发现他并没有独自在边境的安克鲁姆地区务农，而是早已娶妻成家。

　　《兔子彼得的故事》的出版工作进行得非常顺利，出版商决定发行两个版本：一个版本为布皮封装，价格为一先令六便士；另一个版本为纸板封装，价格为一先令。对此，比阿特丽克丝非常赞同，因为她想把售价控制在尽可能低的水平。在与沃恩出版社签署合同时，比阿特丽克丝拖延了几天："我不能丢下妈妈一个人。她现在已经好多了，遗憾的是，她的耳朵恐怕会失聪，一只耳朵的鼓膜已经穿孔，另外一只耳朵的情况也很糟糕。都是被流行感冒给害的。"比阿特丽克丝打算去沃恩出版社看看彩色插图的样版，同时没有忘记在信中提醒出版方："假如我的父亲坚持要与我一道，亲眼看一看合同条款，并且对细节斤斤计较的话，还请理解和原谅。我怕他言语不周，多有冒犯。因此，我只能再次提醒各位，我爸爸有些难以相处。尽管我已经三十六岁，能够处理好这套书的事情，但我的父亲还保留着老年人挑剔的习惯，有时让人难以忍受。"

　　最终，合同于1902年6月签订，但出版方并没有针对第一版的三千册支付每册一先令的稿酬，而是针对每册一先令六便士的价格支付了百分之十的版税，"十三册算作十二册，这是通行的做法。"比阿特丽克丝对样书的各个方面进行了仔细的审视，对插图的各个层面进行了详尽的点评，同时指出了颜色该如何调整，并在最终出版之前，对文字进行了润色。弗雷德里克·沃恩出版社发行的《兔子彼得的故事》最终于1902年10月2日出版，首版印制的八千册全部售空。

第三章

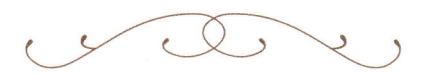

"他这一生并不长,
但过得很有价值,很幸福。"

诺曼·沃恩与比阿特丽克丝·波特

沃恩出版社的创始人弗雷德里克·沃恩和他的夫人路易莎，女儿米莉，次子弗罗英

　　从1901年到1902年的整整两年时间里，比阿特丽克丝一直与她的出版商保持着密切的书信联系。此时她已经成为沃恩出版社的常客，每隔一段时间她就要到贝得福德街去——沃恩出版社的办公室就设在这条街道的考芬特花园里。每次办完事情，她都会驾着马车匆匆离去，赶回博尔顿花园。《兔子彼得的故事》出版前的三个月，比阿特丽克丝便已经开始与沃恩出版社商讨再出一本新书的事情。她寄过去一些彩绘画稿，认为可以用作儿童歌谣的插图，并提议首先用在《茜茜莉·帕斯莉的儿歌》这本书中。这是一部与考尔德科特的《幼童歌曲》较为类似的作品。

　　沃恩出版社的主管是一位年轻人，名叫诺曼·沃恩。他是沃恩公司创始人弗雷德里克·沃恩的儿子，诺曼的两个哥哥哈罗德和弗罗英均从事出版行业，两人都已结婚并有了孩子。不过，经常与比阿特丽克丝保持书信往来的，只有诺曼一个人。他与母亲住在贝得福德广场8号那栋气派的老宅里。自从弗雷德里克·沃恩在1901年去世后，沃恩太太便一直孀居于此。诺曼未婚的姐姐艾

1898年4月27日，弗罗英·沃恩与玛丽·史蒂芬斯的婚礼。右起第三人是他的弟弟诺曼·沃恩（上图）

贝得福德广场8号，沃恩家寓所（左图）

米莉亚（昵称米莉）也跟他们住在一起，这个女孩性情温顺，有些缺乏主见，诺曼总是亲切地称她为"老米"。她的长相与家里的其他成员有些不同，据家里人讲，"她拥有克里米亚人的血统"。诺曼的长兄弗雷德里克英年早逝，另一个姐姐艾迪斯也嫁往外地。诺曼是家里最小的孩子，也是母亲眼中的"丑小鸭"，不过他的长相很讨人喜欢，高高的个子，黝黑的皮肤，有人说他长得与罗伯特·路易斯·史蒂文森有几分相似。他无疑是母亲最喜爱的孩子，受到母亲和姐姐无微不至的关怀。诺曼和比阿特丽克丝建立了十分亲密的友谊。两人在书信中永远都是以"先生"或"女士"称呼彼此，随后逐渐改为"沃恩先生"或"波特小姐"，再往后，两人的书信便渐渐没有那么拘谨了。

在这段时间里，比阿特丽克丝正准备自费出版第二本书。有一次，她在格洛斯特郡的堂姐卡洛琳家做客时，在那里听到了一个故事：据说格洛斯特郡里有一个裁缝，他星期六的时候把一件马甲落在了店里，这件马甲已经裁剪完毕，但还没有缝好。第二周的星期一，当他回到店里时，惊讶地发现马甲已经做好了，只差一个纽扣的扣眼没有缝好，这个扣眼上系着一张字条，上面写着"捻丝不够用了"几个字。这个故事激起了比阿特丽克丝的兴趣，她以这个故事为蓝本，创作了一个长篇故事。她把这个故事写在一个练习本上，还配了十二幅彩色的插图。这几幅插图是她前一年寄给弗莱达·摩尔的圣诞礼物。由于自费出版的《兔子彼得的故事》大获成功，比阿特丽克丝认为《格洛斯特的裁缝》也会受到欢迎。考虑到沃恩公司当时尚未发行《兔子彼得的故事》，短期内应该不会考虑出版第二本书，于是比阿特丽克丝打算自己出版。1902年10月，她印制了五百本《格洛斯特的裁缝》并出版，12月17日寄给诺曼·沃恩一本，她在信中说："无论如何，但愿你不会觉得这个故事太无聊。"诺曼对这本书很感兴趣，并立即表示沃恩出版社或许会考虑出版，但故事的篇幅应该再短一些。针对这个建议，比阿特丽克丝幽默地回复说："感谢您对老鼠故事的回信，您很重视故事情节，这已算是最好的赞美了。您的建议非常有道理，不过我之前就已经预料到，您会删掉裁缝这个角色以及我最喜欢的歌谣部分！这也是我自费出版的一个原因。"

比阿特丽克丝的创意和想法层出不穷，这让诺曼·沃恩陷入了比较尴尬的境地。除了一些童谣作品和《格洛斯特的裁缝》，她还打算出版一套关于松鼠的故事，并在写给诺曼的一封信中提出了这个建议。当时她正在表姐埃塞尔·海德·帕克男爵夫人家中做客，住在萨福克郡的梅尔福德庄园。她在信中说道："我只希望在星期一离开之前，猎场管理人能成功地为我抓到一只松

索里村的雷克菲尔德宅邸的庭园。1896年,比阿特丽克丝曾在这里度假,并第一次见到了希尔托普农场

1890年，比阿特丽克丝为希尔德斯黑摩和福克纳出版社设计绘画的圣诞卡（右图）

———————————

"他有一床法兰绒旧棉被和一大块蓝布料，经常在上面睡觉"——《兔子彼得的故事》1889年8月（下图）

> 萨福克郡的梅尔福德庄园，比阿特丽克丝的表姐埃塞尔住在这里。1902年，比阿特丽克丝在这里做客时，萌生了创作一个松鼠故事的想法

鼠。"当时比阿特丽克丝急需一只松鼠作为临摹的参照。没过多久，比阿特丽克丝再次提起了青蛙的故事："早晚有一天，我会考虑出版《渔夫杰瑞米先生》的故事。"与弗雷德里克·沃恩出版社商讨后，双方决定出版两套书，一套是《格洛斯特的裁缝》，另一套是《松鼠愣头金的故事》，两本书计划在1903年圣诞节之前出版。"我更喜欢那位可怜的老裁缝，"比阿特丽克丝写道，"不过我认为大家会更喜欢另外一本书，因为圣诞节快到了，这本书会给大家带来更多的欢乐。"

对于比阿特丽克丝而言，圣诞节向来都是悲惨的回忆。由于幼时体弱，寒冷的天气和伦敦的大雾经常害得比阿特丽克丝生病，好几个圣诞节她都是独自在床上度过的。1883年圣诞节正逢比阿特丽克丝的祖母病危，而1895年的圣诞节也不快乐。比阿特丽克丝在日记中写道："我们从来没有开心地过过一次圣诞节，每到圣诞节，天气就变得阴冷潮湿，而伯特伦也是闷闷不乐……圣诞节后的几天，爸爸又病倒了，而且病得很严重，似乎挺不过今晚了。"由于波特一家笃信唯一神教派，并不会像常人一样参加基督教的节日活动，比阿特丽克丝常常因此感到非常孤独。博尔顿花园的圣诞节永远都是那么节制和肃穆，这与居住在28号的佩吉特一家形成了鲜明对比——"佩吉特小姐家的圣诞树顶端斜斜地挂满了玩具。"比阿特丽克丝心里非常清楚，1902年的圣诞节不会有太大改变，更何况伯特伦当时已经不在家了。

新年很快来临，比阿特丽克丝的故事创作进展得异常迅速。她仿佛被淹没在创造力的潮水

> 1901年9月25日，比阿特丽克丝从琳格霍姆宅邸寄给诺拉·摩尔的图文并茂的书信。这封信里讲述的故事，后来成了《松鼠愣头金的故事》的蓝本

> and that he had a brother called Twinkleberry, and this is the story of how he lost his tail —
> There is a big island in the middle of the lake, covered with wood, and in the middle of it stands a hollow oak-tree which is the house of an owl, called Old Brown. One autumn when the nuts were ripe, Nutkin and Twinkleberry, and all the other

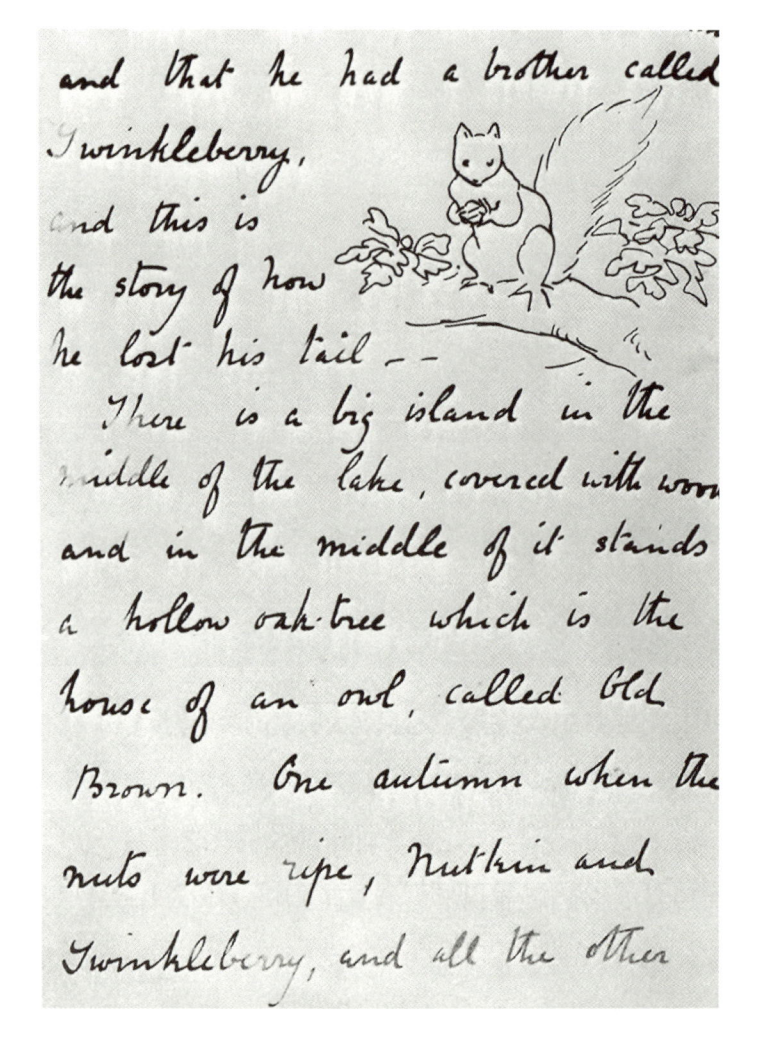

之中，同时也将出版商拉入这股潮流之中。关于两本新书的合同条款很快拟定，到了2月份，当她还在格维诺格宅邸做客期间，双方便已经签好了合同。"这些条款的内容还算满意，从事棉纺业的叔叔和我都认为这两套书能带来丰厚的利润。"《松鼠愣头金的故事》与《兔子彼得的故事》一样，同样是比阿特丽克丝在一封图文并茂的书信中给孩子们讲述过的。那是在1901年，比阿特丽克丝在湖区的琳格霍姆宅邸避暑时，寄给诺拉·摩尔的一封信。她像从前一样，把这些信从孩子们那里借了回来，以这些书信中的故事为蓝本，在此基础上再进行修改创作。由于猎场管理人没能抓到松鼠，比阿特丽克丝在绘制愣头金和它的表兄们的形象时没有模特参照，于是她选择向宠物店求助。"我买了两只松鼠，可惜不是一对儿，它们时常打架，而且打得很凶，我不得不赶走了一只——就是样子稍微漂亮些但更凶的那只。另外一只松鼠是个可爱的小家伙，可是它的半只耳朵

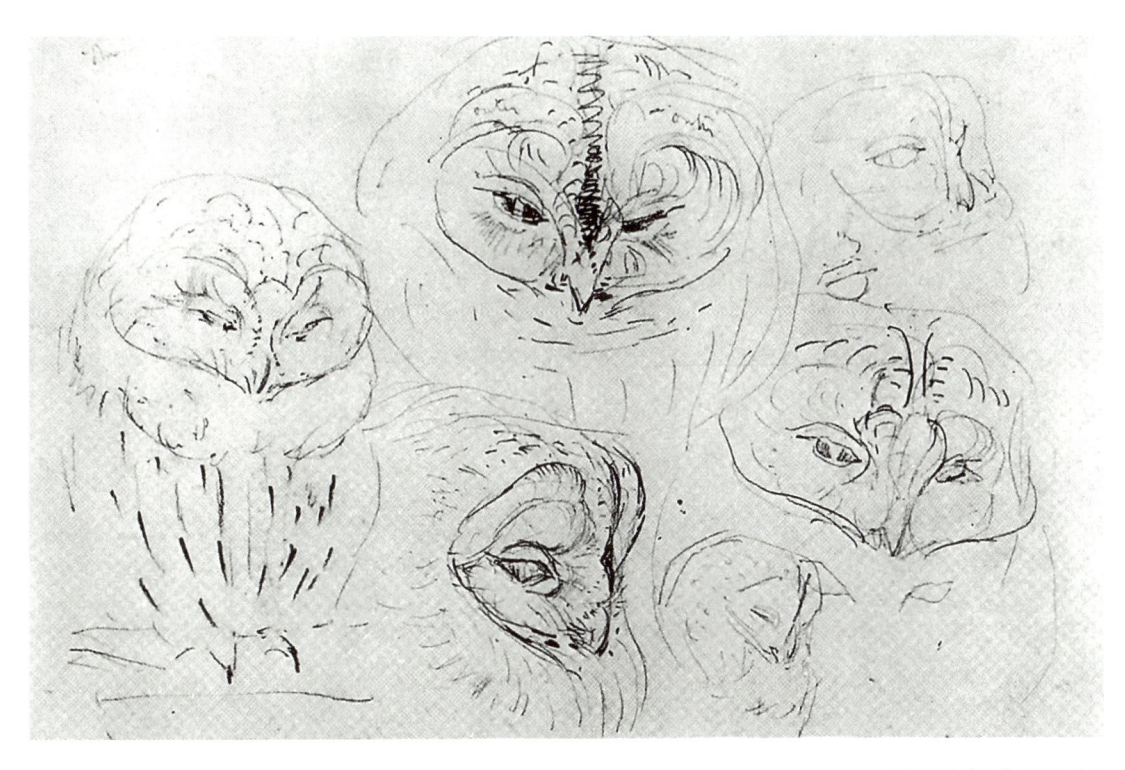

1903年圣诞节前出版的《松鼠愕头金的故事》中，猫头鹰老布朗先生的早期画稿

已经被咬掉，相貌也因此被破坏了！"除此之外，比阿特丽克丝在画老布朗先生的时候也遇到了问题。"构思猫头鹰的时候，我的脑子都快想破了，不得不又一次去了动物园。"幸好比阿特丽克丝的身边还有一位帮手。她在日记中提到："我明天要去湖区找弟弟，他肯定能帮我修改那只猫头鹰。"

与此同时，比阿特丽克丝正在准备删减版的《格洛斯特的裁缝》。她为那件樱桃色的外衣找到了一个绝佳的模型，"我可以仿照肯辛顿博物馆里陈列着的、最漂亮的十八世纪的服饰。之前我曾站在金匠铺旁边那个偏僻而又昏暗的角落里，盯着这些衣服看了好久，之前从来不知道，原来衣服是可以拿出来的。博物馆的一位员工说，我可以任选一件，放在办公室的桌子上，这样画起来就方便多了。"裁缝厨房里的壁炉就是比阿特丽克丝在梅尔福德庄园完成的，后来与父母在福克斯通度假时，她又买了几只老鼠。

对于这两本书的出版工作，比阿特丽克丝再一次给予了紧密关注。她与诺曼·沃恩讨论着用

私家版《格洛斯特的裁缝》的
画稿，这幅图在沃恩出版社发行的
版本中被删掉了

1903年，沃恩出版社发行的精装版《格洛斯特的裁缝》和《松鼠愣头金的故事》。封面用的是艾德蒙·波特公司提供的印花布

什么纸张、如何印制插图，同时还讨论了关于"折页"和装订等大量细节问题，"我一直认为，折页是放在封面和书的具体内容之间，用来缓解眼疲劳的，就像是加了框的画作需要一个朴素的支架一样。"这两本书与《兔子彼得的故事》一样，分别采用两种封面，一种为纸板封面，一种则是精装的布料封面。在布料封面的问题上，比阿特丽克丝是能够帮上忙的。她写信给曼彻斯特的家族工厂，要求提供一些印花棉布的样品："只要他们有合适的图案，艾德蒙·波特公司便能够在任何布料上印出想要的色泽。"最终，所有的细节问题都顺利解决，《松鼠愣头金的故事》计划于1903年8月出版，新版的《格洛斯特的裁缝》则于同年10月出版。

然而，当这两套书的出版工作筹备完毕时，比阿特丽克丝却感到一阵失落。一年以来，她一直处于忙忙碌碌的状态，终日里忙着创作，许多工作都是在旅途中完成的，例如在威尔士、萨福克、肯特、格洛斯特等地。可现在等待她的，只有漫长的暑假，她要陪父母在湖区避暑，再没有出版商办公室里的那种兴奋，她的编辑诺曼也不会像往常般一刻也不懈怠地关注着她。此时，她不

比阿特丽克丝于1903年2月5日寄给诺曼的书信及《松鼠惵头金的故事》的封面设计素描（上图）

《松鼠惵头金的故事》的画稿"松鼠们恭恭敬敬地为老布朗先生献上了三只胖乎乎的小老鼠"（右图）

诺曼离开伦敦去外地推销书籍时，写给侄女的信

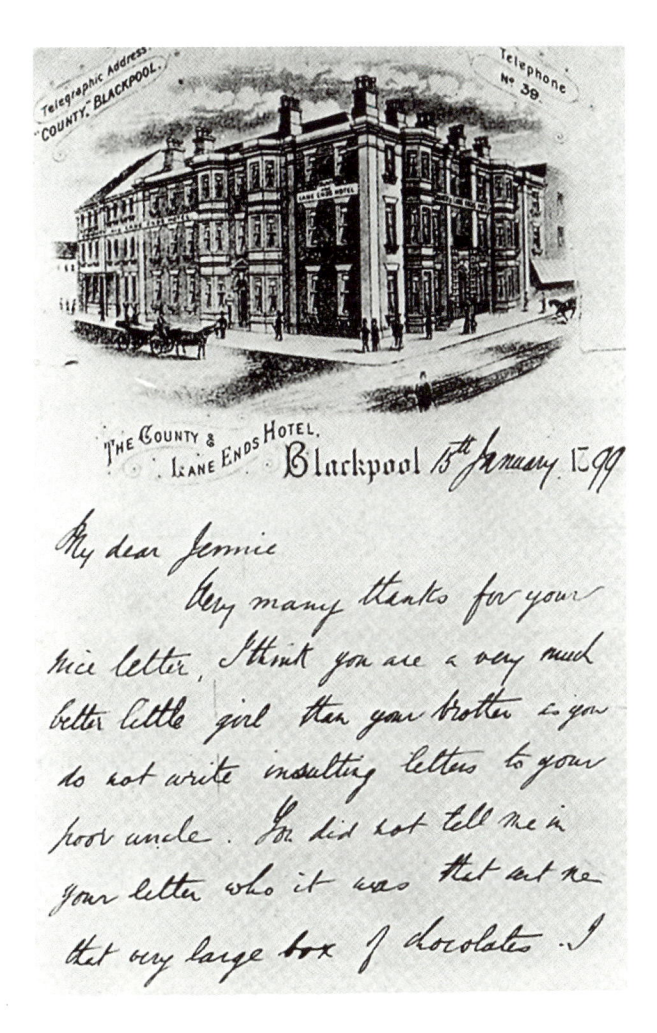

禁感叹，如果手头有些工作可以消磨时间该多好。"我倒真希望有人能提议再出一本书，可不知道我有没有这个资格提这种建议！我可以把自己的想法列出来，发给您，许多想法还只是雏形而已，有一个故事我已经写在了练字本上，我会把信从孩子们那里借回来，寄给您读一读。"当比阿特丽克丝的书信寄到沃恩出版社时，诺曼已经离开了。除了负责某些作品的编辑工作外，他还要四处推销书籍，向全国各地的书商展示新发行的作品，劝说他们订购。诺曼的哥哥哈罗德回复了比阿特丽克丝的书信，并且邀请她面对面地商讨下一步的计划。然而这并不是比阿特丽克丝的本意，于是她在信中回复说："很抱歉，在我出发之前来不及登门拜访了。本以为这件事可以在书信中商定，我真不该在这个时候提起下一本书的事情。去年冬天我已经饱受上一套书的折磨，或许我该休养一段时间才是。"其实，比阿特丽克丝只是期待着能见到诺曼而已。"如果您无法

将诺曼·沃恩先生的书信转寄给我,那就烦请您代为转告,就说7月4号来信我已收到,我非常感激,否则他会以为我没收到。"

在比阿特丽克丝前往湖区之前,哈罗德·沃恩又尝试着与她进行联系,不仅将《松鼠愣头金的故事》的样书寄给她,还鼓励她将下一个故事的大体思路寄给社里,以便在她度假期间,他可以对故事进行斟酌。尽管诺曼不在,比阿特丽克丝还是应允了哈罗德的要求,并在书信中补充道:"我想,这次还是选择兔子故事吧,我整理好就寄过去,诺曼先生回来后请他仔细看一看,或许他会觉得有趣的。"比阿特丽克丝抵达凯西克附近的法伊花园宅邸后不久,《格洛斯特的裁缝》的彩色图样便寄了过来。令比阿特丽克丝极为不安的是,她发现印刷商删掉了她之前在每幅图画周围精心布置的黑线条。"这样一来,有一张大门的图画就完全被毁掉了。我需要这根线条来凸显前景中积雪的白色……去年冬天我曾特意询问过,能否保留线条……线条构成的框架不仅使画面布局紧凑,还能造成一种视觉上的距离感。"此时,比阿特丽克丝已经跻身于沃恩出版社重点关注的作者之列。诺曼8月底回到社里后,这些线条重新被加入图样中。与此同时,诺曼带来了《松鼠愣头金的故事》热销的好消息。再次收到诺曼的消息,比阿特丽克丝感到非常高兴,她在信中说:"愣头金获得好评,我感到很欣慰,之前在作画的时候,从没想到它会这样受欢迎——不过我总觉得您会很喜欢这部作品。如果方便的话,我想加印几本。一万本书的销售任务着实不轻呢。"

凯西克郊外德文特湖畔的法伊花园宅邸,摄于1984年。1903年,波特一家曾在这里避暑

1903年，比阿特丽克丝在法伊花园宅邸避暑时，构思了兔子彼得的表哥——兔子本杰明的故事

诺曼对"兔子故事"的提议很是赞赏，他在给比阿特丽克丝回信时，字里行间仍然掩饰不住心里的激动。比阿特丽克丝在法伊花园宅邸度假期间也没有闲下来，她在信中说："我已经构思好兔子故事的每一个背景，还粗略地画了些插图，大约有七十张的样子！虽然有些潦草，但还是希望您会喜欢。昨晚我的兔子对我大发脾气——说起来也蛮有趣，我先是陪雪貂玩耍了一阵，然后又去逗弄兔子，当时还没洗手，没想到一向很乖巧的她竟然径直冲了过来，我还没有关好笼门，手腕就被她狠狠地咬了一口。不过现在我们已经和好如初，因为我用香皂洗了手。"

当比阿特丽克丝从湖区避暑回来时，诺曼又一次离开了伦敦，两人再次擦肩而过。她在给沃恩出版社的信中写道："如果各位稍有空闲，能否写信告知《格洛斯特的裁缝》一书的进展如何？很遗憾的是，兔子故事的开头进展得并不顺利，我最近也正为这事烦心，希望最终一切顺利。诺曼·沃恩先生大约什么时候回来？或许他能帮我仔细地看一看。"比阿特丽克丝每隔一段时间便要去贝得福德街沃恩出版社的办公室拜访，但她心里唯一想见的，其实只有诺曼一人。

沃恩家的兄弟姐妹关系十分亲密，在侄子和侄女眼中，诺曼无疑是最受欢迎的叔叔。他对户

弗罗英·沃恩在瑟比顿的圣布雷拉德宅邸。诺曼·沃恩常和侄子弗莱德来这里打网球

外运动情有独钟,每个星期六上午,都会带着侄子弗莱德去瑟比顿,两人一起到哥哥弗罗英的宅邸去打网球,而且每个星期六的清晨,他们都会到瑟彭顿河里畅游一番。每次到布莱克普尔或者哈德斯菲尔德推销书籍,诺曼都会给侄女们寄来长篇的书信,并在信中许诺,回到伦敦就立刻去看她们。他在信中对侄女们说道:"我要给你们的布偶建一栋新房子,因为你们的布偶太多了,刚刚结婚的布偶准会要求住新房,她们与婆婆一起生活,肯定会不愉快,没准儿吵起架来,会把家具和窗子都打破。刚才旅馆的擦鞋匠提醒我,寄信的时间到了,所以我只好写到这里了。"

这个幸福的大家庭让比阿特丽克丝心里很是向往和羡慕。沃恩家的兄弟姐妹们总会找出些借口,让一大家人有机会在贝得福德广场团聚,特别是在圣诞节期间。一次又一次的家庭聚会给弗罗英的女儿维尼弗莱德·沃恩留下了深刻的印象:"沃恩家的人聚在一起总是那么欢乐。每次聚会的时候,孩子们都是主角,家里的大人们也与我们一起游戏。我们就算聚在一起,也从不会喧哗和吵嚷。有一次,诺曼叔叔打扮成了圣诞老人的样子,表姐路易一眼就认出了他,向来胆大的她走过去亲了叔叔一口。角落里的仆人和保姆看到了这一幕,都说她太放肆了。"渐渐地,比阿特丽克丝与米莉成了好朋友,两个人有很多共同点。不久前,比阿特丽克丝还曾到贝得福德广场去做客,与沃恩一家分享着家庭聚会的快乐。"我记得她还帮我穿过衣服,"维尼弗莱德回忆说。"不过她把我的灯笼裤穿反了。当时我的保姆嘲讽地说:这些聪明人连最基本的事情都做不

位于贝得福德广场的沃恩家寓所里的图书室。摄于1905年。桌子上摆着比阿特丽克丝的"小书"

好。"

在这段时间里，比阿特丽克丝的作品十分畅销，截至1903年底，《兔子彼得的故事》已经卖出五万余本。"大家一定很喜欢兔子！彼得的故事卖得太好了，数量真是惊人！"在下一本书写什么这一问题上，比阿特丽克丝与诺曼商量说："我打算写一个关于猫的故事，利用上个夏天我画的一所农舍的素描。我相信我能做出一本漂亮的书……那些玩偶形象能组成一本有趣的书，不过很快就有另一本老鼠书了吧？"两个想法都与《兔子彼得的故事》有千丝万缕的因果关系，那就是《兔子彼得的故事》续篇——关于其表哥本杰明的故事。

在创作《兔子彼得的故事》的续篇——《小兔本杰明的故事》的过程中，比阿特丽克丝做起了兔子彼得玩偶。"我正在用印花棉布裁剪彼得的外形，现在还没有做好，不过最后的样子一定会很可爱，特别是它的胡须，是用刷毛做成的！第一个布偶我打算用天鹅绒来做，染成白色，就像那些警察布偶一样，不过皮肤缝起来有些麻烦。故事创作目前还没有什么头绪，眼下我只想把布偶做出来。我想如果在脚部加入些铅弹，或许它就能立住不倒！"布偶做成后，她寄给诺曼一个，让他送给侄女做礼物。"希望小姑娘会喜欢。布偶的身体和礼服的下摆里面塞了些弹丸，只要腿没有磨破，这些弹丸是绝不会掉出来的。孩子们常常以为动物玩偶里面塞着糖果，我就当给他们一个适当的警告好了！"比阿特丽克丝坚持让诺曼帮她寻找能够制造这种布偶的生产商。

《小兔本杰明的故事》的素描草稿

比阿特丽克丝设计制作的兔子彼得布偶,并于1903年12月28日在伦敦专利局注册了专利权

她在信中说:"关于布偶的问题,希望您能帮我想想办法。哈罗德说,许多生产商正在仿照'阳光吉姆'的广告制造布偶,有些布偶是根据卡片上的形象制造的,眼下非常流行。"此时此刻,比阿特丽克丝已经意识到,她的畅销故事给许多人带来了经济利益,"我爸爸刚刚从伯林顿拱廊买回一只松鼠布偶,它就是被人打着愣头金的名义出售的,样子比兔子可爱,不过很显然,它的样式与书中没有多大差别。估计用不了多久,我们就能看到老鼠布偶了!"

当时,比阿特丽克丝已经养了不少小动物,不论走到哪里,都要把它们带在身边。每次出门时,她会把刺猬放进篮子,把兔子和老鼠装进木盒里。比阿特丽克丝在威尔士时,还曾经给维尼弗莱德寄过一封图文并茂的书信,她在信中说:"我从来不给它们买票。我的刺猬名叫提棘·温可太太,它可是个经验丰富的旅行家,我都不记得它究竟旅行过多少次了。下一段旅程会非常短暂,我们星期六要去海边,不知道能不能捡到些螃蟹、贝壳或是虾米。提棘·温可太太从来不吃虾米,我觉得它真是太傻了,平日里它只吃蚯蚓和甲虫,这些东西哪里比得上虾米的味道好。等过几天它回伦敦时,你可以请它喝杯茶,提棘·温可太太最喜欢喝牛奶了,而且要用娃娃的茶杯喝!"除了刺猬以外,比阿特丽克丝还养了一只名叫乔西的兔子。"虽然它只是一只普普通通的小野兔,但它很乖巧,也很温驯。它原本住在篱笆下面的兔洞里,当它还是个兔宝宝时,就被一个小男孩给捉了回来。它小得能够蹲在我的手心里。"另外,比阿特丽克丝还养了两只老鼠,一只名叫汤姆·萨普,另一只叫作罕卡·蔓卡,两只老鼠都来自格洛斯特郡,是去年在哈尔斯康博农庄的厨房里捉到的。当时,两只老鼠正需要一个新笼子,笼子的制作者自然非诺曼莫属——他既然能为侄女的娃娃建造房子,还有谁能比他更称职呢?比阿特丽克丝在信中说:"我希望'乌鸦强尼'可以为我的老鼠造一栋小房子,我可以负责

90

> the Sea-side on Saturday.
> I wonder if I shall find any crabs and shells and shrimps. Mrs Tiggy-winkle won't eat shrimps; I think it is very silly of her, she will eat worms and beetles, and I am sure that shrimps would be much nicer. I think you must ask Mrs Tiggy-winkle to tea when she comes back to London later on, she will drink milk like anything, out of a doll's tea-cup!
> With a great many kisses, from your loving friend
> Beatrix Potter.

比阿特丽克丝经常把她喜爱的小动物带在身边，她在威尔士写给维尼弗莱德·沃恩的信中讲述了刺猬提辣·温可太太的故事

设计图纸，你觉得他会答应吗？我要的那种房子，侧面要安上透明的玻璃，这样我就能继续画罕卡·蔓卡了，原来的那个笼子已经摇摇欲坠了！"

　　就在比阿特丽克丝即将完成《小兔本杰明的故事》时，诺曼造的鼠笼为她带来了下一本书的灵感。望着两只老鼠把各自找到的宝贝拖回窝里，比阿特丽克丝的脑中燃起了灵感的火花，于是便有了老鼠趁布偶不在家，进入娃娃屋里偷东西的故事。她本打算拿诺曼给侄女做的娃娃屋作

汤姆·萨普和罕卡·蔓卡正悄悄地向洋娃娃的家靠近。《两只坏老鼠的故事》的素描草稿（上图）

诺曼为侄女维尼弗莱德做的"娃娃屋"。《两只坏老鼠的故事》中两个娃娃的家就是照着这栋小房子画的（右图）

为样本，但这样一来她只能到瑟比顿去现场临摹。这个想法让诺曼和弗罗英非常高兴，两人热情地邀请比阿特丽克丝到家里来作画。然而波特太太此时已经察觉到女儿与沃恩一家人的友情有些过火，并责令她适可而止。比阿特丽克丝在写给诺曼的信中说道："我原本很想过去的，但愿沃恩太太或者您不会认为我太过失礼，如果到瑟比顿去，我不可能在午饭前赶回家的。我现在几乎没法出门，妈妈现在非常严厉，我连提都不敢提这件事。我也一直在责备自己没用，可偏偏不知道该怎么办，真是折磨人……那本书的事情还好说，我可以根据照片还有我的木箱来画，可是如此爽约，实在是太过失礼了。"

收到信后，诺曼自然感到非常失望，但他仍然拍了几张娃娃屋的照片，而且买了些娃娃一并寄给比阿特丽克丝，以便她在作画时有所参照。比阿特丽克丝在回信中写道："非常感谢您寄来的娃娃，虽然模样有些奇怪，不过恰好是我需要的。我有点好奇，这些娃娃居然是从赛文戴尔斯买来的……我会给厨娘简画条裙子，还有灿烂的笑容；她的小脚胖嘟嘟的，好滑稽，我可以根据她的形象写一个小故事。兔子的故事总算完成了，这让我感到非常欣慰。"随后，诺曼又将娃娃屋寄给她作为参照。比阿特丽克丝回信说："今早从哈姆雷取了包裹，您寄给我的一切都非常完美，特别是那火腿，看了足以让人吃不下饭去。这些宝贝已经足够多了，一个小故事几乎要容纳不下了。"随后，诺曼建议波特太太陪着比阿特丽克丝一同到瑟比顿去临摹，但这番建议并没有多大用处。比阿特丽克丝回复说："估计妈妈不会同意去瑟比顿，我之前说她很严厉，这番话估计你是没法理解的。与她来往不多的人并不知道，如果她讨厌什么事情，她就会变得特别刻薄与挑剔。我倒是很愿意过去，但真的不知道怎么办才好。"事实上，在这本书出版之前，比阿特丽克丝还是去了瑟比顿。后来，维尼弗莱德·沃恩在回忆起比阿特丽克丝来访的情景时说道："她跟妈妈一起吃了午餐，然后被人领到育婴室去看娃娃屋。她仔细地打量了一番，然后借走了一个警察布偶。我当时还在怀疑，她还会不会把布偶送回来。事实证明，她真的把布偶送回来了！她当时穿着深色的大衣和短裙，系着一根明晃晃的褐色皮带，穿着一双男士的鞋，看起来非常严肃。她来的时候还打着一把男士雨伞，不过丢在了育婴室，忘了带走，第二天爸爸把伞带到办公室去了。"

1904年9月，《两只坏老鼠的故事》以及《小兔本杰明的故事》同时出版，前者是比阿特丽克丝献给"W.M.L.W, 布偶房子的主人"的故事，后者则是写给"索里村的孩子们"。《小兔本杰明的故事》出版后，《泰晤士报文学增刊》对这部作品提出了十分尖刻的评论："这套儿童读物的出版仿佛大树的落叶一般，准时地预示着秋天的到来，我们不妨首先看一看比阿特丽克丝小姐的新作……插图的魅力与诙谐丝毫不减，但故事难以称其为故事，可以说全然不得要领。如此看来，比阿特丽克丝小姐来年定要聘请一位文学助理才行。当然，不可否认的是，她的插图非常完美。"1904年底，比阿特丽克丝的两本新

《两只坏老鼠的故事》中的洋娃娃露辛达和厨娘筒的素描。这两个人物形象是比阿特丽克丝照着诺曼为她买的洋娃娃画的

安妮·摩尔的第八个孩子——1903年11月出生的比阿特丽克丝·摩尔。比阿特丽克丝是这个孩子的教母

书又分别增印了三万册。

对于比阿特丽克丝而言，1904年又是忙忙碌碌的一年。在这一年，她成了一位教母：1903年11月，安妮·摩尔的第八个孩子出生，她为孩子取的教名便是比阿特丽克丝，而比阿特丽克丝本人也一口答应承担教母的义务。她把一个刻有"比阿特丽克丝·摩尔1903年11月3日"字样的银质糖碗送给了这个刚刚出生的小宝贝。比阿特丽克丝·摩尔至今仍珍藏着这份礼物。

此时此刻，生活在博尔顿花园的比阿特丽克丝对未来充满了憧憬，认为总有一天她能够独立起来——"自食其力的感觉真的很好"。除了两本新书外，比阿特丽克丝还为沃恩出版社接下来推出的书目清单设计了封面，为此，沃恩出版社十分慷慨地支付了两英镑作为酬劳。同时，她还完成了兔子彼得布偶的制作，并发明了一种名为"兔子彼得"的图板游戏。沃恩出版社曾邀她为其他作者提供插画，但比阿特丽克丝

比阿特丽克丝为沃恩出版社《1904—1905年新品概览》设计的封面（上图）

坐落在凯特贝尔斯山谷中的露西家的农舍。摄于1985年（右图）

1904年，比阿特丽克丝为她的新书《提棘·温可太太的故事》画的素描

婉拒了这个请求。朗曼公司也曾邀请她编写小学课本，比阿特丽克丝也没有考虑："我有一种强烈的预感，如果我把精力放在任何一本别的书上，我就没法完成自己的作品。我的确很享受创作故事的过程——不论写多还是写少——虽然我画得很慢，而且很辛苦，但等到我的这份职业做到尽头，一定还有不少我喜欢的故事——不管是长的故事还是短的故事——永远都没有画完的时候。"

然而，接下来又该推出什么故事呢？答案仍然藏在比阿特丽克丝几年前写过的一个故事里。这个故事就是比阿特丽克丝在琳格霍姆度假时，专门为一个孩子写的刺猬提棘·温可太太的故事。比阿特丽克丝将这位刺猬太太描述成了一位洗衣女工——很显然，它的原型就是凯蒂·麦克唐纳德，达尔盖斯宅邸的洗衣女工；而书中的小女孩露西则以纽兰兹牧师的女儿露西·卡尔为原型画成（纽兰兹位于湖区琳格霍姆附近的凯特贝尔斯以西的山谷中）。比阿特丽克丝的刺猬与她形影不离，作画时随时可以拿来参照，就连她到威尔士的姨妈家做客时也带着这只

在创作《提棘·温可太太的故事》的过程中,比阿特丽克丝参照自己养的刺猬画了大量的素描

刺猬:"提棘太太一直跟我做伴——我把它藏得很隐秘——因为姨妈忍受不了小动物。"当然,在伦敦的时候,她更是与刺猬形影不离。"提棘太太扮演模特的时候很滑稽,它喜欢爬到我的膝盖上睡觉,可要是让它始终以一个姿势保持半个小时的时间,它就要可怜巴巴地打哈欠了,而且它真的会咬人!总的来说,它是个不错的伙伴,很像一只胖嘟嘟、傻乎乎的小狗。"

在诺曼的极力支持和鼓励下,这本书最终成形,比阿特丽克丝每隔几天时间便汇报进展。"刺猬画出来显得很滑稽。在画衣服的时候,为了便于参照,我还用棉绒做了一个刺猬布偶,但是这个小家伙样子太滑稽,把我的兔子都吓坏了。不过罕卡·蔓卡还好,每次见到这个布偶就不停地撕扯它体内的棉绒。"

在设计兔子彼得和小兔本杰明壁纸的时候,比阿特丽克丝一直在纠结是该接受桑德森公司

《提棘·温可太太的故事》的钢笔、水墨稿以及露西的铅笔素描稿（左图）

《提棘·温可太太的故事》中的两张素描稿

十英镑的酬劳，还是将自己的设计免费赠送给利波蒂公司。在创作前几本书的过程中，比阿特丽克丝总是两本书同时进行，一本即将完成时便开始第二本，这样便可以不断变换画作的主题。这一次，比阿特丽克丝仍然像从前一样，手头的作品马上要完成时，她再次向诺曼提议出版《渔夫杰瑞米的故事》："我估计您可能不喜欢青蛙，但如果配上勿忘草和百合等景观，画面一定会很漂亮。"然而诺曼最终支持的，是一个截然不同的想法——这一次的故事里有只名叫利比的猫咪，一只名叫公爵夫人的波美拉尼亚小狗，还有一份装在小盘子里的带有脆皮的馅饼。

诺曼是给予比阿特丽克丝支持和鼓励最多的人，他从心底深深地敬佩这位性情坚毅、内心火热，且极具创作天赋的女士。两人几乎每天都要互通书信，只是言辞间仍然保持着对彼此的无比尊敬。1905年6月25日，诺曼向比阿特丽克丝求婚。对于这次求婚，维尼弗莱德·沃恩曾这样评论："这次求婚可算是古怪至极。"几年后家人仍不时地提起这件事。"两个人从未单独相处过，比阿特丽克丝每

《肉饼和饼托的故事》中公爵夫人和利比一同饮茶的场景素描。上面写着:"这不是鼠肉馅饼呀?"

次造访沃恩出版社都有女伴同行,而每次到贝得福德广场做客,也都有沃恩家的其他成员在场。当然,米莉算是两人感情中的帮手而不是障碍。诺曼连求婚都是在书信中提出来的。"

  诺曼的求婚自然令比阿特丽克丝喜不自胜,但两人之间仍然横着一道难以逾越的障碍——比阿特丽克丝的父母,尤其是她的妈妈。在波特夫妇看来,女儿与诺曼·沃恩纯粹是作者和出版商的关系,尽管有段时间两人走得很近,他们还曾阻止女儿与沃恩去瑟比顿画画,但毕竟没有料到诺曼会求婚。一想到女儿竟然要嫁给"合作伙伴",波特夫妇心里便大为不悦。准确地说,两个人都在极力反对这门婚事。

  不过比阿特丽克丝的立场极为坚定,因为她很快就到了三十九岁的年纪。一方面,她承认要尊重父母的意愿,这是做女儿的职责;另一方面,她不顾父母的反对,当即接受了这位体贴而绅士的男子的求婚。她执意要把订婚戒指戴在手上,但也同意暂时不声张,除了两家最亲近的亲

罕卡·蔓卡曾是比阿特丽克丝养的一只小老鼠。诺曼为它做过一个旅行用的小箱子

属,不会告诉任何人,就连与诺曼同在出版社的两个哥哥也不告诉。

在这段时间里,比阿特丽克丝可谓度日如年,而且十分情绪化,在书籍出版方面几乎没有半点儿进展,但她仍然竭力坚持着。《提棘·温可太太的故事》已经接近完稿,但书中的歌谣出了问题——歌谣中的"red rusty spot"出现了歧义,因为这一表述指的是古时候用的熨斗,但根据这首歌谣的语境,"red rusty spot"应该是指衣服上的锈斑和红点。因此,这一句歌谣的含义便令人难以理解,"提棘太太本该是用熨斗去掉衣服上的锈斑和红点才对,就像麦克白夫人一样!"另外,《肉饼和饼托的故事》花费的时间也比预计时间要长——"如果这本书再拖延下去,故事里的肉饼恐怕就烤过头了。"然而在夏天到来之前,两本书都按时完成并交给了诺曼。《提棘·温可太太的故事》是她写给"纽兰兹那个真正的小露西"的,而《肉饼和饼托的故事》则是写给安妮·摩尔的第六个孩子——琼的,当然,她也没有忘记自己的教女,在故事的开篇中加了这样一句:"献给琼,请读给宝贝妹妹听。"

那个夏天波特一家要去威尔士过漫长的暑期,到位于梅里奥尼斯·哈勒赫约七英里远的兰贝德,他们还有几周就动身,比阿特丽克丝又一次向诺曼求助说:"罕卡·蔓卡那个旅行用的箱子有些松动了,今晚这样美妙,麻烦你做木工实在有些不好意思,不过或许用不了多久就能修好,每次用旅行箱子带着它,我都会很开心。"遗憾的是这只老鼠还没到威尔士就死了,"让它失足摔了下去,我永远都不会原谅自己。我心疼它啊。它是从吊灯上掉下去的,它还挣扎着朝你做的小房子

里爬去，但十分钟后，它死在了我的手掌里。如果我自己摔断了脖子也好，至少要干脆许多。"

在独自前往威尔士之前，比阿特丽克丝曾打算将新书的图样交给诺曼，但突然被告知诺曼病倒了，她只能见到哈罗德。虽然哈罗德已经知道弟弟和比阿特丽克丝订婚的事情，但比阿特丽克丝仍然请求在两人见面时不要提及此事。她匆匆地给哈罗德写了封信，信中说："我星期一早上去办公室，佛罗瑞小姐同我一路，还请不要提起那件事，我这样说，请您不要生气。您弟弟的病情应该不重吧？他去曼彻斯特之前我就非常担心，怀疑他喝了不干净的水。等他病好了，我再向您询问情况，因为佛罗瑞小姐还'不太明白'现在的状况，但她的耳朵并不聋！"随后，她再次提到订婚一事："这件事有些尴尬，我觉得他有些仓促和草率，但我相信最终结果会是好的。"

三周后，诺曼的病情仍不见好转。诺曼的母亲在过八十岁生日时，曾给她孙女写了封信，信中提到了全家人都颇为担心的事情，"我希望亲爱的诺曼能好起来，但这毕竟急不来。他现在很虚弱，什么都吃不下，只能喝牛奶。虽然他精神还不错，可是连站都站不起来了。"

在8月初，波特一家已经动身去威尔士了。尽管她已经拜访过住在北威尔士的弗雷德姨夫很多次了，但是他家附近还是有比阿特丽克丝没见过的很多景致。所以在最初的几天，她经常在狭窄的山间小路上驾车去探险，或是步行到住所后面的小山上去写生。"这是我第一次看到夏天的海——除了从火车车厢里见到的——微风拂过的海面仿佛在阳光下翩翩起舞。"陪她一起来度假的弟弟大部分时间都在钓鱼，比阿特丽克丝只有她的刺猬和两只小兔子陪伴。她很快发现离诺曼这么远是件很难熬的事，但是缺席家庭聚会不是什么难事。所以在离开伦敦之前，她告诉诺曼"如果想我，我随时可以回来"。

沃恩出版社于诺曼·沃恩去世后发出的讣告

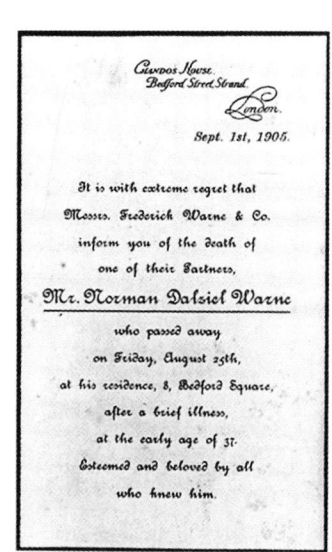

8月24日，比阿特丽克丝在写给朋友的信中提到"这时候还给他寄带小兔子的卡片有点傻，因为我很快就要到他身边去成为他的妻子"。但是诺曼没有机会读到这些。1905年8月25日，诺曼·达尔齐尔·沃恩因恶性贫血死于贝得福德广场的家中。他从生病到去世，几乎不到一个月。一切都结束得太快，他的遗嘱（把他名下的财产平分给他的姐姐、两个哥哥和侄子弗雷德·沃恩·斯蒂芬斯）在他去世当天就公布了。

诺曼去世的电报第二天早上才到达兰贝德，比阿特丽克丝返回伦敦时已经太晚了。她后来在日记中写道："我很庆幸自己当时没有及时赶回来，因为那时我只会哭泣，让他更难过。如果他需要我，他一定会告诉我的。"在诺曼去世的前一天傍晚，比阿特丽克丝在喝完下午茶后外出作画。"那是一个充满各种声音的夜晚，我能听到牛群发出不耐烦的叫声，鹬飞入海中捕捉牡蛎的声音……我至今仍记得那个既有死亡又有美丽的傍晚，我一直在那里看着水汽从海面上升起，有那么几秒钟，上面洒满了夕阳的光辉，满世界都是光。"

诺曼死后被葬在海格特墓地。下葬之前，葬礼上宣读了一首赞美诗《一片纯粹的乐土》，诗句结尾是这样写的："古今圣人都是在辛勤劳作中安息的。"去世时，诺曼年仅三十七岁。

诺曼去世带来的打击远远超出了比阿特丽克丝所能承受的范围，况且除了家人之外，她没人可以倾诉，也没有人知道她曾与诺曼订婚。沃恩一家给予了比阿特丽克丝莫大的支持，在诺曼葬礼结束一个月后，比阿特丽克丝受到沃恩家人邀请，前往贝得福德广场8号做客。她在那里给诺曼的嫂子——弗罗英的妻子玛丽写了封信，为她之前将诺曼的两个侄女——维尼弗莱德和艾芙琳的照片寄给自己表示

诺曼去世后不久，他的嫂子玛丽特地将诺曼生前喜爱的两个小侄女维尼弗莱德和艾芙琳的照片寄给了比阿特丽克丝

感谢,"之前没见过两个孩子的时候,我就很喜欢她们,因为诺曼经常提起两个孩子……对于你们的善意,我无法表达自己的感激之情,与你们待在一起很开心,也真正让我感到欣慰。昨天我跟米莉去了海格特墓地,石碑已经整齐地安放好,似乎要在后面种些花草,山楂树被砍掉了,泥土大部分是翻过的,似乎被很多人踩过。但是杉树下面种草,一定长势不好。那里过于背阴,不知道秋牡丹能不能生长起来。听米莉说,您在花园里种了不少,而且十分了解它们的习性。"

自此之后,比阿特丽克丝每隔一段时间都要给米莉写信,两人的书信往来一直持续到比阿特丽克丝去世。提到诺曼时,她曾这样写道:"他这一生并不长,但过得很有价值、很幸福。来年我一定收拾心情,从头开始。"比阿特丽克丝要做的第一件事便是去威尔士北部继续作画:"遗憾的是,这项工作我已经丢了整整一个夏天。"随后她又前往湖区稍做休养,试图在作画的过程中释放自己,倾诉悲伤。她写信告知哈罗德·沃恩,她也决意躲开伦敦,"要不是被逼无奈的话",再不去想那些伤心的往事。

这是诺曼的长兄哈罗德·沃恩继任比阿特丽克丝的编辑后,比阿特丽克丝创作的第一部作品《渔夫杰瑞米的故事》的初期素描稿。"杰瑞米先生喜欢把脚丫子弄得湿湿的。"

位于德文郡的锡德茅斯海岸。1902年4月,比阿特丽克丝曾与父母在此度假(上图)

位于登比地区的格维诺格宅邸,这里是比阿特丽克丝的姨夫弗雷德·波顿的家。绘于1904年3月(右图)

1905年，比阿特丽克丝用自己的版税以及从祖母那里继承的一点遗产买下了希尔托普农场

比阿特丽克丝在农场里养的牧羊犬凯普。1909年3月绘

"松鼠愣头金正蹲在大树桩上玩儿弹珠。"1903年《松鼠愣头金的故事》的初期画稿（右图）

爱斯维特湖畔的秋收季节。从索里村能眺望到湖对岸的康尼斯顿高地

利比太太"坐在火炉前,等着那只小狗"。1905年为《肉饼和饼托的故事》绘制的一张未完成的水彩画

诺曼去世后,哈罗德·沃恩接替了弟弟的位子,成为比阿特丽克丝的编辑。比阿特丽克丝在湖区休养期间,一直急着找些事情来分散精力,于是她劝说哈罗德出版《渔夫杰瑞米的故事》。"我们之前考虑过,打算以半克朗的价格出版尺寸稍大一些的《斑斑果的儿歌》,《渔夫杰瑞米的故事》则继续用小版面。我知道有些人不喜欢青蛙,但我之前已经说服了诺曼,会在书中加入很多花朵、水生植物作为背景,最终的作品一定会很漂亮。这本书难度不大,一定会顺利完成……我离家休整两个月,除非家中有什么变故,中途我是不会回去的。不过在具体讨论这本新书的时候,我会回到伦敦,那时候又可以见到亲爱的米莉了。此时此刻,您的支持是对我最大的安慰……再次到您的办

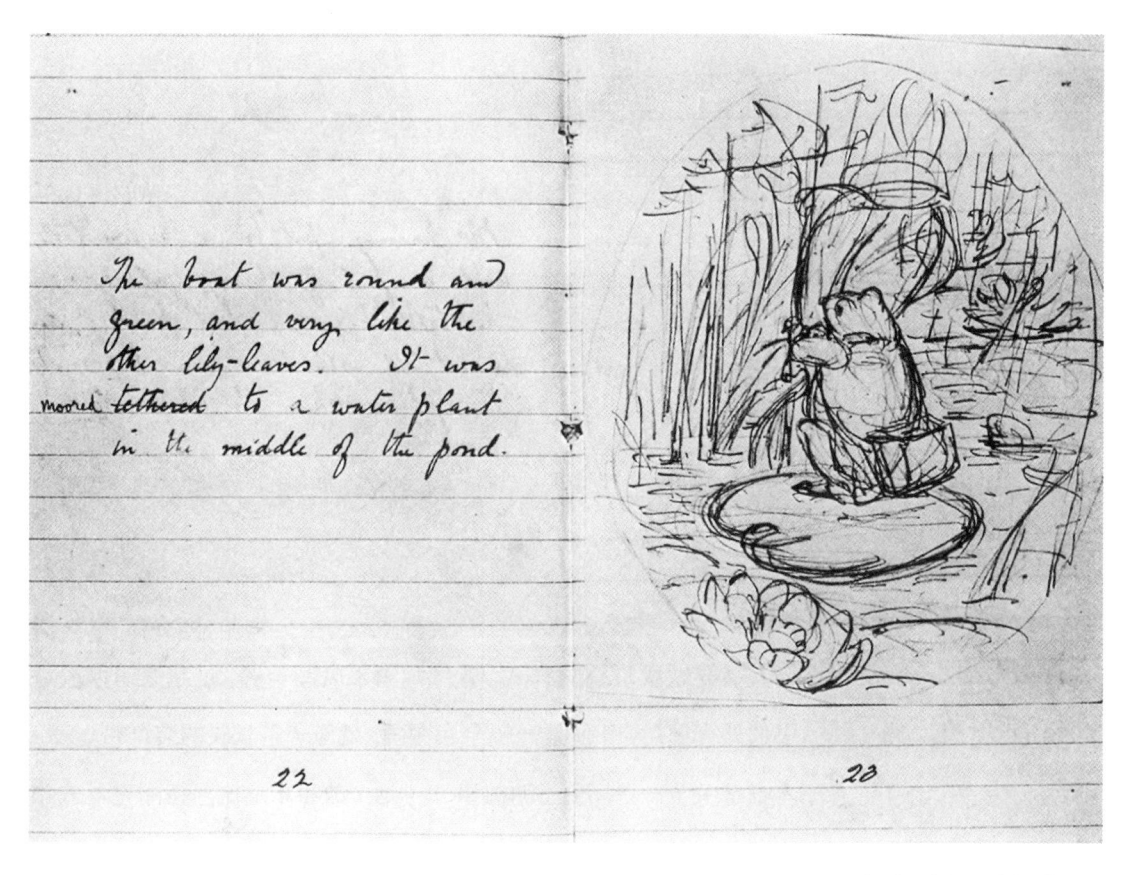

《渔夫杰瑞米的故事》的草稿

公室拜访的确需要勇气,但这也实属无奈。我已开始素描了……"

这年初夏,比阿特丽克丝用自己所有的积蓄以及从祖母那里继承来的一点遗产,买下了索里村附近一个名为希尔托普的农场。在收购之前,这个农场一直由约翰·坎农夫妇打理,由于两人工作十分在行,比阿特丽克丝便聘请他们继续帮她料理农场事务。10月份,她去了解事情进行得怎么样。她发现,对于她这位从伦敦来的新农场主,村里人大多抱着看笑话的态度。"大家都把我收购农场这件事看作天大的笑话,我甚至带着卷尺去查看农场里的山丘。"比阿特丽克丝随后发现,在谈论起养猪的细节和生产黄油的问题时,她的精力被分散了不少,这可以让她暂时忘记诺曼去世带来的伤痛。在打理农场事务的同时,她还有新的作品要完成,"今天画了一只拿着渔竿的青蛙,这本书一定会很有趣的。"此时,哈罗德·沃恩终于同意出版《渔夫杰瑞米的故事》,出版时间定在1906年夏。很快,比阿特丽克丝又开始策划一系列新作品,不过这次针对的读者要比"小书"的读者年龄小得多。这一次,她打算以图画叙事为主,只附带几句非常简短的文字,

《猫蓓蓓小姐的故事》中的两张素描草稿。编辑在草稿上写着："猫蓓蓓比在折叠版中瘦了许多。"（上图）

1906年，比阿特丽克丝为幼儿设计创作的折叠式图画故事书《猫蓓蓓小姐的故事》（下图）

而且书要做成折叠的样式，就像六角手风琴一般，折起来可以放进书的外壳里，展开便是一幅全景图画，就像一条长长的装饰带。第一本书是关于一只坏兔子的故事——这个故事本是比阿特丽克丝去年送给哈罗德的女儿路易的圣诞礼物。之前小女孩曾对比阿特丽克丝阿姨说，她觉得彼得太过善良，所以想要一本关于淘气的兔子的故事。同时进行的还有另外一本书，这本书讲述的是一只猫咪的故事，一只"典型的淘气猫……我借了一只猫咪，每次在画它的时候心里都非常愉快。它年纪不大，却很漂亮，就是胆子非常小。它是一个石匠从温德米尔抱来的"。最终，《凶巴巴的坏兔子》与《猫蓓蓓小姐的故事》于1906年圣诞节期间同时出版上市。

对于比阿特丽克丝来说，这又是忙忙碌碌的一年。她对湖区的

热爱不亚于她对苏格兰的情感。这里的山丘光影变幻,湖泊宁静宜人,风在松林里低吟,夏日里,鹬鸟的啼啭此起彼伏。她必须尽量在这里多住些时日,而且必须找到一个更稳定的住处,不能一直在村里借宿。农场的房屋容纳不下比阿特丽克丝和坎农夫妇三个人,但坎农夫妇又不能离开农场,因此,唯一的办法就是把原来的农舍扩建,这样一来,每个人都有安身之处。第二年夏末,希尔托普农场的改建工作终于完成,农舍的正房留给比阿特丽克丝,偏房给坎农夫妇居住。此时,米莉·沃恩和在博物馆工作的格特鲁德·伍德沃德也赶到索里村,一边观赏比阿特丽克丝新购的农场,一边与她分享着农舍和花园带来的快乐。不过,比阿特丽克丝每年在农场居住的时间不会超过一个月,她心里仍然惦记着父母,如果他们有任何需要,她必须随时陪在身边。但是,只要一得空闲,她便会赶回索里村住上几天。对于刚满四十岁的比阿特丽克丝而言,全新的生活正在向她招手。此时,波特夫妇的两个孩子——伯特伦和比阿特丽克丝都变成了农民。

希尔托普农场的规模开始迅速扩大,当年夏末,约翰·坎农又购

1905年夏,比阿特丽克丝在收购希尔托普农场时画的一张素描(尚未完成)

比阿特丽克丝所绘的扩建后的希尔托普农场的草图，打理农场的约翰·坎农和他的家人就住在这里

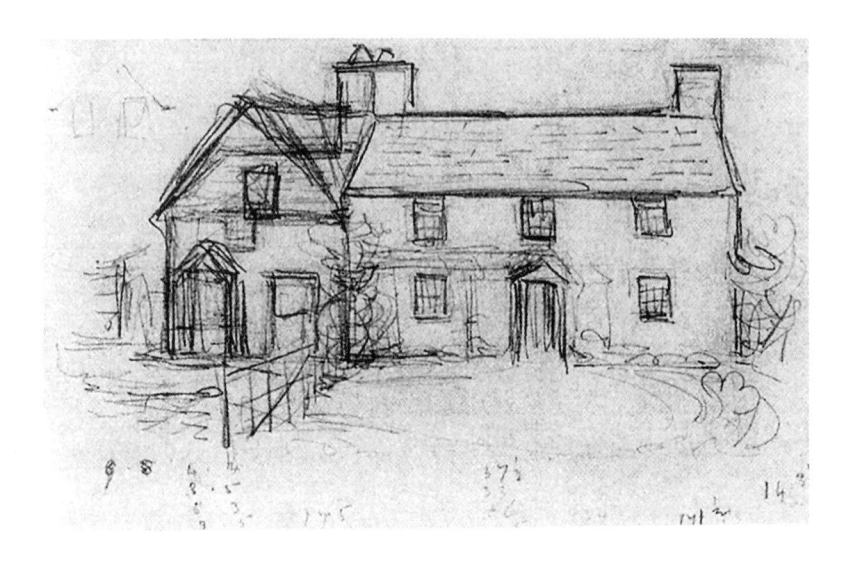

入一批母羊："一共十六只，这样一来，明年开春就有羊羔出生了。"这些羊都是赫德威克绵羊，属于湖区本地品种，生命力极强，即便在高地和山区也能成群繁衍，羊毛和羊绒更是以耐磨和防水等优点著称，特别适合制作衣物和毛毯。此前的几年里，油布毛毯的连年热销造成了赫德威克羊毛产量暴跌，许多农民被迫选育其他品种，但这些品种未必适合高地的自然环境，更有一些农民索性放弃了高地农牧业。这在当时曾一度引起忧虑，民众一致认为，如果农民放弃高地农牧业，当地的土地便会退化，自然环境也会发生不可逆转的变化。在重振赫德威克绵羊业方面，比阿特丽克丝的至交好友罗恩斯利可算是一位不折不扣的先行者，他在1899年成立了赫德威克绵羊繁育者学会，还成功地说服比阿特丽克丝，鼓励她再次将赫德威克绵羊带回高地山区。在短短的两年时间里，希尔托普农场已经拥有三十多只赫德威克绵羊，此外还有十头母牛、十四头猪以及成群的鸡鸭。比阿特丽克丝很早便对绵羊产生过兴趣，1903年在法伊宅邸度假时，她便在自己的画簿上细致地临摹过附近农场里绵羊身上的记号。绵羊的存在意味着牧羊犬的到来。比阿特丽克丝的生活里始终有狗陪伴，最初是桑迪和斯波特，如今为了饲养绵羊，她对柯利牧羊犬又产生了深深的依恋。农场里的狗都是牧羊犬，平时住在户外，对于各自的牧羊工作尽职尽责。然而，比阿特丽克丝总会专门留出一条狗陪伴自己。凯普便是众多柯利牧羊犬中第一个被比阿特丽克丝选中的。

8月间，比阿特丽克丝对米莉讲述了她在农场中的一些生活。"星期二霍克斯黑德有一次展卖会，坎农太太要去展示黄油（分三次展出）和一条面包。那条柯利狗（病了）本来也去，但它没戏

比阿特丽克丝在希尔托普农场饲养了十头母牛，以及纯种赫德威克绵羊

了，因为它的头有些不对劲儿。我早上一直在拍照片——为那些羊羔上路前拍照！唉，心痛啊！在农场多愁善感要不得，我需要几张羔羊皮壁炉地毯。"

尽管这股刚刚培育起来的热情越来越多地占据了比阿特丽克丝的精力，但她并没有放弃"小书"的创作。她充分利用农场里的动物和建筑，把它们作为绘画的参照和故事中的原始材料。1907年9月出版的《小猫汤姆的故事》便是以希尔托普农场以及索里村的农舍和花园为背景，汤姆的妈妈则是以比阿特丽克丝住过的屋子里的那只猫命名："S太太抱养了一只名叫特比莎·特维奇的猫咪。"在绘制汤姆的形象时，比阿特丽克丝仍然以那只从温德米尔借来的猫咪为参照。她曾表示，这本书献给"所有的小猫咪——特别是那些爬到我家菜园围墙上的猫咪"。不过针对书中的一段描述，比阿特丽克丝与哈罗德产生了分歧。哈罗德认为，"这时候，汤姆身上剩下的衣物也全都掉落下来"这一句里，应该把"全都"改为"几乎全都"，这样提议或许是怕引起一些读者的不满。对此，比阿特丽克丝十分生气地表示："'几乎全都'是行不通的！因为在之前的几幅图里，汤姆的身上就已经没有任何衣服了！这一点我倒是可以想点办法来遮掩，可水鸭子德瑞克先生身上本来就没画多少衣服，总不能让它把汤姆的裤子强行脱掉并偷走，这样一来，故事就变了味道，而且会带有犯罪的意味！"

比阿特丽克丝接下来打算推出的是《水鸭子杰米玛的故事》，这本书预计于1908年夏出版。故事里不仅增添了她最喜欢的小狗凯普的角色，而且所有背景都取自希尔托普农场以及附近的

《水鸭子杰米玛的故事》的初期素描稿几乎都未能保存下来。左边的铅笔素描和右边的钢笔素描都是为1925年出版的《水鸭子杰米玛涂色书》而作

村庄。杰米玛本是希尔托普农场里的一只鸭子，它在下蛋的时候，总是在农场外面做窝。《水鸭子杰米玛的故事》便是为农场管理员约翰·坎农的孩子而写的，比阿特丽克丝曾在书中表示，这是"写给拉尔夫和贝奇的农庄故事"。书中的一幅插图中加入了他们的形象，另外一幅图画则加入了他们妈妈的形象。

《猫咪馅的肉饼》（后改名为《大胡子塞缪尔的故事》）这本书也是以希尔托普农场为背景，直到1908年10月才得以出版。在收购农场后不久，比阿特丽克丝便完成了这个故事的创作。当时比阿特丽克丝发现农舍里老鼠泛滥成灾，她在写给米莉的信中还讲述了大战老鼠的情景："老鼠再次卷土重来，而且数量增加了不少。农舍里有两只大个儿的老鼠，正对门口的黄瓜架里还发现了老鼠窝，里面足足有八只小老鼠。这几天它们正祸害着农场里的玉米。坎农太太倒是比较平静，她扬言要抱四五只猫咪回来！可以想象得出，当时我的心里真是五味杂陈，不过我敢说，它们总有一天会搬到仓库里去。"一周之后，"猫咪还没抱来，坎农太太倒是看见老鼠大白天地跑到厨房餐桌下面，大摇大摆地蹲在那里吃东西。我们在门底下涂了锌，还用水泥砌了挡板，这样至少能迷惑它们一阵。"读过故事的人都知道,后来猫咪的出现缓解了鼠患,但偶尔还是会有个别老鼠光顾农场。比阿特丽克丝在写给维尼弗莱德的信中是这样描述的:"当时我正静静地坐在书房壁炉前看书,走廊里突然传来一阵啪嗒啪嗒的响声,接着,似乎有什么东西在外面抓挠书房的门。起初以为是狗崽或小猫,所以没太在意。直到第二天早上我们才发现,原来是大胡子塞缪尔先生光顾了农舍!由于屋里到处都看不见它的身影,所以我们估计,它是先跑进来,然后又溜了出去——进进出出都是从门下面挤进来的。它偷走的东西可真是奇怪得很!屋子里有个大橱柜,我用它来存放拍摄的照片,还在里面糊了些很漂亮的绿色和金色的纸。可是橱柜四壁上的纸都被大胡子塞缪尔先生撕扯下来,凡是它能够得着的地方都没能幸免。我甚至能看到它留下的小小的牙齿印!所有扯下的纸片都被带走了,真搞不懂,它要这些纸片有什么用?或许安娜·玛利亚也来了,在它身旁做助手,或许它想用这些碎纸把起居室装饰得漂亮无比!可是它没有把糨糊刷一并带走,明明就放在橱柜的隔板上啊!"

1908年出版的《猫咪馅的肉饼》初期铅笔素描稿。1926年,题目改为《大胡子塞缪尔的故事》(左下图)

1906年12月29日,比阿特丽克丝在锡德茅斯给维尼弗莱德写了一封书信,信中讲述了"大胡子塞缪尔"偷走壁纸的经过(右下图)

事实上,《猫咪馅的肉饼》是比阿特丽克丝写给多年前她养的宠物老鼠的故事,她在故事的开篇中明确地表示:"谨以此书纪念'塞米',它是遭受迫害的老鼠一族的代表,不但很聪明,而且长了一对粉色的小眼睛,既是一位惹人喜爱的小朋友,也是一名技艺精湛的小盗贼。"比阿特丽克丝在威尔士做客期间,这个塞米还曾惹得大家不愉快:"我记得当时它沿着地板摇摇摆摆地走着,等着姨妈把它捧起来——姨妈是个身材粗壮的老妇人,对塞米这种友好的举动没有表示出半点儿好感,唉,可怜的塞米!白鼠的寿命都不长,所以在有限的几个月的时间里,它总是希望别人来宠爱它——可是不是所有人都喜欢它——它可以从一张纸的中心位置咬下半克朗币那么大的一片,而且咬下来的部分是整整齐齐的圆形。它的箱子里搜罗了许多奇奇怪怪的东西,都是它偷来的。我记得姨妈有一次扔给它一个煮得发硬的鸡蛋,那个鸡蛋沿着走廊远远地滚了过去;不过她要求我一定要把老鼠的箱子系紧。"

截至此时,比阿特丽克丝的作品已经为她带来了丰厚的收益,同时还促进了一些与书中角色相关的衍生商品的出现,每笔交易都要向比阿特丽克丝支付版权使用费。当时出现的一些茶具、小雕像等都与故事中的角色密切相关,除此之外,还有兔子彼得游戏、兔子彼得木偶、兔子彼得

比阿特丽克丝同弟弟伯特伦在一起。伯特伦背着父母结婚后,一直在安克鲁姆从事农业生产,但每年暑期都与家人一同度假。鲁珀特摄于1908年9月3日

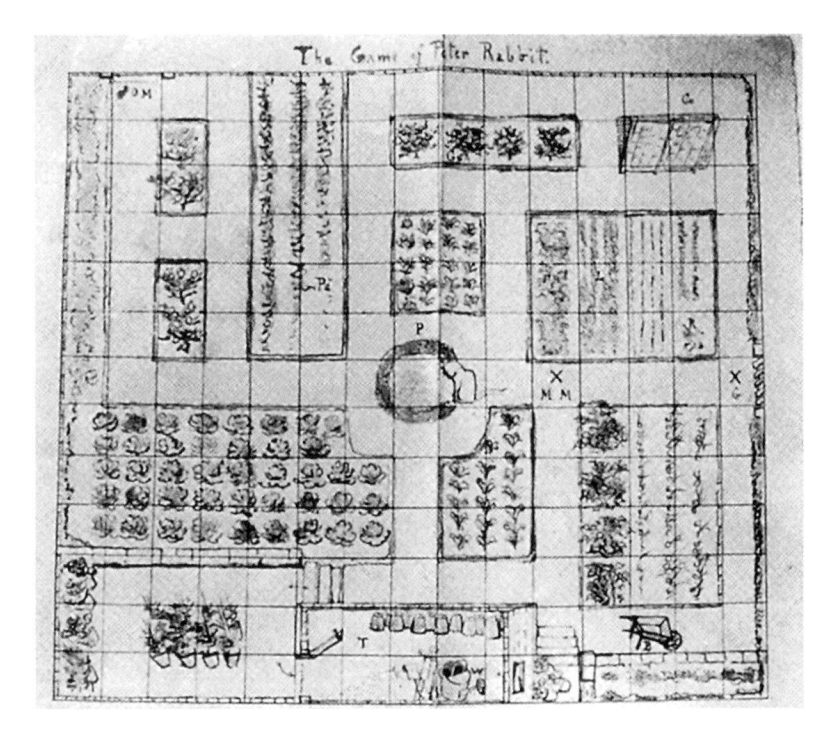

1907年，比阿特丽克丝独立发明设计的兔子彼得的图板游戏

涂色书以及水鸭子杰米玛布偶等。每一笔交易比阿特丽克丝都曾予以密切关注，这也体现了比阿特丽克丝作为商人的严谨。她用这些钱为农场添购牲畜，为农场引水，以及购买更多的田产。

1909年初，比阿特丽克丝为《兔子彼得的故事》和《小兔本杰明的故事》的续篇进行了最后一次润色。"我画了许多草稿，但并不都是为这本书所画，有一部分是为《弗家小兔的故事》画的，这本书不能再拖了，一定要尽快完成。"《弗家小兔的故事》是以比阿特丽克丝姨夫家的格维诺格宅邸的菜园为背景。大约四年前，比阿特丽克丝第一次到姨夫家做客，从那时起，她便多次临摹过这个菜园。"姨夫家的菜园很宽阔，大约三分之二的面积都用红砖围墙围了起来，里面种满了杏树，木质的攀架上还种了一圈灰色的苹果树。菜园里的蔬果长势很好，但打理得并不整齐。醋栗丛中生长这许多模样老气但十分明艳的花朵，把整个菜园装点得美丽无比。"这套书的创作于当年3月完成，书稿交给沃恩后，比阿特丽克丝便已经开始创作下一本书《金吉儿和皮可斯》（后改名为《金吉儿和皮可斯的故事》）。与《凶巴巴的坏兔子》一样，这个故事最初是写给路易·沃恩的圣诞礼物，比阿特丽克丝在插图中加入了之前作品中许多为人熟知的角色，例如洋娃娃露辛达、厨娘简、兔子彼得及其家人、大胡子塞缪尔、渔夫杰瑞米、提棘·温可太太以及水鸭子杰米玛等。由于故事的背景取自索里村商店附近的景物，当地居民曾为此争论不休。《金吉儿和皮可斯》这本书中的许多场景都取自村里，而且都是如实描绘，能够辨认得出，但凡谁家的房

《弗家小兔的故事》的背景取自姨夫弗雷德·波顿家的格维诺格宅邸的菜园（左上图）

《兔子彼得的故事》与《小兔本杰明的故事》的续篇于1909年7月出版（右上图）

1909年10月出版的《金吉儿和皮可斯的故事》的草稿。比阿特丽克丝早期作品中的小动物们在这个故事中纷纷亮相（右图）

屋和猫咪在书中出现，都会引起左邻右舍的嫉妒。自《弗家小兔的故事》一书于1909年7月出版后，《金吉儿和皮可斯》也紧随其后，于当年的10月份出版。

接下来的几个月里，比阿特丽克丝第一次以个人名义参与到政治运动中去。可以说，她的整个一生都与政坛紧密相连：她的祖父和叔叔都是议员；政治大腕约翰·布莱特与理查德·科布登等人是波特家的常客；自童年起，她便耳濡目染地听着亲朋好友谈论自由贸易政策、如何为实现自由贸易而努力等等；青年时代的她又亲眼看见了罗恩斯利为对抗自由贸易体制而做出的努力。在1910年的大选过程中，关税改革就是重点议题之一。对此，比阿特丽克丝本人的感受颇为强烈，因为当时的自由贸易政策已经影响到了她的个人利益。一方面，德国生产的兔子彼得玩偶价格低廉，英国境内没有一家生产商能在价格上与之抗衡；另一方面，比阿特丽克丝的作品也很有可能被

1901年的政党选举运动中，比阿特丽克丝绘制的宣传画"支持关税改革，反对自由贸易"（左下图）

比阿特丽克丝以"北方农民"的名义制作传单，抨击自由党政府对于私有马匹数目的调查（右下图）

因为沃恩出版社没在美国登记注册《兔子彼得的故事》的版权，以至于出现了大量的仿制品和续篇。这是弗吉尼亚·阿尔伯特改编的兔子彼得

运到美国印刷，然后运回英国销售。这一点让比阿特丽克丝忍无可忍——仅在几年之前，美国人就曾盗版过《兔子彼得的故事》。沃恩犯了一个错误，允许这本书1902年开始在美国出版时注册了版权，结果别的版本相继出现，不论卖出多少本她都无法从中获利。1904年，第一本书由费城亨利·阿尔特默斯公司推出，列入他们的"阿尔特默斯小众小书"系列，而1908年纽约赫斯特出版者公司便又推出了一个版本。更多版本和大量仿品和续篇就源源不断了。

比阿特丽克丝义无反顾地投身到关税改革的运动中。她以图画和诗歌的形式创造了一张又一张海报，为伦敦南方玩具业的凋亡高唱挽歌。比阿特丽克丝创作了许多传单，代表农民和小企业主，向政府提高土地税提出抗议，对自由党政府开展的马匹清查进行批判。当时的自由党政府一再劝慰马主，声称清查不是为了收税，也不是为军事机构征马，实际上，此举恰恰是为应对"全国性的紧急事件"而征用马匹。

对于比阿特丽克丝的政治活动，哈罗德·沃恩给予了强有力的支持，不仅帮助她起草传单，还帮忙将传单送到印刷厂复印；许多海报都是比阿特丽克丝亲手绘制的。她利用与出版商和印刷商的私人关系，争取他们对版权保护和提高进口门槛的支持。在她的第一任家庭教师的侄女玛格丽特·哈蒙德的支持下，比阿特丽克丝寄出了上百封邮件，将传单分发到全国各地——"当时我的手指都已经不愿再动笔。"令比阿特丽克丝失望的是，自由党政府在大多数工人群众的支持下东山再起，不过她后来表示："看到温德米尔和肯德尔的选举结果，我感觉非常欣慰。我在这里郑重承诺，下周将继续小猪和老鼠故事的创作。"

比阿特丽克丝为小册子忙得不可开交，竟忘了圣诞节快到了。过节的前两天，她给米莉写信致歉，她没有如常安排希尔托普农场的

当父母不需要照顾的时候，比阿特丽克丝总是住在希尔托普农场，这张照片是由一位来自美国的访问者在1913年拍摄的

事。"我把圣诞礼物当作坏差事放弃了……我很担心你吃不惯猪肉，除非你品尝一下阿丽丝的猪排！昨天她把猪头煮过火了，那可怜的小猪微笑得好甜，但别的部分难以讨喜。才几个月大的小猪就拿来杀掉让人难过，对待能腌咸肉的大猪就不必多愁善感了。我为它画了图，还做了石膏模特儿。"

1910年元旦，比阿特丽克丝送给哈罗德的女儿奈里一份新年礼物：一个关于林鼠的故事。"这是一只很独特的小老鼠，它有着非常严重的洁癖。"这个故事便是比阿特丽克丝接下来

《丁丁鼠太太的故事》的画稿。出现在丁丁鼠太太面前的小甲虫，在最初的画稿中本是一只小蜈蚣（左上图）

《丁丁鼠太太的故事》的素描草稿。丁丁鼠太太发现了杰克逊先生（右上图）

打算推出的作品，但她很快发现，每次从湖区度假归来，原本紧凑的计划都会被打乱，变得拖沓不堪，"我在索里村辛辛苦苦忙了三天，已经没有力气再画了"。此时，比阿特丽克丝仍然牵挂着父母，每年春季和夏季她都要陪着父母到廷茅斯和锡德茅斯去度假，有时候还要去温德米尔。看着女儿频繁地两地奔波，波特夫妇的心里并非不心疼，但两位老人就是不愿与女儿到希尔托普农场去。"其实我一刻也不愿意离开父母，尽管他们健康状况还不错，但他们不喜欢这里，总觉得这里一定很无聊。这样想也不能怪他们，可是这里的小山多漂亮啊！"多年以来，沃恩出版社推出的圣诞书目中常常包括多部比阿特丽克丝·波特的新作，但这一年比较例外，只有比阿特丽克丝的一部作品，这就是《丁丁鼠太太的故事》，这本书于1910年10月出版。之前比阿特丽克丝构思的小猪故事只能一再延迟下去，"我现在脑子里什么都想不出来！趁着天气好的时候，我画了几张小猪的素描，在湿漉漉的猪圈里待了一个小时。它们总是想啃我的靴子，这会扰乱我的注意力。所以，关于夏天能否完成这本书的问题，我甚至不必回答了。"

第四章

"由于这位出版商向来经营印书业务,因此一味地想着如何加大书籍的版面,偏偏又负担不起这样高的成本。"

比阿特丽克丝的照片,鲁珀特摄于1912年

目前为止，比阿特丽克丝已经与弗雷德里克·沃恩出版社合作出版了十六本书。对于沃恩出版社而言，她无疑是最重要的一位作者，她的作品也为社里带来了不菲的收益。尽管与哈罗德的关系永远比不上诺曼，比阿特丽克丝却对他和他的家人心存好感，特别是哈罗德的孩子们。她与弗罗英·沃恩的关系也不错，时常到他家里做客，每隔一段时间就去看望孩子们。沃恩一家每逢圣诞节也都会向比阿特丽克丝赠送礼物："我这样说请不要见怪，不过还请大家不要送我这么大的礼物了！那个木柴篮我真心喜欢，可是屋子里已经塞得满满的，有了这么大的篮子，我就不用再放其他的东西了。我知道你们总会把购物的环节留在最后，如果不知道买什么，就让我告诉你们好了——我喜欢书。前几日牛津大学出版社不是发行了一套爱尔兰诗歌集吗，名叫《都柏林诗歌史》，这本书对我不会有什么坏处，尽管读这种书有叛国的嫌疑。我希望弗罗英能送我一本关于修剪玫瑰的书。我在这里坦白地告诉你们好了，你们每个人都会收到一份猪肉。农场里杀了头猪，星期一，也就是今天，刚刚杀的，一头非常小的猪。"

从个人关系的角度来说，比阿特丽克丝与沃恩一家相处得非常融洽，但有一件事情总让比阿特丽克丝心里有些烦乱，甚至让她开始觉得不安。之前比阿特丽克丝曾与诺曼商定，沃恩出版社每个月定期支付稿酬，这项约定依然在持续着，每逢她有支出计划时，出版社也会额外支付费用。但最近一段时间，不知什么原因，沃恩出版社常常拖欠稿酬，而且一些极具合作潜力的玩具生产商也时常向比阿特丽克丝抱怨，说他们的信件始终无人答复。比阿特丽克丝逐渐

波特一家合照。鲁珀特、伯特伦和比阿特丽克丝在林迪斯豪宅邸度假。摄于1911年8月11日

比阿特丽克丝很喜欢哈罗德·沃恩家的孩子们，她曾在1906年为路易·沃恩（左）写过《凶巴巴的坏兔子》，并为她的妹妹内莉（右）写过《猫布丁的故事》

对哈罗德失去了耐心，对他打理自己某些业务的方式也变得不耐烦起来。她在给哈罗德的信中写道："今后，我还是情愿自己打理布偶业务……还有一件事我必须跟您讲明，如果有任何协议上的变更，请务必让我知晓。最近的事情过于混乱，让我心里着实气愤。"比阿特丽克丝担心的并不是书籍出版，因为出版工作向来是由产品经理W.A.赫里先生打理，自从1894年起，赫里先生便一直在沃恩出版社工作，为人非常可靠；比阿特丽克丝真正担心的是财务上的问题。在这之后的四年里，比阿特丽克丝不得不经常催促哈罗德付款。哈罗德不在时，她便给弗罗英写信，她曾在信中这样写道："不得不说，我现在真怀念从前的日子，虽然支票面额不大，但至少十分准时。您能否告诉我——没有任何苛责的意思，而且没有一丝一毫的不快——弗雷德里克·沃恩出版社是否还打算支付1910年版税的第一期款项？最近我从没能在约定的时间内收到过支票，为此我常常有些不解，甚至有些担心。"此时比阿特丽克丝已经按捺不住，急于弄清究竟发生了什么。

沃恩出版社的W.A.赫里先生，多年以来，他一直担任比阿特丽克丝作品的责任编辑

《提米·翘翘的故事》中的黑熊和金花鼠是比阿特丽克丝特地为她众多的美国读者所绘（右图）

"从前，有一只胖嘟嘟的灰松鼠，它整天过着自由自在的生活"1911年10月出版的《提米·翘翘的故事》的画稿及素描稿（左下图，右下图）

124

即便有些担心，她仍然在为新书出版不停地忙碌着，只不过新书的数量已经缩减到每年一本：《提米·翘翘的故事》于1911年出版，《陶德先生的故事》则于1912年出版。比阿特丽克丝从收到的大量信件中得知，她在美国也拥有一批庞大的读者群体，于是就在《提米·翘翘的故事》中引入了一些美国儿童能够轻易辨识的角色。由于这些孩子很少有机会亲眼见到刺猬，比阿特丽克丝便在书中加入了两只小花鼠——奇皮·哈奇夫妇的形象，除此之外还引入了一头熊的角色，比阿特丽克丝在手稿里还对这头熊进行了特别的标注："我打算画美国黑熊，它的皮毛非常光滑，就像穿了一层海豹皮做的外衣。"比阿特丽克丝在《提米·翘翘的故事》中表示，这本书是"献给许多素未谋面的小朋友，包括莫妮卡"的。后来她又曾提到："我并不认识莫妮卡，她是我小表妹在学校里的好朋友，想让我把她的名字放在书里。我非常喜欢这个名字，于是便答应了她的请求。"

1911年10月，《兔子彼得涂色书》出版发行，这本书前后经历三四年，比阿特丽克丝一直迟迟没有完成。她在书中用黑白线条勾勒轮廓，留出的空白供读者涂色，同时还加入了一些上过淡彩的图片，作为示例。此外，比阿特丽克丝还为小读者们准备了一些实用的小贴士，例如："你可以把蓝色和黄褐色混合，得到深褐色。""不要把画笔放进嘴里，否则你会像彼得一样生病。"

比阿特丽克丝建议沃恩出版社将《兔子彼得涂色书》装订成活页，以便孩子们能够把自己涂了色的画挂起来

为1912年出版的《陶德先生的故事》所画的钢笔画稿

在很早之前,比阿特丽克丝便开始着手《陶德先生的故事》的创作,故事的背景取自索里村附近的山丘,但这本书的手稿直到1911年11月才交给哈罗德·沃恩。哈罗德对主人公的名字不太满意,于是比阿特丽克丝立即写了一封信作为回应,并在信中解释了主人公名字的来源:"'陶德'自然是对狐狸的常用称呼,或许源自撒克逊人的语汇,这在几年前的苏格兰属于通俗称谓,目前在乡下或许仍然有人在使用。同理,'布洛克'或'格雷'都是獾猪的俗称,两种称谓在韦斯特摩兰地区使用较频繁,也时常用作地名,比如'布洛克霍尔斯'和'格雷斯维特'……嘿哟喂,陶德说/晴朗的夜晚真快活!/风儿西边吹哟/明月天空坐——这首歌谣您难道没有听过吗?"此外,比阿特丽克丝还在这本书中使用了自己农场的一处地名,她预计哈罗德会对此提出异议,于是在信中解释道:"我今早忘了问您一件事——您(或者格兰迪太太)是否反对我使用牛岸山这个地名?我想,读者不会因为这个地名就联想到农场里的公牛或者公羊;您曾反对使用雪茄这个地名,于是我突然想到'牛岸山'这个名字听起来不错,'燕麦岩'这个名字也一样。"

《陶德先生的故事》比其他故事的篇幅都要长,比阿特丽克丝为这本书提供的插图也比之前作品中的要少;她偶尔会画些黑白色的线条来代替插图,这样一来,至少能够保证每页都有图案。《陶德先生的故事》是她写给堂姐刚刚出生的孩子的一个故事,这位堂姐名叫卡洛琳·哈顿,她嫁给了苏格兰乌尔瓦地区的领主。

《陶德先生的故事》出版后不久,比阿特丽克丝收到了一位六岁的小读者的来信,这位小读者在信中询问了獾猪汤米和陶德先生的最终结局。比阿特丽克丝在回信中写道:"很遗憾地告诉你,他们至今仍在争吵不休。之前,陶德先生一直住在那个柳树屋里,后来被迫搬了出去。眼下,他正住在那栋树枝房里,并且患上了严重的感冒,头痛得不得了。至于吵架的最终结果——陶德先生尾巴上的毛有一半都被拔了下来,身上带着五处严重的咬伤,特别是它的一只耳朵,已经被扯得皱巴巴的(就跟有些老公猫的耳朵一样)。獾猪汤米唯一的不幸在于——他的外衣被扯烂了,而且丢掉了一只靴子。所以,在很长一段时间里,他在走路的时候,都会用脏兮兮的破布把一条腿包起来,看起来像个老乞丐。后来,他在采石场里找到了那只靴子,靴子里面住着一只甲壳虫和几只蚰蜒。獾猪汤米把它们统统都吃掉了——他的生活习惯就是这么差劲。他会继续住在陶德先生舒适的房子里,等到春天的时候,就会搬到森林里,住在户外——那时候,陶德先生会悄悄地跑回来,因为春天到了,他要开始大扫除!"

《陶德先生的故事》之所以历时很久才完成,主要是因为比阿特丽克丝在创作期间曾被卷入一场运动之中。"有一架模样丑陋的飞机整日在温德米尔上空徘徊,时而起飞,时而落在水中,搅得湖水四处飞溅,嗡嗡的噪声像是千万只绿头苍蝇在聚会,一英里外都不堪其扰,更不用说鲍内斯,那里一定苦不堪言。一架飞机已然如此,如

《陶德先生的故事》初期画稿（左上图）

老兔先生和獾猪汤米坐在扶手椅上,一个嘴里抽着烟斗,一个抽着白菜叶卷成的雪茄。《陶德先生的故事》正式画稿(右上图)

1912年，比阿特丽克丝参与了抵制"水上飞机的噪声及危害"的运动

果多造几架的话，湖水一定会被搅得不成样子。这架飞机每天都要忽上忽下地飞行几个小时，一匹马被嗡嗡的噪声吓得惊慌失措，把一位小贩的马车都给撞烂了。"整整一个冬天，比阿特丽克丝都在对水上飞机一事进行抗议，她给《乡村生活》杂志写了一封图文并茂的长信，想借此唤起读者的注意，让他们认识到温德米尔的飞机可能带来的危险，同时引发公众对于在鲍内斯湾和费瑞纳布之间修建飞机场一事的关注。"所有人都会乘坐渡轮。在静谧的夏日，没有比乘坐温德米尔的渡轮更惬意更舒适的出行方式。住在西边的人至今仍能讲出冬夜里发生过的故事：渡轮遭遇强风，再也无法前行，船上的乘客只能在鲍内斯过夜，克莱尔的传讯员徒劳地呼唤着摆渡人……我们大多把这种滞留看作天意的安排——以及天气的意旨……可如今，湖面的平静被水上飞机打破……陆地上的马儿或许会慢慢适应，但在船上则很难说——俯冲的飞机猛然从头顶掠过，马儿若是被吓得掉进水里，一定会引发事故……如此美丽的湖区偏偏要变成第二个布鲁克兰兹、第二个亨登，不能不令人悲叹……没有任何地区比这里更不适合飞行器试验。"

这封信赢得了编辑对比阿特丽克丝的支持。"在对'飞机'进行赞叹的同时，我们也不得不对波特女士的抗议表示同情……"随后，编辑补充说，希望有朝一日飞机可以变得像汽车一样没有那么大的噪声："如今坐在车里，两位朋友只需低声交谈即可，就像在办公室或是休息室里一样。"

在寄给朋友的另外一封信中,比阿特丽克丝写道:"湖区的中下游已经建起一座大型厂房,用来制造飞机。另外一座厂房之前便已经建好,位于鲍内斯的一家造船厂内。那位鲍内斯的绅士每次试飞都要掉进水里,赶上这种天气,一定冷得难熬呢!"

为抗议飞行试验,比阿特丽克丝起草了一封请愿书,同时四处奔走、征集请愿者的签名。考虑到出版商对"比阿特丽克丝·波特"这个名字定然早有耳闻,她便前往出版社征集签名;由于农民对"H.B.波特农场主"的名号并不陌生,她又深入农民群体中征集签名。"最令人吃惊的,是伦敦医院三十四位医生和护士的签名,这些人大多去过湖区,一位护士还去过索里村——正是这位护士将大家的签名收集起来的。"最终,飞机场没有建在湖区,还没等到这一年的年底,所有飞机便尽数撤出了温德米尔。

在接下来的日子里,比阿特丽克丝居住在索里村的次数渐渐多了起来。1909年,她又收购了当地的卡斯特农场。这家农场里有一栋小小的农舍,正好与希尔托普农场遥遥相对,比阿特丽克丝从这里可将自家土地尽收眼底。比阿特丽克丝聘请了洛格森太太打理农舍,自己则积极投身到当地事务中去。她不仅是小径保护委员会的主席,也是当地禽展的评委。与此同时,她还紧密关注着两家农场的经营状况。"农场的羊羔数量不少,几乎都是孪生羊羔,倒是猪的数量不多,只有六头胖嘟嘟的小家伙……昨天晚上,十枚又大又漂亮的火鸡蛋全被老鼠偷走了。呆头呆脑的母鸡仍然平静地趴

"六只小鸭子摇摇摆摆地满院子跑,可爱极了……只要一看到蚯蚓和毛虫,它们就会立刻跑过来。"

1912年7月13日，鲁珀特·波特拍下了其女在索里的卡斯特农场，这是她于1909年购置的（上图）

比阿特丽克丝的地产律师威廉·希利斯（手持烟斗、头戴圆顶礼帽者）年轻时与家人的合影，右边是他的父母（下图）

在窝里，殊不知大胡子先生已经在鸡窝下方掏出了一个窟窿，把所有鸡蛋都搬走了……农场里繁育了一头特别帅气的小公牛，名叫比利。不过这里人手太少，估计用不了多久，它就会长得很高大，我们几个绝对制服不了它。"

此时的比阿特丽克丝已经成为索里村以及附近地区有名的农场主。每逢进行地产交易时，她都会听取当地一家地产律师事务所的建议。这家事务所叫作W.H.希利斯事务所——安伯塞德和霍克斯黑德分所，是一家专营湖区地产买卖业务的老字号公司。比阿特丽克丝的地产业务都由地产律师威廉·希利斯打理。这位律师大约四十岁出头，相貌英俊，身材高瘦，他是希利斯一家中最小的儿子。除了他以外，家里还有三个姐姐和七个哥哥。

希利斯家族中最早从约克郡来到奔宁山区的人要数托马斯·希利斯，他于1720年来到该区的阿普尔比，当时是塔内爵士的地产经纪人。从此以后，希利斯家族的子孙们大多成为地产经纪人、医生、地产律师或是教堂里的神职人员。威廉·希利斯的父亲曾一直担任柯比索尔的教区长，直至1893年去世。他的两个哥哥分别是布鲁厄姆和克罗斯维特的教区长，另外两个哥哥阿莱克与乔治都和威廉一样，是当地的地产律师。威廉在柯比索尔教区长大，随后到塞德伯接受教育，并在那里培养起对体育运动的热爱。与比阿特丽克丝相

1906年3月出版的折叠式图画故事书《一只狡猾的老猫》。"那只贪婪的老猫！——把牛奶壶里的奶喝得一滴不剩"（右图）

这位老鼠绅士是1902年出版的《格洛斯特的裁缝》中一只老鼠的近亲（下图）

"刚绕过一个转角，她就看到了大黄蜂芭比提"，1901年出版的《丁丁鼠太太的故事》的水彩画稿（右图）

131

1909年出版的《金吉儿和皮可斯》的背景,杂货店内部水彩画(左上图)

"有那么一两次,他把铅笔含在了嘴里,还有一次放在蜜糖里蘸了蘸。"《金吉儿和皮可斯》(右上图)

识的时候,威廉正和与他同名的表哥合作经营地产业务。由于两个人都叫作威廉·希利斯,霍克斯黑德当地的居民分别给两人取了外号,威廉被称作"阿普尔比的比利"或"威利",他的表哥被叫作"霍克斯黑德的威利"。

在田产收购等业务上,威廉·希利斯给予了比阿特丽克丝很大的帮助,他时常为她提供上市土地的最新信息,甚至代替她出席售卖会、办理收购后的合同和手续等事宜。尽管父亲鲁珀特深谙土地业务,但比阿特丽克丝却无法向父亲求助,因为他从一开始便极力反对女儿收购土地。希利斯先生不仅对比阿特丽克丝很友善,而且办事效率很高,给予了她很多理解和帮助。同时,希利斯也非常爱慕这位伦敦来的女士,一方面是因为她性格坚强,另一方面是因为比阿特丽克丝对这里的乡野风情表现出了明显的热爱,而希利斯正是在这

威廉·希利斯在阿普尔比的巴托巴罗宅邸的庭园里。在父亲去世后，他的母亲便移居到这处宅邸。撑伞的女士是他的姨妈斯达姆帕太太，他的儿子G.L.斯达姆帕是为《笨拙杂志》供稿的漫画家。右边是威廉的姐姐马里恩。坐在最前面的是他的哥哥乔治的妻子赛比尔

片土地上出生，并在这片土地上长大成人的。两人在一起时总有说不完的话，他们讨论着如何扩建比阿特丽克丝的农舍，如何让土地增值等，一谈就是几个小时。1912年年底，威廉向比阿特丽克丝求婚。此时的比阿特丽克丝也已经深深地爱上了威廉，心里自然希望嫁给他。这一次，她同样需要考虑父母的意愿，同样要面临二老的反对——希利斯显然配不上波特家的女儿。况且鲁珀特已经八十高龄，波特太太也过了古稀之年，如果比阿特丽克丝结了婚，谁来照顾他们呢？

由于连年辛劳，比阿特丽克丝已经显露出积劳成疾的迹象。这年冬天，她终于病倒了。病势凶险，一直持续到1913年春，并再次危及她的心脏，比阿特丽克丝甚至连写信都要请人代笔。她在信中说："我已经卧床休息了一周，这次感冒对我的心脏造成了很大的伤害。不过医生说，只要安心静养，很快就能痊愈。"这年3月份的时候，比阿特丽克丝终于有所好转："医生刚刚来过，看到我恢复得很快，他非常欣慰，并且告诉我，再静养几天就可以了。我的心脏现在已经舒服多了。"

威廉·希利斯坐在希尔托普农场的门廊里

到了4月份的时候，比阿特丽克丝再次回到索里村，身体逐渐恢复了往日的健康。"虽然看起来康复得很慢，但我的身体绝对比从前还好，气色也很不错。不过，就在今天下午，当我打算走到邻村去的时候，中途却被一座低矮的山丘拦住了去路，无论如何也爬不上去。或许最好的治疗方法就是坚持锻炼，我敢肯定，我的心脏已经没有任何问题了。"不过此时此刻，比阿特丽克丝更需要的是精神上的力量——她需要反抗父母的勇气；尽管已经年近四十七岁，她仍然没有勇气违背父母的意愿。

1913年，比阿特丽克丝陪着父母在温德米尔的林迪斯豪避暑。在此之前，鲁珀特·波特曾一度病得很重，但回到伦敦后病情又很快有所好转，他和妻子甚至认为不再需要专人护理。比阿特丽克丝知道，两位老人很快又可以倚靠自己了。"他康复得很理想，我估计用不了多久，他们就不会再请护工了。只要家里的仆人都还在，我真想马上就溜走，他已经恢复得非常彻底，精神也好起来了！我真的很想离开这里，可是威廉就要来家里做客了，就在这几周的周末——他们眼下还没说过什么，但应该不至于讨厌威廉。"

就在这个关键的时刻，伯特伦为比阿特丽克丝提供了帮助，这一点是她不曾预料到的。伯

索里村的主道。鲁珀特摄于1913年5月

特伦选在此时向父母坦白自己十一年前与玛丽完婚的事情。鲁珀特夫妇终于不再极力反对女儿婚事，比阿特丽克丝本人也变得越发坚定，最终，二老同意了这门婚事。比阿特丽克丝跟她的表亲说："他们在最初的震动过去后终于同意了……他四十二岁（我四十七了），人很安静——特别害羞，不过我相信结婚后他会越来越坦然的……他各方面都令人满意，对这个地区很了解，又受人尊重。"

沃恩一家通过米莉转达了他们对比阿特丽克丝的理解和支持，米莉还宽慰她说，诺曼也一定会同意的。米莉的信对比阿特丽克丝来说是很大的慰藉。"我在一段时间里感到非常别扭，很内疚——尤其你问起索耶时。你要是感到了一点伤害，只能说明你是正常人！诺曼是圣人，如果说人有高低之分的话；我真的相信他不会反对，尤其我有病在身，感到无比孤独，最后才下定了决心。"

婚期定在当年的10月，在举办婚礼前还有很多事情要操办。比阿特丽克丝和威廉选择了位于卡斯特农场的农舍作为新房，并在农

比阿特丽克丝同威廉·希利斯订婚后，不久便患了重病。她在长期卧床养病期间，动笔创作了"一头猪的故事"

舍旁边增建了一间宽敞气派的房子。与此同时，比阿特丽克丝仍在忙于创作，因为她之前曾做出承诺，沃恩出版社早就已经发布了新书出版的消息。"我现在已经完全康复，可是我本该在书商订购之前便放弃这本书的，或许这样做更明智些。"

几年以来，比阿特丽克丝早就画了不少关于小猪的素描稿，打算放在新书中使用，而且在养病期间，她也早已经完成了故事的创作。但《小猪布兰德的故事》直到1913年4月才完稿，然后交给哈罗德。她在信中说："信封里还有小猪故事的书稿，我觉得这头小猪很漂亮。"

在创作新书的过程中，比阿特丽克丝的务农经历派上了用场——她回想起了当初为约翰·坎农买猪的场景，坎农在选猪的时候非常挑剔，向来只选纯种。这一天，比阿特丽克丝在选猪的时候看中了一头黑色的小母猪，坎农并不赞同她买这头猪，但比阿特丽克丝坚持买了下来。随后，坎农又不愿将这头小猪与其他小猪一同饲

约翰·坎农拒绝在希尔托普农场饲养这头小黑猪，它后来成为比阿特丽克丝的宠物，以及《小猪布兰德的故事》中的那头漂亮可爱的小猪维格

《小猪布兰德的故事》于1913年10月出版，同年同月，比阿特丽克丝与威廉·希利斯完婚

养，因此比阿特丽克丝将它带回农舍，让它睡在床边的篮子里，每天亲自喂它喝瓶装牛奶，一直喂到它能够自己进食。这头小猪自然便成了书中那个"可爱到完美的伯克郡小黑猪——小猪维格。""……小猪维格与小猪布兰德一路上蹦蹦跳跳，翻过一个又一个山头，到很远很远的地方去了。"

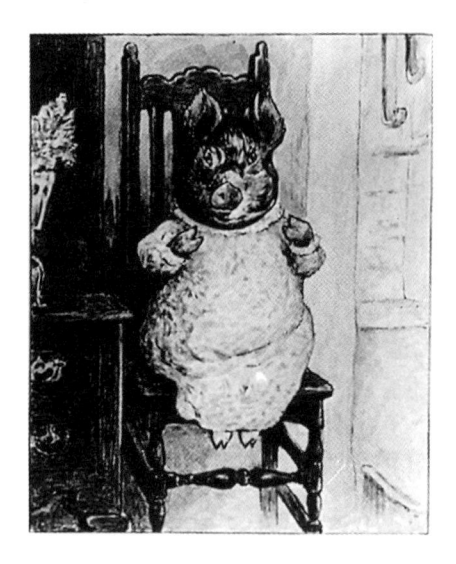

比阿特丽克丝忘记画薄荷糖的那幅画

对于这部作品，比阿特丽克丝打算采用与《陶德先生》相同的模式，少用一些水墨画，多加入一些由黑白线条构成的插图，这就意味着要在完稿后临时加入一些图案"来填充空白部分"，不过比阿特丽克丝还是赶在婚礼前及时完稿并交付出版。在创作这部作品的过程中，比阿特丽克丝承担了很大的压力，她在送给威廉的那本书中坦言道："我忘了在67页画薄荷糖。"而在送给朋友的那本书中则写道："这本书画得太过仓促，而且非常潦草，书中那两头手牵着手欣赏落日的小猪并不是我和希利斯先生，不过图片里描绘的背景，的确是我们星期天下午散步时的场景！如果把威廉的样子画进书里，他一定是一个高高瘦瘦的动物形象。"

1913年10月15日，比阿特丽克丝·波特与威廉·希利斯在伦敦完婚，婚礼在肯辛顿的圣玛丽修道院帕里什教堂举行。比阿特丽克丝的父母和老朋友格特鲁德·伍德沃德参加了婚礼。随后，夫妇二人在度蜜月时，还顺道去了旺兹沃思看望她的教女。比阿特丽克丝·摩尔在回忆这段记忆时写道："当时我只有十岁，我记得那是我最后一次看到她……大家笑得特别开心，因为她当时'正在车站等一头公牛'。我估计可能与农场的事情有关。后来，她搬到了湖区生活，每年圣诞节都会给我们送来一只大火鸡；至今我仿佛还能看见火鸡拴在酒窖顶棚上的样子。爸爸妈妈把它的内脏掏空以后，还照着样子画了幅画。"

婚礼后的第六天，比阿特丽克丝从希尔托普寄给米莉·沃恩她的婚礼告示的剪报和一封短信。"我送你一个过期的消息，因为我过去没有这个勇气！非常感谢你善解人意的来信，你真实地说出了我的愿望。我很幸福，对威廉一百个满意。现在不纠缠过往是再好不

婚礼当天的比阿特丽克丝和威廉。摄于1913年10月14日。为夫妇二人拍摄这张结婚照的鲁珀特·波特于七个月后因病去世

过的事情。"

在婚后的最初几个月里，希利斯夫妇的生活并不平静。一部分原因是卡斯特农舍还没有建好；另一部分原因是威廉的老姨妈在阿普尔比抱恙，需要有人定期去照顾她。除此之外，沃恩出版社也开始询问比阿特丽克丝下一本书的情况。尽管比阿特丽克丝已经想出了一个点子，但时间显然不够。她在信中写道："婚后我一直在三处宅邸之间辗转，一时间需要打理的事情太多。"与此同时，她父亲的病情已经十分严重，并被医生诊断为癌症。比阿特丽克丝立即赶回伦敦照顾父亲。"在我离开伦敦的十天里，父亲变得更虚弱了，最近两天更是每况愈下。如果再请一位护工我就会轻松很多，不过我又不想现在约见，因为只要一得空闲，我就要赶回索里村待几天。兴许父亲还能挺过很长一段时间，但这并不是件好事。"1914年的1月至4月期间，比阿特丽克丝在伦敦和索里村之间往返了八次，她一面照顾父亲，一面抚慰母亲。威廉则一直留在索里村，直到5月8日鲁珀特去世才赶到伦敦。"父亲患的病太可怕了。令人欣慰的是，这一切终于结束了。之前我们还担心，怕他还要继续遭受几周的折磨——最后，他去得很突然……今晚希

利斯先生会赶过来，我们就住在街对面的旅馆里，这里离得最近，便于我们休息。"比阿特丽克丝身心交瘁，连葬礼都无法出席，她和威廉立即回到索里村。"我喘不过气，又咳嗽，威廉只好床上床下地伺候，一会儿泥敷一会儿膏药，也许药物相克的情况很多呢。"

比阿特丽克丝还面临着如何安置母亲的问题。起初，她陪着母亲到索里村住了一阵，但波特太太过于寂寞，"觉得十分无聊"。最后，比阿特丽克丝花钱聘请了一位老太太陪伴母亲，并让两位老人住在村中一座设施齐全的房子里。在接下来的四年里，波特太太和她的伙伴一直住在这里。"这是最好的安排，我还对威廉说，有两位老人家住在附近，这算是对他最大的尊敬了；不过这样一来，我还是要兼顾两头，今年夏天着实把我累坏了。"此时，比阿特丽克丝的新作尚未动笔，根本赶不及在圣诞节出版。因此，这一年弗雷德里克·沃恩出版社的新品书单中并没有比阿特丽克丝的作品。自1902年《兔子彼得的故事》发行后，这还是首次空缺——然而事情还远远没有结束，在此后的三年里，比阿特丽克丝·波特的新作再也没有出现过。

1914年8月，英国投入了一场即将改变全国格局的战争，这场战争夺去了英国近百万年轻人的生命。战争爆发后，威廉的几个侄子毅然走上前线。比阿特丽克丝也得到了伯特伦自愿参军的消息。不过令她欣慰的是，由于伯特伦健康状况不佳，参军申请遭到了拒绝。时间一周一周地过去，比阿特丽克丝不禁为哈罗德一家担心起来。"地方上的许多警员都已遭不幸……希望您的侄子们都安然无恙——至少不要身负重伤。有时候，他们躺在医院里反而更安全，更让人安心……投身战争着实艰辛。我的远房表亲全家人都在'路西塔尼亚号'上遇难，父亲、母亲、六个孩子，还有保姆……我听说了波比·皮尔斯的遭遇，真的很遗憾，这孩子本来有着大好的前程，他就像您的亲生儿子一样。这感觉就像是最亲的人被夺去了生命。"

战争开始后，比阿特丽克丝与威廉的生活一直遵循着一成不变的模式：比阿特丽克丝负责打理农场、照顾母亲，威廉则在霍克斯黑德办公，仍然从事地产买卖业务。由于战争的影响，农场的经营变得越发艰难："警方登记了马匹的数量，这让我非常焦虑。不过，紧要关头我们还可以用牛……耕夫被带走充军了，当时他正在田里耕地。我现在的心情糟糕透了。"1916年3月，比阿特丽克丝给《泰晤士报》写信希望高薪雇佣妇女从事记录军需品的工作，这项工作最吸引人的地方是她们可以取代男人。她的信得到四十一岁的艾琳娜（路易）·翠斯的回应。她是一名家庭教师，无事可做，正在求职。通过若干信件了解就职情况后，翠斯答应来帮助比阿特丽克丝管

艾琳娜（路易）·翠斯（左二）在1914年参加她妹妹的婚礼，她从1916年4月开始帮助比阿特丽克丝打理花园和农场。她们之间的友谊一直持续到比阿特丽克丝去世

理干草和园子。两个女性长期的友谊开始了。

那年底比阿特丽克丝那条忠实的老狗凯普也死掉了。尽管她比较现实，认为随着时间的流逝伤痛总会过去，而且对于一个农民而言，家畜死亡太正常不过，可是这条狗毕竟已经陪伴她多年，她对凯普的感情已经相当深厚。它的死亡让比阿特丽克丝痛苦了很久。不过最终，她又养了一条"黑白相间的短尾狗"，她给它取名叫"弗利特"。

不过最让比阿特丽克丝焦虑的，是沃恩出版社一而再再而三地拖欠稿酬。这件事情一定有问题，而且问题似乎就出在哈罗德身上。她在写给哈罗德的信中说："没有任何明确的解释，我是不想继续下去的。上次您说新年后给我答复，但至今也没有给我一个说法。上次收到稿酬已经是1911年的事情！之后便再无消息。这种状况不能再持续下去了。我眼下身体还算健康，可是您有没有想过，如果哪天我突然不在了，这笔账又该如何算？如果这件事解释起来很困难，建议您最好对我实话实说。"

收到这封信后，哈罗德再次向比阿特丽克丝保证，一切都很顺

1917年4月27日,《泰晤士报》上登载了哈罗德·沃恩因涉嫌两万英镑的伪造罪,被判处十八个月监禁的新闻(左图)

弗罗英·沃恩的女儿维尼弗莱德和艾芙琳(婴儿)与保姆的合照。当弗罗英一家身陷经济困境时,这位保姆不取分文,依然继续照顾两个孩子。摄于1903年(右图)

利,只是因为受到战争影响,资金回流很慢,暂时跟不上出版社日常业务的进度。然而半年过去了,比阿特丽克丝仍然没有收到稿酬。多年之前她曾与沃恩出版社签订过这样一条协议,即在她去世后她的作品版权仍然属于沃恩出版社。可当时的情形不得不让她改变主意。她认为或许直接联系弗罗英会更好些。"目前形势艰难,我曾经承诺过,不会在这个当口催逼贵社,但贵方始终没有给我任何答复,这的确是在考验我的耐心;自战争开始前的很多年起,贵社便一直拖欠稿酬,从未准时支付……如果1月末仍然得不到令人满意的答复,我将采取一定的措施——我不会因此伤了朋友间的和气,只是公事公办而已。首先,我会委托伦敦的律师修改遗嘱,我不会让这笔欠款越积越多。写这封信之前我并没有跟我的先生商议,原因或许您已经猜到,我不想让他干涉我和您以及您家人间的事情。"

写给弗罗英的信很快见效,出版社立即答应支付稿酬,但比阿特丽克丝的信心已经发生动摇。1916年6月,当哈罗德·沃恩写信请求将小书的价格从一先令提高到一先令零三便士时,比阿特丽克丝便下定决心,打算趁这个机会修改与沃恩出版社签订的合同条款。"我曾与F.W.出版社签订版权转让协议,关于将版权转让给该社继任者以及转让内容的条款过于模糊,指涉不明,我对此并不满意 —— 鉴于各行各业前景未明……我不会与您或您的家人争吵,但在前景不明的情况下,如果贵社的业务有所调整,我想我必须摆脱这种模棱两可的困境,毕竟我之前从未像现在这般束手缚脚。"

比阿特丽克丝的担忧有着充足的根据。1917年4月,哈罗德被捕入狱,被捕时他正与弗罗英在文特花园的街道上散步。五十六岁的出版商哈罗德·艾德蒙·沃恩在麦逊宫接受了审判，当时市长大人也在堂上听证。哈罗德的被控罪名为"伪造价值九百八十八英镑十先令零三便士的汇票，且明知故犯"。法庭判决罪名成立，且不予保释。

原来，当初沃恩太太去世时，曾将泽西岛的家族渔业生意转手给长子，但由于哈罗德经营不善造成了严重的财务危机。伪造的汇票是以威廉·弗罗英先生以及泽西岛有限公司的名义开具的，各类伪造汇票涉及金额高达一万三千六百二十三英镑。本该用于出版的资金被哈罗德私自挪用，以此救济渔业公司。听到哈罗德被捕的消息后，比阿特丽克丝立即联系了米莉，她不仅关心整个家庭的情况，也关心自己图书的情况。"我写这封信主要是对您和艾丽丝身陷如此之大的困境表示同情，而且比同情更多的是感同身受的痛苦。我很庆幸我可以把这笔债务隐藏起来，我丈夫坐在桌子的另一边对此一无所知，我一点儿也不想把这件事告诉他。我认为这件事太糟糕，实在不宜声张。我很早就预感到这件事有风险，我真应该在开会时提出来，或者跟我在伦敦的律师交流一下。我聘请了律师，请你们理解我这么做只是为了保护我的图书版权和日常画作不被别的出版商随便使用。我不会亲自去伦敦讲述我自己都不愿面对的事实，而且也不希望希利斯先生有所行动。我并不是说他是个硬心肠的人，但是他确实与诺曼非常不同。"

1917年4月26日，哈罗德因涉嫌两万英镑的伪造罪被判处十八个月的监禁，他也因此再没能回到出版业。在法庭上，诉讼方做出如下声明："嫌疑人的弟弟并未参与伪造，对此毫不知情。"

哈罗德入狱后，弗罗英接手了濒临破产的家族出版业，当时最有价值的资产便是比阿特丽克丝已经出版和即将出版的作品。就在审讯的前两天，比阿特丽克丝从前所绘的十九本书和最近所绘的两本书，都被送还给她。这些书接下来该怎么办，比阿特丽克丝征求了她在伦敦的律师的意见。弗罗英首先筹集了足够的资金，防止出版社的债务人取消回赎权，这就意味着他需要变卖所有的家产。所有直系亲属的个人财产都被变卖掉了，弗罗英甚至卖掉了自己的手表和图章指环。在弗罗英变卖财产的同时，沃恩出版社的雇员将他的手表和指环等买了下来，还给弗罗英，以此表示对他的支持——但他们很难买下他的宅邸。七十多年后，弗罗英的女儿维尼弗莱德仍然对这段黑暗的日子记忆犹新："所有人都感到相当震惊。妈妈虽然知道生意做得并不顺利，但却不知道已经危急到这般地步。就连平日只重书籍不重金钱的爸爸也大为震惊——他的哥哥竟然挪用出版社的资金来救济自己的生意。我还记得那天妈妈来到我们的房间，告诉我

比阿特丽克丝1891年画的水彩画。在1917年出版的《斑斑果的儿歌》中做了一些修改（左上图）

因1905年诺曼·沃恩去世而搁浅的作品《斑斑果的儿歌》的初期草稿（右上图）

们，所有人必须要离开瑟比顿这个温馨的家，她还问过保姆，如果没有薪水是否还愿意继续与我们待在一起。随后，我们搬到了里士满公园附近的一所小房子里，我们几个孩子都不喜欢那里。"

尽管之前有过种种的疑虑和失望，比阿特丽克丝仍然非常同情弗罗英，并且给予了他热情的帮助。弗罗英曾写信给比阿特丽克丝，问她能否代为保管维尼弗莱德的娃娃屋，也就是诺曼亲手制作、后来在《两只坏老鼠的故事》中出现的那个小房子。比阿特丽克丝回复说："如果您能用包裹邮寄过来的话，我当然愿意代您保管。钥匙寄放在伦敦的哪位朋友家就好了；我的母亲虽然在伦敦，但这件事还是不要让她知道为好，我估计她现在还没有注意到《泰晤士报》刊登的那则骇人的消息，最好也不要给她的护工写信，免得有人问起引来不必要的问题。除此之外，就只有一个办法——如果娃娃屋包裹起来不方便的话——那就把它借给儿童医院，放在那里既能派上用场，又不必担心会损坏。幸好米莉的房子租出去了，而且价格不低。您和玛丽真的受委屈了，我也非常难过。离开那么漂亮的房子一

《斑斑果的儿歌》刊行本中未被采用的水彩画"可爱的小豚鼠"

定很伤心，不过等她慢慢平复了就会发现，小房子打理起来至少不用那么费神。"

弗罗英向比阿特丽克丝提出的第二个请求是，希望她在出版社重组期间，继续与他保持合作关系。比阿特丽克丝当即接受了他的请求，并且提议在圣诞节来临前出版《斑斑果的儿歌》。她在信中这样写道："但愿这本书可以及时出版，并能为贵社带来些效益，这也算是战争期间最令人欣慰的事情了。"早在1902年的时候，比阿特丽克丝便开始着手创作《斑斑果的儿歌》，这本书也是她与诺曼最初计划推出的作品之一。这本书中收录了一些传统歌谣和原创儿歌，后来比阿特丽克丝又不断地添加了一些内容，但最后只选择了其中的七首，并配了插图，打算作为小书系列出版。"说起来可能显得我太过拖沓，可是您不知道我的生活有多么杂乱。之前画的插图比现在的作品还要好些。"新书出版后收到了很好的反馈，比阿特丽克丝在信中写道："我对《斑斑果的儿歌》很满意，它算得上是小书系列中相当不错的一本。"1917年10月《斑斑果的儿歌》出版，同时出版的还有两本涂色书，都是根据《兔子彼得的故事》改编而成。对于苦苦挣扎的沃恩出版社而言，这无异于最好的支持。就这样，出版社的重组渐渐开展起来。

1919年5月，弗罗英重新注册了一家公司，取名为弗雷德里克·沃恩出版公司，在第一次董事会上，弗罗英·沃恩便当选为董事会总经理。对于弗罗英的孩子而言，这是令人兴奋的一天。"那天爸爸还没有开完会回家，妈妈很早就让我们上床睡觉，生怕我们会碍手碍脚。妈妈知道我们

比阿特丽克丝模仿《伊索寓言》创作的《城市老鼠和乡下老鼠》——后改题为《城市老鼠琼尼的故事》中的水彩画

天一亮就会起床，但又不愿被我们打扰，所以就让保姆在衣橱上贴了一张小告示，上面写着会议的结果。我们刚一下楼的时候就看到了——告示上写着：'爸爸当选董事会总经理。年薪五百英镑。'这真是天大的好消息。"

公司的每一个发展阶段都要征求比阿特丽克丝的意见，因为此时的比阿特丽克丝已经是这家出版公司最大的债权人，公司开展的各项业务，她是否同意就变得非常重要。如果不是在绝对必要的情况下，比阿特丽克丝并不愿意在伦敦久留。通常情况下，她都是委托自己的律师代她参会。"今后将由我的律师代表我，在我职责允许的范围内提出有益的建议。我只想明确一点，那就是哈罗德绝对不能再参与进来。我对他并没有偏见，但我不会忘记他给大家以及我本人带来的麻烦。"与此同时，比阿特丽克丝同意沃恩出版公司以配额股票的方式偿还债务，如此一来，她与新出版公司的命运就更加紧密地绑在了一起。

对于比阿特丽克丝而言，1918年又是一个艰苦的年头。英国仍然没有走出战争的泥潭，随后威廉便收到了征兵通告，幸好他与伯特伦一样，由于健康状况被鉴定为三等，躲过了这次征兵。可是没过多久，在6月里的一天，比阿特丽克丝突然收到消息说伯特伦在安克鲁姆的菜园里工作时突发脑出血身亡。听到这个噩耗，比阿特丽克丝非常震惊。伯特伦只有四十六岁——早

年酗酒的恶果终于显现。当比阿特丽克丝前往苏格兰参加葬礼时,她发现所有人都一如以往地依赖着她:"我还没有从震惊中平复,马上又要参加葬礼,随后又要赶回去。除此之外,还有数不清的书信要写,因为他的遗孀和我的妈妈都不会写——唉,我刚刚才把手头的事情理顺。"比阿特丽克丝与弟弟的关系向来很好,两人曾一同分享绘画的快乐,一同沉迷于动物研究,两人也曾一同与父母的反对做斗争。虽然两人各自结了婚并成为农民之后便很少见面,但比阿特丽克丝知道,她会非常思念伯特伦的。在寄给哈德威克·罗恩斯利的信中,她悲痛地写道:"我现在还不敢相信,伯特伦已经不在了,他正是年富力强的时候,正是大有作为的时候。他的农场打理得那么井井有条。弟弟生性敏感,而且跟爸爸很像。他对国家的热爱,他正直的品质,都已经达到了非常难得的程度,所以才会把参军看作自己的使命。但我很了解他,他只有在从事这些辛苦而有意义的农业劳动时才会得到真正的快乐。他在弥留之际是那样地满足,那样地

水彩插图画稿(左上图)

《城市老鼠琼尼的故事》中马车进城时的场景。这幅素描是仿照邻村霍克斯黑德的一座民房画成的(右上图)

1919年，在比阿特丽克丝为母亲购下的林迪斯豪宅邸里，雇佣的四名女佣中的三位及两位园艺师和一位司机的合照。这张照片是一位年轻的女佣拍摄的

快乐，只要记得这些，我就欣慰了。最近他已经不再画画了，但他本打算等战争结束后再次拿起画笔的。他被葬在艾尔河的河湾处，就像格拉斯米尔的当地人一样——墓园里开满了花朵，附近有一座残破不堪、爬满青藤的教堂，河畔不远处便是誓约派成员的墓冢。"

这一年，比阿特丽克丝仍然在创作她的新书。一开始，她向沃恩出版公司提议，打算再出一本童谣集，但弗罗英希望出版一本故事书。比阿特丽克丝在成堆的画稿中拣选了一番，写信给弗罗英说："您觉得这个老鼠的故事可以吗？插图会很漂亮，不过我手里只有几幅画稿，画的内容也都千篇一律。几年前，我根据《伊索寓言》里的故事画了些画，当时只是为了消遣，画老鼠的故事比其他故事用的时间都长。"这个故事便是后来的城市老鼠与乡下老鼠的故事，比阿特丽克丝把这个故事的标题先后改了三次，最后确定为《城市老鼠琼尼的故事》。由于平时农务繁忙，比阿特丽克丝只能在空余时间进行创作。"我刚刚才进门，之前花了整整两个小时挑选绵羊和羊羔，跟我一同去的是个小男孩，那位老人家身体不舒服。好在终于买到了合适的羊，算是大功告成……也不知为什么，整日围着真正的动物打转时，对画上的动物就没那么喜爱了。"《城市老鼠琼尼的故事》中的背景取自希尔托普农场附近的景物，城市的背景是仿照霍克斯黑德，乡村是仿照索里村画的。书里的主人公以当地的一位医生为原型，威廉时常与这位医生打高尔夫球，就连首页中的高尔夫球袋也是仿照医生的球袋画成的。这本书完成得非常及时，交稿时，沃恩出版公司恰好能赶上圣诞节出版。在战争的最后几天，她收到了出版公司寄给她的样书。一位评论家在《布克曼》上评论道："这本书的插图算得上是波特小姐的最佳之作……波特小姐无

《城市老鼠和乡下老鼠》最终改名为《城市老鼠琼尼的故事》，并于1918年出版发行

比阿特丽克丝为萨福克郡表姐家的梅尔福德宅邸设计绘制的晚宴卡（左上图）

印着《水鸭子杰米玛的故事》中的插图的桌布（右上图）

须担心有人与她竞争，因为根本没有谁能够对她造成威胁。《城市老鼠琼尼的故事》标志着这位艺术家和作家所取得的最辉煌成就，这样说一点儿不为过。"

比阿特丽克丝的魅力确实丝毫未减，不过眼下，她又要再次面对母亲的问题。战争期间，波特家的博尔顿花园里只住了一位负责看管的仆人，波特太太不愿再回到这孤独冷清的宅邸。幸运的是，林迪斯豪宅邸刚好上市拍卖，于是比阿特丽克丝就为母亲买下了这栋房子。在嫁给威廉之前，比阿特丽克丝就是在这里与父母度过了最后几个月的时间。这是一栋非常气派的滨湖宅邸，房屋前房修筑了山墙，十九世纪七十年代左右，一位富有的磨坊主在温德米尔的斯托斯修建了这栋房子。这里位于高地，既可以俯视湖区风光，又与索里村遥遥相望。就这样，八十岁的波特太太在这里住了下来，此外还聘请了四名女佣、二位园艺师，还有一位转行为司机的马车夫。比阿特丽克丝又从伦敦买了些家具。没过多久，波特太太就操起了老本行——做缝纫手工和四处拜访朋友。

不管比阿特丽克丝为母亲怎么操心，为自己的书怎么费心，为农场的日常生活怎么奔波，她都与米莉一直保持正常的书信往来，米莉是她唯一可以与之畅谈诺曼的人。她不愿意与威廉谈诺曼的家人，连她出版图书的问题都尽量避开，生怕与她息息相关的过去会打搅了威廉。说来不可思议，她还一直戴着诺曼送的戒指。而且直到1918年11月初，诺曼已经去世十三年了，她还向米莉倾诉了一件耿耿于怀的事。"这也许是一封令人遗憾或羞愧的信！我把诺曼的戒指丢在玉米地了——是在提潮湿的玉米捆时，手指插在捆绳下弄丢的——不过母鸡在潮湿的地里寻觅粮食时也许能翻出来。我在脱粒场上解开很多玉米捆寻找，满心希望它能失而复得。我一直因为秋收感到揪心，这下不再纠结……我还有一点安慰：要是戒指最后不能失而复得，那倒是一块可以藏身的美好而恬静的隐蔽之地。我的手指因为失去戒指感到很别扭，很不舒服。"

对于希利斯而言，索里村的生活虽然忙碌，但也不失乐趣。他对乡村舞抱有极大的热情，经常骑着那辆布莱伯利摩托车到邻村去跳舞。比阿特丽克丝偶尔也打扮一番，骑着小马去参加舞会，不过她只做旁观者。当地的乡村风情和民族舞蹈令她深感陶醉，"舞会在农庄的厨房里举行，地面上铺着石板，一开始我们跳着'船夫舞'；不一会儿，一曲《小黑马》的调子响了起来，在两位提琴师的伴奏下，村里的舞者三人一组，手牵手地跳起了'凯旋舞'。舞会结束后，舞者们顶着清冷的星光踏上漫漫归途，马车里满载着脸色润红的女孩们。她们盖着毛毯，神思困倦……在康尼斯顿，舞者们随着疯狂野性的曲调跳起了'科比－马扎德剑舞'，只见一具被砍掉头颅的尸体突然立了起来，手里高高地举着一把木剑……有一次，我去了兰代尔的柴普斯戴尔村，等舞会散场后，我们出门时发现雪已经积得很厚了……'赶婚礼''追鼬鼠''不到天亮不回家'等乡村舞曲与莫斯利的钟声融汇在一起，到处都洋溢着笑声，我还吃到了梅饼。这里的舞者，不论高矮胖瘦，也不论敏捷还是笨重，他们上至白发苍苍的老人，下至蹒跚学步的小娃娃，所有人都尽情地舞动着。"

除了跳舞外，威廉只要一有空闲就去打高尔夫，他是当地滚球俱乐部的常胜将军。不过威廉最喜欢的，还是在天气晴好的时候出门打猎。有时比阿特丽克丝会陪着威廉参加希利斯家族的聚会。每到这个时候，威廉就要换下自己心爱的灯笼裤，穿上体面的套装，而比阿特丽克丝也只好将木底鞋留在家里。希利斯大家庭里至今还流传着一个关于比阿特丽克丝的笑谈：当时比阿特丽克丝正准备与妯娌们去参加家庭聚会，"由于年轻的时候患过风湿症，比阿特丽克丝的

威廉对体育运动抱有极大的热情，他曾在当地俱乐部举办的滚木球比赛中多次夺魁

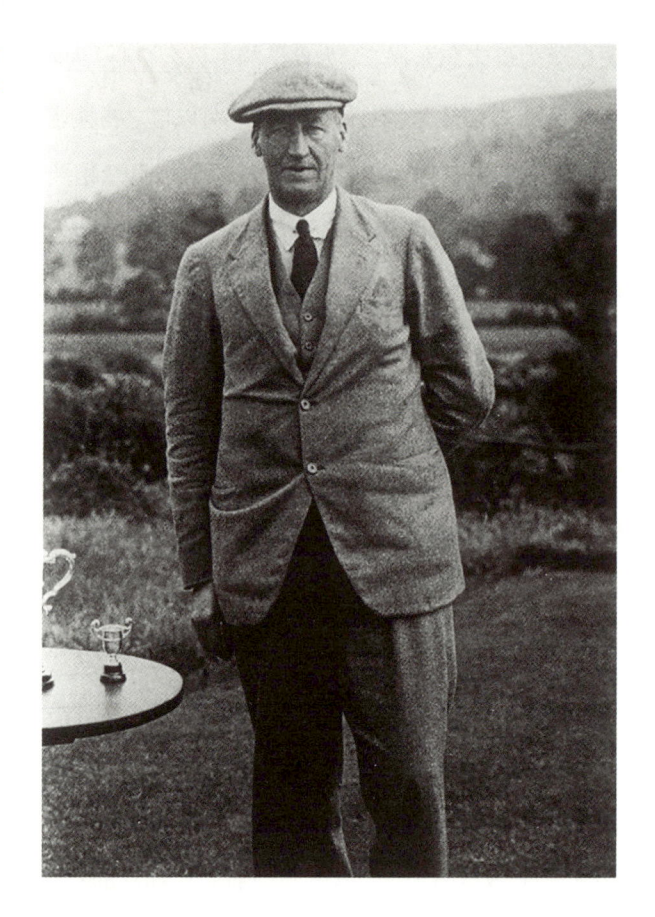

头上秃了一小块。因为这次聚会比较特别，她打算在头上戴一顶假发。可是妯娌们的头发长得好好的，平时根本用不着假发。于是比阿特丽克丝便戴上了父亲做律师时常戴的那顶假发，随后她才意识到，假发上面还带着两绺小辫子！最后，她自己做了一顶蕾丝小帽，从此以后，每逢出门她都会将帽子戴在头上，直到她变成一个老太婆，这顶帽也没有摘下来"。

　　每逢索里村以及附近地区举办活动，比阿特丽克丝和威廉都给予慷慨的支持。每次在庆祝王室加冕或举办节日庆祝活动时，他们都会提供活动场地。两人还为当地的乡村舞蹈队购买了专门的服装，每年圣诞节夫妇俩都会热情地招待颂歌合唱团的成员。复活节的时候，他们还会特意招待玩彩蛋游戏的孩子们。1919年，在比阿特丽克丝的帮助下，当地成立了护工信托基金，专门为索里村、霍克斯黑德以及瑞伊村等地的教区护工们提供慈善救济。直到三十年后，英国国家保健服务才取代了护工信托基金。凡是向希利斯一家求助的人，很少遭到拒绝，但前提是所求之事必须是正当且合理的。1920年，索里村计划修建一片用于滚球运动的草坪，因此请求

复活节期间玩游戏的孩子们。
比阿特丽克丝摄于1912年

比阿特丽克丝能够赠送一块土地。尽管威廉的滚球技艺非常高超，但比阿特丽克丝对这个提议并不是很赞同："我一向不愿意把肥沃的农业用地用作娱乐……滚球运动场冬天大多都会闲置，而且随着新鲜感逐渐消失，许多公共娱乐用地都会变得凌乱不堪，最终被废弃。"不过对组建南爱尔兰效忠派救济协会一事，比阿特丽克丝给予了慷慨的支持，当即拨付了三英镑的赠金。

比阿特丽克丝每年的复活节都会为玩彩蛋游戏的孩子们绘制彩蛋

比阿特丽克丝把很多时间花在与动物为伴上："我养了很多母牛、绵羊、马匹和家禽。这些家禽、兔子、小马以及我的宠物小猪，平时都是由我亲自照料的。我的小猪名叫萨利，它陪着我走遍了整个农场，甚至还陪我走出大门，沿着小路散步。当它被我落在后面时，我就叫：'萨利！萨利！'它就会一路小跑地跟上来。我也非常喜欢兔子，养了一只体形很大的褐色的比利时兔，另外的两只兔子，一只是银灰色，一只是巧克力色……但不管什么样的动物，似乎都能被我驯服。"

尽管比阿特丽克丝和威廉对湖区有种深深的眷恋，但战争结束后不久，他们曾想过要离开这里，再也不回来了。当时，他们本打算移民到加拿大，甚至连居住地都已经选好——安大略湖以南的圣劳伦斯河沿岸，不过两人始终难以割舍对这片乡土的热爱，最终还是留在了索里村。

在这段时间里，沃恩出版公司再三催促比阿特丽克丝推出新作，但比阿特丽克丝发现，自己再没有了当年那种紧迫感：她的眼睛已经十分疲惫，她的妈妈一如既往地难以取悦，而且索里村还有许多更为紧急的事情等着她去处理。不过，她当初曾经承诺过，要继续支持这家刚刚成立不久的出版公司。于是，

比阿特丽克丝在埃斯克代尔的羊毛品鉴会上。同她讲话的男士，正是纯种赫德威克绵羊饲养者协会事务局局长、《羊羔饲养指南》编辑兼发行人哈利·兰姆。比阿特丽克丝身上穿的套装，是用她自己养的绵羊和威尔克绵羊的羊毛做的料子，脚上则穿着那双整日不离脚的木底鞋

在发行第二本歌谣的建议遭到冷落后，她又推出了根据伊索寓言改编的作品——《乌鸦强尼的故事》。可当她把书稿寄到伦敦后，新上任的董事会总经理弗罗英居然把稿件退了回来，并称"这是伊索寓言，不是波特小姐的作品"。他表示沃恩出版公司更倾向于她早期创作的一些故事，比如那本关于鸽子的小画册"就很惹人喜爱"。比阿特丽克丝对此很不高兴，她在信中写道："鸽子的作品过于矫饰和造作，今年我是绝对不会考虑出版的！虽然用莱伊镇做背景比较有吸引力，但除了鸽子以外，别无其他内容，翻来覆去只有几张同样的插图……我虽然上了年纪，偏偏性格越来越倔强，况且您的手里没有什么把柄可以让我甘为驱使；除了我对您本人和这家老字号出版

社的同情，再没有什么可以迫使我继续创作下去。我现在生活无忧，也不会为那点儿微薄的稿酬去迎合当代孩子的口味，他们有很多玩具可以玩，很多书可以读，可以说都被宠坏了。您认为我的原创作品要比伊索的经典作品更有价值，这番臆断可谓错得离谱！"

比阿特丽克丝信中的口气引起了弗罗英·沃恩的警觉，他的态度顿时发生了一百八十度的转变，并立即催促她创作《乌鸦强尼的故事》这本书，虽然这与原来的打算有出入，但毕竟这一年的圣诞节仍然会有新书上市。然而到8月份时，比阿特丽克丝仅仅完成了几张插图的创作。此时的她已经失去了信心："刚刚画上几笔，我的眼睛就什么都看不见了……真是一团糟！我的眼镜刚刚戴了一年，现在不想立刻换一副度数更高的。眼科医生说，我的眼睛没出毛病，只是这53年以来，我从来都不知道爱惜它们。希望我活着的时候两只眼睛还能看见东西。不过您现在也不要指望我继续画水彩插画了，还是另请高明吧。"

对于弗罗英而言，他的金牌作者已整整一季没有推出新作，这是令人难以承受的。比阿特丽克丝让他另请高明的这个建议引起了弗罗英的高度重视。沃恩出版公司有一位名叫斯托克的常驻艺术家，沃恩出版公司曾请他为《肉饼和饼托的故事》的插图进行润饰。弗罗英认为，他一定能够帮助比阿特丽克丝。得知弗罗英考虑了自己的建议，比阿特丽克丝颇感意外，于是立刻宽慰他说，她一定争取自己独立完成。就这样，沃恩出版公司便开始了《乌鸦强尼的故事》的宣传工作，以便在圣诞期间顺利出版，也趁机提示各地的书籍推销商，要尽快开始订购。这本书如今已经改名为《小鸟和陶德先生的故事》。

然而到了11月，剩下的画稿仍然不见踪影。比阿特丽克丝只好承认，自己尚未着手创作。她在信中写道："这段时间我并非什么都没做！但是想在夏天完成这本书是绝对没有可能，没有丝毫希望的。"

这是那本始终未能出版的《小鸟和陶德先生的故事》中的一幅水彩插图。"陶德先生正仰头盯着肯特维尔城堡。"

被比阿特丽克丝称作"饶头儿"的兔子彼得书架和兔子彼得拖鞋的广告

比阿特丽克丝一再拖延并不是因为弗罗英没有采纳她的建议——把精力集中在销售与《兔子彼得的故事》相关的产品上，例如兔子彼得游戏、兔子彼得日历等——相反，比阿特丽克丝知道，兔子彼得拖鞋早已销售一空。她在写给弗罗英的信中道出了真正的原因："得知这一季贵社盈利不少，我也感到非常欣慰，只是我的画稿未能完成，心里着实有愧。不过恐怕早晚您要面对这个问题，总不能指望着我在入土之后，还能继续小书系列的创作！我对创作已经深感厌倦，我的视力一天不如一天。念在我与您还有贵社的昔日情分，我会争取再创作一两本；只是眼下我真的该歇一歇，况且我还有其他事情要打理，还有我喜欢的事情要做。对此，我表示最为深切的歉意，也祝您一切顺利。您真诚的朋友，比阿特丽克丝·希利斯。"

事实上，比阿特丽克丝并没有完全放弃绘画，只不过在当年和接下来的一年里，她都没有推出新作。"我只好坦诚地告诉您，那本书仍然没有进展。乡村的美丽风光的确给我带来了灵感，但我无论如何就是画不出来，而且我的眼睛动不动就疲倦不堪……我只能在从前的画稿中翻来翻去，可每次看到之前的作品，我就不由得感叹，当初视力尚佳的时候，我竟然画了这么多，而且画得这么好。"

1920年5月，比阿特丽克丝的良师益友哈德威克·罗恩斯利去世，葬于戈克拉斯维特的教堂墓园。这个消息让比阿特丽克丝悲痛万分，这位慷慨睿智的好友曾占据着她大半生的生活，她本人也深受他的影响。是他告诉比阿特丽克丝，要为保护乡间的自然美景而奋斗，要为保存乡民的传统和手艺而奔走。最初也是哈德威克·罗恩斯利鼓励她为《兔子彼得的故事》寻求出版。随着两人的情谊逐步

1912年，比阿特丽克丝同好友哈德威克·罗恩斯利在温德米尔。哈德威克·罗恩斯利牧师于1920年5月去世

加深，哈德威克深深地爱上了比阿特丽克丝。哈德威克的第一任妻子去世时，比阿特丽克丝已经嫁给威廉两年多了，于是他娶了另一位老朋友，但哈德威克的家人至今仍然坚信，"他毕生挚爱的是比阿特丽克丝"。

由于比阿特丽克丝迟迟没有新作出版，沃恩出版公司开始计划发行法文版的《兔子彼得的故事》和《小兔本杰明的故事》。这一计划早在1907年便已提上议程，当时甚至还讨论了发行德语译本，但直到1912年，比较全面和忠实的法语译本才出现——当时是由法国一位名叫莫里的教师与比阿特丽克丝合译的。比阿特丽克丝本人的法文功底较深，同时力求译文能够完全传达原作的精神和气质，因此她主张法语译本使用"通俗、口语化但并不俚俗的"语言。"请不要被英语的语言束缚，否则会破坏法语译文的风格。"因此，在法语译本中，小兔子弗洛普茜、莫普茜和棉尾巴被分别改为Flopsaut, Trotsaut和Queue-de-Coton，小兔本杰明则变成了Jeannot Lapin，

1921年出版的法文版《兔子彼得的故事》和《小兔本杰明的故事》

不过麦克戈尔先生则采用了音译。比阿特丽克丝对最终的译本很满意,她曾这样评价说:"我很喜欢法语译文,读起来有一种新鲜感,就像是在读别人的作品。"Pierre Lapin和Jeannot Lapin两部作品原本计划于1914年出版,但考虑到英国不可避免地要投入战争,出版工作便一直拖延下去了。不过之前的准备工作被很好地保留下来,甚至连当时已经排好的版式都原封不动地保存着。因此,当1921年沃恩出版公司开展出版计划时,当年的新品书单上很快就出现了比阿特丽克丝·波特的这两本"新"作。

当时《兔子彼得的故事》的仿版和盗版十分猖獗,沃恩出版公司不得不采取打击措施。他们首先控告了牛津大学出版社未经允许便发行《兔子彼得的故事》的"跳跳版"。"尽管这个版本在打开封面后,书中的兔子会跳起来,但除此之外并无新意,且早在三十年前,迪恩斯及塔克斯出版社便采用过这种设计。"这种行为构成了侵权,最终该版本被迫下架,已经售出的部分,按每本一便士的价格赔偿。

弗罗英从美国考察归来后,便立即向比阿特丽克丝做了汇报:"美国不法商贩采取了各种形式盗版和仿制彼得产品,然而在当地,彼得是最受青少年欢迎的文学形象。"《兔子彼得的故事》在美国的走红也带动了比阿特丽克丝其他作品的畅销,所有这些作品都被沃恩出版公司严密地保护起来。与此同时,比阿特丽克丝也收到越来越多的读者来信,这些小读者多是来自美国、澳大利亚以及新西兰等地。1921年6月的一天,比阿特丽克丝收到了一封来信,但寄信者并不是小读者,而是一位图书馆的管理员——纽约公共图书馆专门负责儿童作品的安妮·卡罗尔·摩尔。身在格拉斯米尔的安妮曾为她访问的法文图书馆分别订购了五十套Pierre Lapin和同

样数目的 *Jeannot Lapin*，订购费用由美国拯救法语委员会支付。在写给比阿特丽克丝的信中，摩尔提到了她订购的法语版作品，并表示她愿意到索里村与比阿特丽克丝进一步交流。比阿特丽克丝十分高兴，邀请了她共进午餐——这顿午餐一直持续到了下午茶的时间，随后又从下午茶时间持续到了深夜。当然，比阿特丽克丝也邀请了摩尔的木偶娃娃尼古拉斯·尼克伯克，因为摩尔与她的木偶娃娃形影不离。

  比阿特丽克丝与这位美国来的访客谈了很久，两人从书籍聊到孩子，又从绘画聊到乡村风情。随后，比阿特丽克丝带着摩尔小姐参观了她的农场，并且展示了她之前的画作。与此同时，比阿特丽克丝还就第二套歌谣集是否会受到欢迎的问题征求了摩尔小姐的意见。就在比阿特丽克丝开始认为自己的创作生涯即将宣告结束时，两人的相遇无疑给她带来了振奋。比阿特丽克丝之所以消沉，是因为她的作品虽然一如既往地畅销，但却很少获得公众的认可，她的作品只被大众视作儿童的玩具，从严格意义上来讲，算不上对文学的贡献。然而出乎她意料的是，这位图书馆领域的专家，这位在全英国也找不出第二个能与之媲美的人，竟然亲自来到了她的家门口，对她多年来的心血赞不绝口。摩尔的来访仿佛一剂强心针，恰恰是比阿特丽克丝最需要的。在比阿特丽克丝后期结交的许多美国人和美国朋友中，摩尔是第一个不远万里来到这里并给她带来快乐的人。

  这次会面和交谈所带来的最直接的结果是——比阿特丽克丝再次拿起了画笔，继续进行《茜茜莉·帕斯莉的儿歌》的创作。她把这部作品设计成《斑斑果的儿歌》的姐妹篇，从最初收集的作品中选取了八首歌谣加入进来。只要一有闲暇，她就会拿起画笔——"本

1921年纽约著名儿童读物专家安妮·卡罗尔·摩尔专程拜访比阿特丽克丝

在安妮·卡罗尔·摩尔的激励下，比阿特丽克丝创作的新书《茜茜莉·帕斯莉的儿歌》于1922年圣诞节前夕出版发行。书中的这张插图，在沃恩出版公司的执意要求下，将苹果和苹果酒改成了野樱桃和野樱桃酒（左上图）

《茜茜莉·帕斯莉的儿歌》彩色插图画稿（右上图）

该这周完成的，但家里一直有客人来访，脱不开身，而且还有一群家禽要照料。更糟糕的是，最近农场遭遇了旱灾。"——不过最终，这本书总算及时完稿，恰好赶上沃恩出版公司于1922年圣诞节出版发行。在出版前的最后几天时间里，比阿特丽克丝坚持要把当初《三只瞎老鼠》中删掉的"用刻刀裁掉了它们的尾巴"一句重新加入书中。作品出版后，比阿特丽克丝寄了一本给摩尔的木偶娃娃尼古拉斯，并且对她说，这本书："有你一半功劳！"然而这本书并不是比阿特丽克丝献给尼古拉斯的作品，而是写给"新西兰的小彼得"的，他是新西兰一位名叫贝茜·哈得菲尔德的忠实读者的外甥。小彼得两岁时便成了孤儿，父亲在索姆河战役中牺牲，母亲死于流感，后来被姨妈收养。小彼得长大后成为惠灵顿的一名家庭医生，他的名字叫R.P.塔基。

第五章

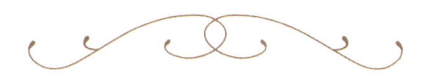

"农场里的羊下小羊羔了,
再过一个星期,就会有更多的羊羔出生。"

比阿特丽克丝和她的牧羊犬凯普,摄于1913年

1922年夏，比阿特丽克丝将卡斯特农庄的一处农舍租给了玛格丽特·哈蒙德小姐。哈蒙德小姐是比阿特丽克丝的前任家庭教师的侄女，曾经在伦敦大选运动中积极支持比阿特丽克丝。一开始，这间农舍只有六个月的租期，不过"黛西"哈蒙德一直住到了1924年，她的伙伴茜茜莉·米尔斯小姐也住在这里——两人与比阿特丽克丝既是好友，又是近邻，这种关系一直持续了很多年。她们相互替对方照顾宠物狗、打理菜园，还经常交换食谱和果酱。

接下来的几年里，比阿特丽克丝把全部精力放在了经营农场上。1924年，她买下了整个湖区最为壮观的一处山地农场——特罗特贝克农场。这座农场位于温德米尔的特罗特贝克山谷的谷口，占地二千多英亩，畜养绵羊数百只，这些绵羊多数是比阿特丽克丝最喜爱的赫德威克绵羊。在购入这座农场之后，比阿特丽克丝立刻成了湖区农业界首屈一指的名人。此时的她已经拥有大片田产，仅在索里村便有三处农场，如今又在温德米尔湖对面新购置了特罗特贝克农场。不久，比阿特丽克丝添置了轿车——一辆崭新的莫里斯考利，她母亲当年雇佣的马夫沃尔特则变成了比阿特丽克丝的司机。比阿特丽克丝每日巡视农场时，这辆车便会出现在大家的视野里，绕着湖威风凛凛地行驶着。不过这条路上并非只有比阿特丽克丝的这一辆车："每逢夏季都有不少游客前来观光，由于原来的山间小路太过狭窄，大型游览车开不进来，而且考虑到附近的轿车越来越多，湖区的主路被拓宽了不少。有些人担心轿车的出现会破坏山区的环境，不过这也是没有办法的事情，因为如今差不多每家每户都有一辆小轿车或摩托车。"

特罗特贝克农场的佃户于1926年离去后，比阿特丽克丝决心聘请一位上好的牧羊人来经管将会成为她重要地产的特罗特贝克农场。汤姆·司多利1926年在肯特米尔的一家大绵羊农场做工，四十年后他清楚地回忆起比阿特丽克丝那天找到他的情景："那是11月的一

汤姆·司多利，比阿特丽克丝于1924年购入特罗特贝克农场时雇佣的牧羊人。1927年比阿特丽克丝又把汤姆·司多利调往希尔托普农场。自此之后，汤姆·司多利从未离开过索里村，直到1986年去世

个星期六的晚上。我们刚刚挤完羊奶，她便从羊圈的门外走了进来。她穿着一双木底鞋，外面的路上停着一辆轿车。虽然她已经年纪不轻，但看起来依然很有魅力，确切地说，是很漂亮。当时她问我：'请问您是汤姆·司多利吗？''是的'，我回答说。'太好了。我来这儿是想问一问，您是否愿意替我管理羊群？不管你现在的工钱是多少，我都愿意出双倍价钱。'我自然答应了。'你多大了？'她又问道。'刚刚三十。'我回答说。'我的年纪也是你的双倍了。'她说，'我刚满六十岁。'就这样，我来到了特罗特贝克农场。虽然我刚刚结婚，家里还有两个孩子，待在那里未免有些孤独，不过我并不在乎。这里的山区非常适合养绵羊，我们经营得还算不错。之前这里的吸虫病很厉害，很多绵羊都成群地死掉了。幸运的是，在她买下这座农场的时候，治疗吸虫病的药物已经上

比阿特丽克丝·韦伯与西德尼·韦伯。摄于1929年

市。她这个人很不错，只要是涉及绵羊，不论提出什么要求，她都会立即去做。第二年春天，我们在农场繁育了一千多只羊羔。"

虽然比阿特丽克丝终日沉浸在忙忙碌碌的农家生活之中，但偶尔也会受到外界的干扰。有一段时间，沃恩出版公司遇到了一件令他们颇为气恼的事情：《周日先驱报》曾几次三番地将比阿特丽克丝·韦伯——西德尼·韦伯的太太称作《兔子彼得的故事》这部作品的作者。这种混淆是可以理解的，因为比阿特丽克丝·韦伯出嫁前的名字也叫比阿特丽克丝·波特（并无亲戚关系）。在随后刊载的一篇文章里，这种错误再次出现。忍无可忍的比阿特丽克丝只好亲自采取行动。她在信中说："我写了封信，准备寄给《周日先驱报》的主编……通常情况下，我并不会太过在意这种事，就算是广大读者把我与西德尼·韦伯太太混淆也无所谓。但如果韦伯夫妇的声威日隆，以至于有机会成为这个国家的元首，那么我最好出来分辩两句。因为

比阿特丽克丝在致沃恩出版公司的信中，建议将自己和宠物猪的画像贴在韦伯夫妇的照片旁边，以示抗议。这是她在信中画的一张漫画

1925年发行的《水鸭子杰米玛涂色书》

我的忠实读者之中,有些是保守人士,如果听说我的作品跟政治扯上什么关系,他们一定会不高兴……希利斯先生在看到《周日先驱报》头版刊登的韦伯夫妇的照片后大为光火,他认为这无疑等于在暗示:'比阿特丽克丝·波特竟然嫁给了这样一个小畜生!'他表示一定要阻止这种错误继续出现。我并不想让自己的真名出现在报纸上,但如果事情不幸闹大,最好的抗议方式就是,刊登一张我和我最喜欢的小猪或者母牛的合照,把它发表在一家比较有品位的报纸上。最近我养的一头猪总是用后腿站立,它每次都要趴在猪圈上,有一次却不幸地吊在上面卡住了。可惜这个场景我没拍下来,而且它现在已经痊愈了。"

此后,弗罗英·沃恩又不断催促比阿特丽克丝推出新作,请求她至少要创作一本涂色书。他把《水鸭子杰米玛涂色书》的出版计划寄给了比阿特丽克丝,但比阿特丽克丝并没有太大的兴趣。她在信中表示:"如果用鹅毛笔来画,可能会更容易些;这些图画比我最近几本作品中的插图都漂亮得多。从生意的角度来讲,我很理解你的感受,作为《兔子彼得的故事》系列的出版商,你对这个系列的作品自然有着很深的感情,想让我继续画下去。可是我现在已经厌倦了——而且我真正在乎过的书也只有五本左右。这种土黄色的纸张和过于浓艳的色彩都与我的品位不太相符;可是如果出版故事书,销售前景却未必很好,况且你也不支持。我一直保持着对贵社的

比阿特丽克丝在希尔托普农舍中收藏了很多做工精湛的旧家具

忠诚，从没想过换一家出版商。可当我看到别人的作品时，心里总会感叹，如果自费出版，用不着联系推销商和书店，那该有多好，尽管这样做的成本很高。"比阿特丽克丝还告诉弗罗英，最近有人请她为《每日画报》供稿："那天，从温德米尔开来一辆出租车，车上下来一个拄着手杖、穿着大衣的人，看起来很像《城市老鼠琼尼的故事》里的琼尼（可惜他的提包不像）……我们谈了一个小时，经过多番旁敲侧击，他终于离开了，但他让我'仔细考虑考虑'。"

此时的弗罗英已经隐隐地感到了危机。他连忙亲自赶到索里村，劝说比阿特丽克丝拒绝《每日画报》的提议，并答应会考虑推出下一本"合适的"作品——一个关于豚鼠的故事。"我养了一只白色的豚鼠，它的名字叫'达彭尼'，看起来更像一只没有尾巴的小老鼠。它长着粉色的小爪子和后腿，跟老鼠十分相像。它是个很健谈也很友善的家伙——只不过它从来不让我碰。它住在一个铺着铁网的小兔笼里，平时小口小口地吃着青草。只要一听到我的脚步声，它就会像小鸟一样啾啾地叫个不停，可如果我要是摸它一下——它就会满笼子里乱蹿，或许过一段时间它就会驯服了。"然而达彭尼最终也没能让比阿特丽克丝振作起来，因为弗罗英的这次来访让比阿特丽克丝陷入了深深的抑郁："恐怕您会非常生气，因为那本新书我还一笔都没动过。我也不知道该怎么解释现在的心情，说起来可能不太礼貌，在您来访之前，我一直都在尝试着创作些新鲜的故事,但是在您来之后,我的速度却越来越慢了;这不能怪您,都是因为我想起了从前噩梦一般的记忆。"

然而幸运的是,随着越来越多的外国朋友的登门拜访,比阿特丽克丝终于逐渐振作起来。这些朋友不仅来自美国,有的还来自澳大利亚;有些是带着孩子的父母,有些是图书馆工作人员,还有一些是老师。所有人都对比阿特丽克丝的作品表现出极大的热情,所有人都对比阿特丽克丝居住的乡间风光赞不绝口。尽管比阿特丽克丝极力反对在媒体上公开露面,并因此被人冠以"隐士"的称号,而且对任何询问她生平细节的人以及英国图书馆的工作人员都怀有敌意,但是这些拜访比阿特丽克丝的外国友人都得到了她热情的款待。"我很喜欢见到美国人,尽管我不太了解这个国家,不过这些来寻访兔子彼得的人都很友善。"

比阿特丽克丝每次都是在希尔托普农场的农舍里接待访客,这里不仅是她作画的场所,更是用来收藏她最珍视的物件的地方。多年以来,比阿特丽克丝收藏了许多陶器和瓷器,农舍的橱柜里陈列着不少精品。她也收藏了许多旧家具——在这个方面,比阿特丽克丝十分在行,她时常参加当地的拍卖展,趁机挽救一些濒临灭绝的齐本德尔式和谢拉顿家式的椅子、精美的橱柜以及橡木箱子。渐渐地,希尔托普农舍呈现出一派博物馆的气象来。

比阿特丽克丝毕生收藏了大量陶瓷器。这幅史丹福郡陶瓷人的水彩画,是她在格维诺格宅邸小住期间所作

常年在卡斯特农舍做女管家的洛格森太太。摄于1940年。她的怀里抱着米帝——《肉饼和饼托的故事》中的公爵夫人的后代

在这段时间里,卡斯特农庄的常住居民已经增加到三位,除了威廉和比阿特丽克丝,还有威廉的哥哥亚瑟。当时亚瑟患了重病,威廉和比阿特丽克丝不忍心将他独自丢在布鲁厄姆教区。亚瑟是个十分内向且难以相处的人,不过比阿特丽克丝却十分敬爱他。她时常给希利斯的家人写信,向他们报告亚瑟的病情,而且一直悉心照顾着亚瑟,直到他1926年去世。"我们可怜的亚瑟·希利斯平静地睡去了。对他来说,这是一种解脱。对我们来说,等心情平复后,未尝不是一种安慰。"当然,比阿特丽克丝的心绪很久才平复下来。六年之后,她还在信中这样写道:"亚瑟病了这么多月并最终去世,我的心里仿佛空了一块。每当我想起他的拐杖在卧室地板上吧嗒吧嗒地敲着,我才意识到,原来对他的思念竟然这样深。"要知道,在卡斯特农舍照顾病人可不是一件轻松的工作,因为希利斯夫妇并不同意在农舍里添加任何现代化的设备。"屋子里没有电,希利斯太太只好用蜡烛照亮。她一边要创作,一边又要备好茶水,等着丈夫进来喝。后来她又

> 在农场中辛勤劳作的牧羊犬，它们之中总有一只是比阿特丽克丝特别喜爱的

把蜡烛换成了煤油灯，难怪她的视力越来越差。她曾经表示，凡是不想擦拭油灯、只想用电灯的仆人，都可以离开这里。"

与往常一样，希尔托普农场再次购进了一批牧羊犬，这一次最得比阿特丽克丝欢心的要数尼普，一只"黑白相间的小母狗。它的品种不错，原产地在兄弟河地区"。除此之外，还有弗莱、格林和梅格，"三只业绩斐然、非常敬业的小狗"。每一只小狗都很得比阿特丽克丝的欢心。然而随着尼普渐渐变老，又到了训练新犬的时候。比阿特丽克丝从尼普所生的最后一窝狗崽中挑选了一只。"我希望弗莱能学会赶羊，但它必须先从跟母鸡相处学起，这并没有什么不妥，因为它从来不咬那些母鸡。每次把母鸡赶回去，它就静静地趴在那里。有时候还一直把母鸡赶到窝里。它是个安静的小家伙，从这点来看，它是很有潜力的。不过现在，它对绵羊还有些害怕。"

1927年，比阿特丽克丝问起汤姆·司多利是否愿意从特罗特贝克农场换到希尔托普农场，

1891年，在贝德维尔旅社画的铅笔画。这张画稿随后被用作1929年版《兔子彼得年鉴》的封面（左上图）

1929年出版的《兔子彼得年鉴》（右上图）

到索里村管理农场、繁育绵羊并负责绵羊展赛等工作。"'如果你同意到索里村去，我会给你增加一英镑的工钱。'她说。于是我便换到了希尔托普农场。她虽然不太懂得养羊，却非常喜欢那些赫德威克绵羊。我们的合作非常愉快。每天早晨我会把牛奶送到她那里，然后向她报告一天的工作计划。她很少让我修改计划。第一次参加霍克斯黑德羊展览我们就得了奖，她快乐得像一只长了两条尾巴的小狗。几乎每次参赛我都陪在希利斯太太的身边。从1930年到1939年，我们的母羊一直保持着常胜纪录。希利斯太太也得到了各式各样的奖品，比如银茶壶、银托盘以及大号啤酒杯等——她把所有的啤酒杯都送给了我。我们相处得很好，我在农场做工近二十年，对她的个性非常了解。如果你碰到希利斯太太的时候，她正低着头，你只管从她身边走过去，什么也不要说。如果她是仰着头，你就可以问一声'早上好'"。

每天傍晚时分，比阿特丽克丝便会拿起笔来，为新书作画。之前，弗罗英曾建议她模仿格林威·凯特设计的年历，将她之前画过的作品图像做成纪念卡，送给她最喜欢的慈善组织——伤残儿童救济协会。为此，沃恩出版公司还特地寄去一本当时非常畅销的《格林威·凯特生日纪念册》给比阿特丽克丝做参考。没想到这本书却被比阿特丽克丝批得体无完肤："我想格林威小姐一定是位多产的设计者，她的作品中大多画的都是这种小人，不过这种堆砌出来的作品只能称为垃圾。"弗罗英对此连忙表示赞同："您对格林威·凯特画作的批评，我们也有同感。不过，她虽然不会作画，但对于颜色的调和却还有些了解，而且正是因为她，儿童袍服才得以流行，她设计的衣服总好过维多利亚时代那些丑陋的服饰——我们小时候都穿过那种衣服，虽然不好看，但当时就是这种穿法。"比阿特丽克丝决定推出一些特别的画作，而不是沿用之前的作品。当沃恩出版公司听闻这次的作品都是与兔子相关时，建议她将书名改为《兔子彼得年鉴》。此时，比阿特丽克丝已经觉得很难再进行水彩画的创作，她在信中写道："天色不好时，我的眼睛就看不见，没法继续画下去，况且产羊季快到了，户外的农活儿又放不下。"

这套书最终于1927年夏初完成，不过比阿特丽克丝对寄来的《兔子彼得年鉴》图样一点也不满意。"这个图样实在太糟糕了，您确定这是最终样本？在我看来——这是第一次出版这类作品，但也是最后一次。"弗罗英·沃恩也坦然承认，书中的某些部分还有待修改，但如此一来，出版计划就要推迟到第二年的年末。遗憾的是，弗罗英终究也没能看到这本书出版上市，他于1928年2月去世了。在此之前，他感染了肺炎，并且持续了几周时间，有所好转后，他打算外出度假休养一段时间，不料途中冠心病突然发作，因而去世。弗罗英享年六十六岁，

女童军定期在比阿特丽克丝的农场里搞野营活动。比阿特丽克丝也时常参加她们举办的篝火茶话会、合唱会

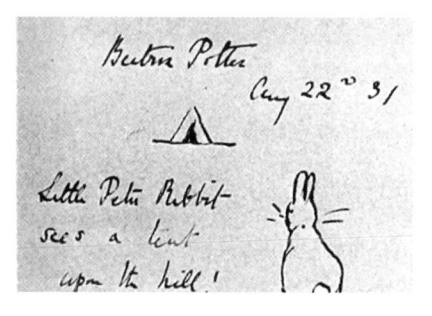

1931年在索里村参加野营活动的琼·索恩利依然珍藏着这张比阿特丽克丝为她画的画并签着名的卡片

他的死震惊了所有人，想必是多年以来积劳成疾所致。对于比阿特丽克丝而言，弗罗英的去世宣告了她与沃恩家族三十多年的友情就此结束，双方颇为成功的商业合作也就此结束。弗罗英虽育有一子，但他的儿子并没有继承父业，新任董事会总经理由弗罗英的内兄——亚瑟·史蒂芬斯担任。他曾担任过沃恩出版公司的主管，同时也是一家造纸厂的秘书。对于比阿特丽克丝而言，一切又回到了原点。

与此同时，她的大部分精力还要放在索里村。多年以来，她一直让女童军在自家土地上宿营，赶上阴天下雨，就让她们在特罗特贝克、霍克斯黑德以及索里村的农舍里活动。虽然女童军给她带来了不少快乐，但偶尔也会惹出一些麻烦。"她们时常宿在我的谷仓里，我倒不介意她们从来不交租金，但唯一让人头疼的是她们留下的'废物'——都是孩子们梳头用的东西。母牛吃草的时候如果吃到这些东西，会影响健康；而且，她们常常把扣子和废纸扔得到处都是，挤奶工只得四处捡拾，不过偶尔也会捡到些值钱的物件，因此就不再声张。"

女童军遇到困难时，比阿特丽克丝也会毫不犹豫地伸出援助之手。有一次，一个女孩疑似患上了阑尾炎，她当即派司机把孩子送回她曼彻斯特的家里。每逢查尔顿－哈迪的女童军第一小分队缺乏资金，无法成行时，她便会拿出十英镑给她们租帐篷。在帮助这些女童军的同时，比阿特丽克丝不仅收获了快乐，也得到了很多益处——特别是上了年纪以后，她还能有这样一个机会去了解孩子们的生活，分享她们的快乐。"要是睡在帐篷里，我一定会患上坐骨神经痛；我总喜欢望着她们在雨中微笑。"比阿特丽克丝喜欢在午后走到营地去，看看她们的进展如何，有时还会加入孩子们的篝火茶话会，跟她们一起唱歌。有时她会把带有自己签名的作品作为竞赛的奖励送给孩子们，有时还会与她们一起摆出各种姿势拍照。"我很喜欢这些照片，拍得非常精美，照片上的营地也漂亮极了。我现在还能认出许多女童军中的孩子。当时我们一起欢笑着，大声叫着'茄子'，不过我真该戴上那副新配的假牙了！不管怎么说，我看起来还算是个和蔼可亲的老家伙。"

此时，比阿特丽克丝的母亲已经在林迪斯豪宅邸安顿下来，并且很好地适应了那里的生活，因此她打算卖掉博尔顿花园2号的房产。这个任务自然又落到了比阿特丽克丝身上。"我在伦敦待了整整一周时间！整日忙着收拾父母在南肯辛顿区的那栋房子。十一年来，我的母亲从来没在这里住过，这里存留着六十多年来积攒起来的物品——这些东西到处都是，有一些还很

萨拉·筒（又称娜娜）和吉姆·派特森，两人分别是比阿特丽克丝的母亲在林迪斯豪宅邸雇佣的厨子和园艺师

奇怪，大多都是肮脏不堪，落满了伦敦的烟尘。再次回到这里，我并不觉得伤感，一来是因为早已与这里切断了联系，二来是因为我小时候在伦敦时总是体弱多病——可是眼下有这么多的活儿要做！究竟哪些东西该留下，哪些该卖掉呢？况且专横的母亲还在温德米尔等着她那整整三车的物件呢！年纪都已经一大把，却还惦记着这样那样的物件，这事本该交给管房子的人来做，不该丢给我。"

对于波特太太而言，林迪斯豪的生活相对有些孤独，陪伴她的只有女仆、她的爱犬贝蒂，以及卧室笼子里那只金丝雀。每周她都会派自己最信赖的那个女仆——厨娘路易莎·达沃斯到温德米尔去，让司机载着她去给小鸟买一个苹果。路易莎（婚后已改名为路易莎·罗德）至今还记得当初的尴尬情景："我的任务是到蔬果店去，花一便士买个苹果，其余什么都不买。一开始我并不敢去，可在接下来的日子里，我几乎每周都要花上一便士给金丝雀买苹果。"

尽管母亲就住在湖对岸，比阿特丽克丝却很少前去探望，偶尔去上一两次也不受欢迎。罗德太太依然清楚地记得她来探望时的情景："希利斯太太对我不是很友好。每次她按响门铃时，波特太太都会说：'她又来做什么！'波特太太有些专横，有一次我听见她说：'今天路易莎要去买东西，车子不能留给你。'希利斯太太从索里村一路走到渡口，本以为轿车会在对面接她，但波特太太就是不准，非要等我买完苹果才行。比阿特丽克丝勃然大怒，因为她是一路从渡口走过来的。唉，我又能怎么办呢？我只能是谁给我发工钱，我就按照谁的意愿办事。希利斯太太为此还责怪了我，可急着去买苹果的人并不是我啊！""母女两个人都很倔强……如果只看比阿特丽克丝·波

1928年,为筹款资助温德米尔湖一带的风景保护活动,比阿特丽克丝绘制了一系列的动物画。这是她早期画的一张温德米尔湖畔素描

特的作品,你根本想象不到她会是这样一个人,也不会相信她这样的人竟然能画出这么柔美的作品,这些是我们根本连想都想不到的。我们只会把她和她的衣服、她的威灵顿长靴、破烂不堪的衣衫以及羊群联系在一起。有一次她从渡口赶过来,对我们说起她在途中遇到一个流浪汉的事情。当时那个流浪汉对她说:'老婆子,咱们这种人最喜欢这种天气了,对吧!'她一边说一边狂笑起来。不过也难怪,她穿着一双破旧的威灵顿长靴,披着一件大得不合时宜的雨衣,头上还带着顶软塌塌的帽子,看起来活脱脱像个逃犯。不过,只要听她的言谈,又会觉得一切都不一样了。她并不在乎别人怎么看,她把全部心思都放在了农场和羊群上。"

此时的比阿特丽克丝已很少再到伦敦去,不过她的很多朋友还在那里,特别是伍德沃德和摩尔两家人。摩尔家的孩子全都已经长大成人,诺埃尔成为一名牧师,在伦敦东区工作;他的哥哥艾瑞克继承了父亲的事业,成为一名土木工程师;就连最小的孩子也已经去南非生活和工作了。很早以前,比阿特丽克丝就有一个愿望,那就是帮助摩尔的孩子们接受教育,特别是几个女孩。早在1904年,她就曾对诺曼表示:"到时候,我会把一个女孩送进大学,要么就选松鼠书里提到的'诺拉',要么就选'弗莱达',不过现在还为时过早。"遗憾的是,两个孩子都没有进入大学,连最小的孩子也没有接受高等教育,她当时甚至都不知道上大学是怎么一回事:"那时候我十七八岁的样子,有一天妈妈问我:'长大后,你想做才女吗?'我并不明白妈妈是什么意思,不过听她的语气似乎不是什么好事,所以我不假思索地回答说:'当然不想!'就这样,我与大学教育擦肩而过。"

就在比阿特丽克丝为《兔子彼得年鉴》创作插画时,她也在创作另外一套水彩动物画,每幅

画卖一个几尼。她想通过这种方式筹集资金，从而保住温德米尔渡口附近的那片林地和草地，防止它们因为大规模的建筑和城市扩张而遭到破坏。这些画作大多都被一些美国朋友带回国内卖掉——这些人都是追随安妮·卡罗尔·摩尔的足迹，到希尔托普农场拜访比阿特丽克丝的朋友们。在不到一年的时间里，比阿特丽克丝便已经筹集到了足够的资金。"多亏各位美国朋友的帮助，我才能筹集到这么多资金，这让我感到很欣慰……目前已经铺好了一条干爽而幽静的小路，沿着这条小路可以直通林地和草地，还可以走到湖边。如此一来，不论是村镇居民还是外地来的游客，都能沿着这条路欣赏湖畔美景。令我特别欣慰的是——树林后方的一块偏僻的区域已经被分隔开来，专门用于停车——这样不论是私家轿车还是机动游览车，都不会对湖区的环境造成破坏……每次我从渡口经过，望着青翠悦目的两岸，我都会想起大洋彼岸的好朋友们。"

诺埃尔·摩尔，比阿特丽克丝的家庭教师安妮·摩尔的长子。他是他母亲最疼爱的孩子

在这次筹款活动中，波士顿的坦普曼·柯里治太太也尽了一份力。1927年，她曾带着年幼的儿子亨利·P.柯里治到希尔托普农场拜访比阿特丽克丝，从那以后，比阿特丽克丝便与这个男孩建立了亲密的友谊。就在母子二人来访后，比阿特丽克丝再次拿起了画笔。"去年冬天，我把所有的空闲时间都花在了豚鼠故事的创作上，我对这本书的兴趣也变得越来越浓厚——篇幅也越写越长，我一遍又一遍地修改着之前完成的章节。"比阿特丽克丝之所以对故事创作重燃热情，是因为一位美国出版商的一次意外而仓促的造访所致。"这位美国出版商一路从伦敦赶来，向我寻求一本市面上尚未出版过的作品。他的名字叫亚历山大·麦凯，他出版的插画作品非常精美，这点无可否认。但如果答应他，沃恩出版公司一定会不

1929年，《精灵的大篷车》由费城的大卫·麦凯出版社在美国独家发行。这是作品中的素描画之一

高兴，我不愿意与老朋友决裂。或许我可以考虑创作一些在美国独家销售的作品。"

果不其然，听闻波特小姐打算为另外一家出版商供稿，沃恩出版公司顿时变得非常担忧。当时弗罗英已经染病，公司的出版业务又陷入重重困境："最近几年的图书产品面临的最大问题在于，读者在选购图书时，只关注书籍的重量而不重质量。无奈之下，我们只得不顾厌恶之情，采用较为厚重的仿古纸——最近出版的青少年读物都是采用的这种纸张进行印刷。"另一方面，麦凯先生又是一位极具说服力的出版商。1928年年底，比阿特丽克丝终于答应在美国出版《精灵的大篷车》。"有时候我甚至想完全放弃这本书，只把它当作是我和亨利·P.柯里治私下里用来消遣的读物。我想我们会留出一部分作为私人藏品，不再出版。读者的口味越来越奇特，我都不知道如何才能写出他们眼中有趣的作品来。"

然而比阿特丽克丝最担心的，却是她是否还能顺利地完成插画的创作。"我的眼睛已经失去辨别纯色的能力……到目前为止我还没有找到助手。我之前给一所艺术学校写过信，但从来没有收到过回复，还浪费了不少时间。我记得您说过，有八张插图要用彩绘，我手头至少有三张正在着色，还有一张正在设计。您能否选出两三张，请美国的插画家设计？比如说'我还有多久'这张图片？"不过最终，她还是独立完成了所有的插画。1929年10月，《精灵的大篷车》由大卫·麦凯出版社在波士顿出版，这本书是比阿特丽克丝特地为亨利·P.柯里治创作的故事。

比阿特丽克丝另起炉灶后，愤妒交加的沃恩出版公司曾写信给她，信中警告说，如果这本书不在英国出版，她可能连这整套书的版权都会丢掉。然而比阿特丽克丝认为，这本书涉及了太多她的生平事迹，而且表露得太过明显。"这种作品在伦敦出版的话，我会害羞的。"尽管她不会因为受到威胁而屈服，但出于保护版权的必要性，她还是非常认可沃恩出版公司的提议。比阿特丽克丝知道，为了确保绝对安全，她必须保留几本样书，以备注册版权使用。她安排专人从美国运回一百册尚未装订的图书，并交给了安伯塞德的一家印刷商，由这家印刷商加入英式扉页、献辞，并采用了纸板封面。在处理完版权问题后，比阿特丽克丝将手里的书送给了亲朋好友，以及在她农场工作的牧羊人和农民——他们立刻认出了书中的自己、他们的房屋以及畜养的牲畜，因为这本书的背景正是比阿特丽克丝最为热爱的湖区。汤姆·司多利终生都把这本宝贵的赠书放在手边，书页已经翻得破损，随后又进行了修补，绘有特罗特贝克农场和斯托尼雷恩农场插图的几页翻看次数最多，随手便能翻到。剩下的样书比阿特丽克丝自己保留下来。"这一

百本书还剩下几本,我打算自己收藏。《兔子彼得的故事》第一版上市后很快便找不到了,这次我要吸取教训。"

这部作品很快在美国大获成功,亚历山大·麦凯立刻约求续篇。比阿特丽克丝一开始还比较迟疑,她在给亚历山大的信中写道:"您不要忘了,我算不上是一位多产的画家,只是因为《兔子彼得的故事》系列得到了一些虚名而已。"与此同时,她仍然觉得对不住弗雷德里克·沃恩出版公司,因为她每创作一本新书,都应该由沃恩出版公司来出版,此时出版《精灵的大篷车》的续篇实在不合时宜。为了获取灵感,比阿特丽克丝把精力转移到四十多年前她便开始创作的一个故事上——那是在1901年,她还在西德茅斯与父母度假期间创作的关于一头小猪的故事。小猪的两位姨妈多卡丝和波卡丝让他去商店买东西,但他最后却无意中来到大海边。

对于比阿特丽克丝来说,同时为两家出版社供稿实在不易。亚历山大·麦凯认为最好的作品,亚瑟·史蒂芬斯却不喜欢,反之亦然。虽然在1930年9月,弗雷德里克·沃恩出版公司和大卫·麦凯出版公司同时出版了《小猪罗宾逊的故事》,但美国发行的版本比英国的版本多了十二幅黑白插图。这本书出版后,很多人注意到《小猪罗宾逊》与修·洛夫汀的《杜立德医生的故事》存在诸多共同点。在比阿特丽克丝看来,这无异于公然指责她抄袭。她认为这件事可笑无比,

比阿特丽克丝在《精灵的大篷车》中画的特罗特贝克农场的农舍。"农场里的蜂巢棚,实际上并不在那个位置。"(左上图)

"索里村的斯托尼雷恩农场——那座谷仓实际上并不存在。"比阿特丽克丝去世后弗雷德里克·沃恩出版公司才在1952年出版《精灵的大篷车》一书(右上图)

1930年，《小猪罗宾逊的故事》由弗雷德里克·沃恩出版公司和大卫·麦凯出版社同时出版。但美国版比英国版多了十二幅黑白插图（左下图）

"小猪罗宾逊和他刚认识的朋友，手拉着手，向码头走去。那副样子真是滑稽极了。"（右下图）

因为她之前从来没有听说过《杜立德医生的故事》这本书，后来还是美国的一位朋友送了她一本，她才有所了解。没过多久，比阿特丽克丝便开始进行自我辩护："我在此严正声明，这是我第一次听说也是第一次读到《杜立德医生的故事》这本书以及书中引人入胜的故事！我在创作《小猪罗宾逊的故事》时，完全是发挥个人想象，把小猪罗宾逊送到了南方的海岛上。我的探险故事是从《鲁滨孙漂流记》以及史蒂文森的《绑架》中获得的灵感。太阳底下无新事，创作的故事多了，难免会发生巧合。也许，很多所谓的抄袭都并非出自作者本意。不过，我必须承认，这本书的确是极其风趣和幽默的一部作品，我是指《杜立德医生的故事》！"

《精灵的大篷车》和《小猪罗宾逊的故事》两本书带来的收益可谓恰逢其时，因为此时比阿特丽克丝再次开始了土地收购。"吃过晚饭后，我要跟希利斯先生到康尼斯顿去，那里有一片美丽的山地和谷地要出售，国家信托社正打算购买……我对这块地很感兴趣，

因为我的曾祖父曾经在那里有一块地，我一直想把它买下来，然后交给信托社做纪念。我跟祖母杰茜·克朗普顿的感情很深，老人们都说我们两个很相像，'只不过我没有她那么漂亮而已！'或许这对我的下一本书也有帮助——谁知道呢，没准儿会是一本童话呢。"

比阿特丽克丝所说的土地便是蒙克康尼斯顿领地，这是一片大约四千英亩的土地，包括农场和农舍，提波斯威特高地以及豪斯湖，从里德兰代尔一直延伸到康尼斯顿。比阿特丽克丝担心的是，如果没有人出钱购买，这块土地有可能被分片儿卖掉。她知道国家信托社一时间很难筹集到足够的资金，于是便自掏腰包将这块地买了下来。随后，她按原价划给信托基金二千英亩，前提是信托社能够筹集到这笔资金。同时她还承诺，最终会将所有土地转到信托社名下。而国家信托社又委托比阿特丽克丝来管理整片地产，直到凑齐资金再从她手中接管。此时此刻，身为农场主和羊羔繁育大户的比阿特丽克丝早已声名远扬。

这一年，比阿特丽克丝已经花甲过半，同时还要管理大片的农场。她突然发现，多年来一直在山地风雨无阻地劳作，她的健康终

蒙克康尼斯顿领地内的海尔尤代尔农场，农场背后是青藤山（左上图）

比阿特丽克丝和希利斯的小猎狗斯波提在希尔托普农舍门前（右上图）

包装纸上用白色粉笔和炭笔
画的羊头素描

于开始受到了影响。"今年冬天我已经是第二次卧床不起,不过两次都只是重感冒而已,并无大碍。但是我也有点担心,如果活到母亲那个岁数,恐怕我一定会得支气管炎——尽管这种可能性微乎其微。"比阿特丽克丝的母亲已经到了九十一岁高龄,但身体好得出奇。"她很幸运,没患过肺病,也不曾患过风湿,视力也很好。"

无论比阿特丽克丝怎样为自己的健康担心,她都不曾放慢脚步。她深陷在农场的各种事务和绵羊繁殖之中不能自拔。她一直是当地各种展览会的常客,有时还参与绵羊品种等级鉴定,在其他展览会上为自家的绵羊颁奖。1930年4月,她给一个月前来访的美国朋友写信说:"在霍克斯黑德农业展览会上,我们在午饭期间开始致辞,一位幽默的老农在回敬'祝酒辞'时,竟将我这位会长比作获得头奖的母牛！他说我不仅性情温顺，而且腿脚还不错，走起路来很稳；不过我觉得他说的是母牛，而不是我，因为我现在有些跛脚。上周，我们可爱的咩咩们参加了恩纳代尔的羊展，昨天又参加了凯西克的羊展……母羊们大胜而归。我们还有十六个一等奖要得，还有多个展出要参加。"就是在这一年，比阿特丽克丝获得了湖区举办的赫德威克绵羊最佳品种挑战杯的银奖。"这个奖我只能保留一年，只有连续保持三年它才最终属于我。我觉得来年问题不大，因为我还有很多小羊，它们还从来没有过败绩——不过要连赢三年就需要一点运气了！现在秋季的羊市又开始了，我们必须卖掉五百头羊，不过价格很不好。羊绒还没有卖出去——我们农场产出的赫德威克羊绒非常耐磨，很多都运到美国销售，用于制造毛毯。不过我估计现在美国和这里的行情一样糟。今年冬天会很难熬，很多人已经失业了。"

这一年，希利斯夫妇家中新来了两只小狗。一只叫雷茜，"还是个小狗崽，属于苏格兰牧羊犬的品种……目前还是活蹦乱跳的年纪，不能从事正经工作"。另外一只叫斯波提，它是一只"西班牙长耳猎犬，长得胖乎乎的"。每逢出去打猎，比阿特丽克丝都要把它带在身边。这一年，比阿特丽克丝最喜欢的一只公羊死掉了，终日在农场劳碌的比阿特丽克丝在农务缠身的情况下仍不忘表达自己的哀悼之情："1月14日，索里村希尔托普农场里的老伙计乔赛亚·考克贝恩先生去世了。它来自马鞍峰地区，是赫赫有名的韦奇伍德羊……赫德威克绵羊公羊中的优良品种，不仅骨

1930年，比阿特丽克丝的母羊荣获湖区最优秀纯种赫德威克雌羊银奖。照片上是牧羊人汤姆·司多利的小儿子杰夫·斯托夫和获奖的母羊

骼粗壮，肢蹄健硕，而且关节很有韧性，两只羊角威风凛凛，毛鬃也光滑照人。它雄壮而不失温驯，显露出一种贵族风范。"

很显然，在如此忙碌的情况下，比阿特丽克丝几乎没有时间创作自己的故事，不过亚历山大·麦凯仍然反复地催促她推出新作。1931年冬，她在寄给一位美国朋友的信中写道："我又被下一套书缠得不可开交，我想先搭个框架，把《精灵的大篷车》出版之后还剩下的一些故事加入进来。"这年4月份的时候，"发生了一件很有趣的事情——这事跟我的下一本书有关，这个故事我已经写了很长的篇幅，然后寄给了出版社。可是我向来不擅长把控主题，这次跟《精灵的大篷车》的状况差不多，故事越写越长……我对麦凯先生说，这本书如果加入第二只老鼠表兄的故事，一定会显得过于拖沓，就像《蓝胡子》一样，冗长而可笑。我建议把这部分删去。麦凯先生采纳了我的建议，并且建议把老鼠的故事删掉后，剩下的部分作为一个单独的故事出版，书名叫作《安妮妹妹》。这个建议非常不错，我很赞同。可如果去掉了老鼠，这个故事便显得过于一本正经。我正在誊写和修改，但我不知道，这本书究竟算是冒险故事，还是一个笑话，但有一点可以肯定，这本书并不适合小孩子阅读。"

1932年12月，《安妮妹妹》在美国独家出版发行。由于比阿特丽克丝根本无暇顾及插图的创作，这项工作便由美国的出版方委托给凯瑟琳·斯特奇斯完成。比阿特丽克丝以十分隐晦的口吻对斯特奇斯的插画表示了赞赏："插图很精美……请代我向凯瑟琳·斯特奇斯表达谢意，她的插画很充分地诠释了我要表达的内容！不过她不太擅长画狗——我也不擅长，我本该寄给她一张猎犬的照片的——猎犬的耳朵不是耷拉下来的。"这本书一直没有在英国出版，但是比

1932年，在美国独家出版的《安妮妹妹》，书中插图由凯瑟琳·斯特奇斯绘制

阿特丽克丝提交了一本尚未装订的美国版样书，并在英国注册了版权。不过，比阿特丽克丝的美国好友安妮·卡罗尔·摩尔对这本书进行了严厉的批评，认为此书不适合儿童读者——对于这一点比阿特丽克丝心知肚明。

这一年的圣诞节又是一段令人煎熬的日子。"弥留之际的母亲迟迟不肯离去，昨天她已经昏迷了四个小时，随后又醒过来，突然说要喝茶。完全康复是绝不可能的，况且她时常感到剧痛。我们都希望这一切早些结束，可她看起来还是那样精神——她这一辈子都是这样，九十三岁又算得了什么！"

在波特太太的厨娘路易莎看来，比阿特丽克丝并没有表现出一个女儿应有的孝心。她后来回忆时说道："波特太太病重生命垂危期间，她的心思却更多放在了农场里那些赫德威克绵羊的身上。甚至还说'我不能在这里浪费时间'。没等波特太太去世，她就忙着将客厅里的物什搬了出去。这对母女之间似乎没有任何亲情可言……波特太太并不是患病去世的，她只是到了岁数，渐渐支撑不住了。"

1932年12月20日，海伦·波特去世，死后葬在兰开夏郡的老家。此时的比阿特丽克丝既要清理母亲生前住过的房子，又要回复如潮水般涌来的信件。"去世之前，她的头脑非常清醒，可是……现在她

尽管老朋友安妮·卡罗尔·摩尔对《安妮妹妹》一书进行了严厉的批评，但在圣诞节期间，比阿特丽克丝仍旧给她寄去了贺卡

林迪斯豪宅邸的园艺师本杰明·道森。波特老夫人去世后，比阿特丽克丝曾为他出具过品格及能力证明书

终于入土为安，我也松了口气。"波特老夫人在遗嘱中留给了厨娘路易莎五十英镑的遗产，这在当时算是很大的一笔钱。所有仆人"在离开前的一个月都会收到通知，如果已经找到工作，随时都可以离开。希利斯先生会为各位出具推荐信"。在为仆人们出具推荐信时，比阿特丽克丝毫不吝惜她的赞美之词，她为园艺师本杰明·道森出具的证明最具有代表性："很荣幸为本杰明·道森先生出具这封证明信。道森先生曾为家母服务九年……精通各类农务，如铺设花园绿草带、移苗、温室培育、桃树栽培、旱季蔬菜种植等，同时能熟练使用机械化除草设备……家母对道森先生精熟的业务向来评价很高。他为人可靠，身体健康……"正如比阿特丽克丝在一封信中所说，波特老夫人的去世标志着一个时代的结束。"母亲漫长的一生中，承载着我对过去的记忆，那些一去不返的日子仍然清晰地印在我的脑海——往日的闲适与欢愉，那些俊美的马匹，还有凯西克的马车……"

在心绪稍稍平复后，比阿特丽克丝再次操持起了农务。她与两位老友——堂姐卡洛琳和弟媳玛丽——谈论起牲口的价钱、稻草产量以及农场工人工资造成的高额成本等话题。自1935年伯特伦死后，弟媳玛丽继续经营了一段时间农场的生意，后来她将农场和农舍一同租了出去，搬到阿什本与侄女海蒂一同生活。比阿特丽克丝与玛丽的感情很好——"她是一个心地善良的苏格兰女人，平凡而娴静，情感丰富"。每年8月份的银行假日期间，她都会与威廉一起去探望玛丽，一直到1939年玛丽去世。

对比阿特丽克丝和威廉而言，一天的辛苦劳作之后，最幸福的

位于索里村高地的莫斯·艾克拉斯湖。至今仍然保持着那份曾令比阿特丽克丝和威廉·希利斯心醉的静谧

事情莫过于到农场里的高地散步。他们时常沿着卡斯特农场的小径散步，穿过长满金凤花的草地，走过铺满勿忘草的沼泽，小径两侧点缀着毛地黄和委陵菜。两人会一直走到全村的最高处——莫斯·艾克拉斯湖。当初收购卡斯特农场时，比阿特丽克丝顺便买下了这片湖泊，夫妇二人在湖里种满了睡莲，还在里面养了鱼。老旧的船坞里有条小船，两人在船里一坐就是几个小时，威廉钓鱼，比阿特丽克丝则望着鱼儿从平静的水面跃出，或是望着野鸭在长满杜鹃的湖畔戏水。附近的树林里远远传来一两声狐狸的尖叫……这里是一片充满魔力的土地，没有创作和出版带来的劳碌，也没有家庭生活中的烦恼和压力。

此时，伦敦和波士顿两家出版社仍旧不断地催促她推出新作，但比阿特丽克丝已经不再予以理会。"为了创作故事，我已经精疲力竭了，眼睛也厌倦了水彩画，我还要打理老橡树、排水沟、旧屋顶以及发霉的墙壁——还有好多的修葺工作！……我从这些工作中同样能获得极大的快乐……我的晚年都被这些事情占据着！我已经六十八岁，我和我丈夫两个人都得了感冒，外面的雨下呀下呀下个不停，一直下到天黑。这已经算不错了，至少没发生更糟糕的事情。"

比阿特丽克丝创作的"小书"仍然在沿着成功的轨迹继续发行，销量达到数千本，而且售出的不仅是英文版，还有各种翻译版。1934年，《兔子彼得的故事》已被翻译成法语（*Pierre Lapin*）、荷兰语（*Het Verhaal van Pieter Langoor*）、威尔士语（*Hanes Pwtan y Gwningen*）、德语（*Die Geschichte des Peterchen Hase*）、西班牙语（*Pedrin El Conejo Travieso*）以及南非荷兰语（*Die Verhaal van Pieter Konyntjie*）等多种语言，比阿特丽克丝·波特的大名也随着这些作品传遍了整个世界。

恰好在这期间，英国作家格雷厄姆·格林在《伦敦信使》发表了一

比阿特丽克丝在莫斯·艾克拉斯湖中种植的睡莲，如今的莲叶已经铺天盖地

《兔子彼得的故事》的德文版（上图）和威尔士文版（下图）

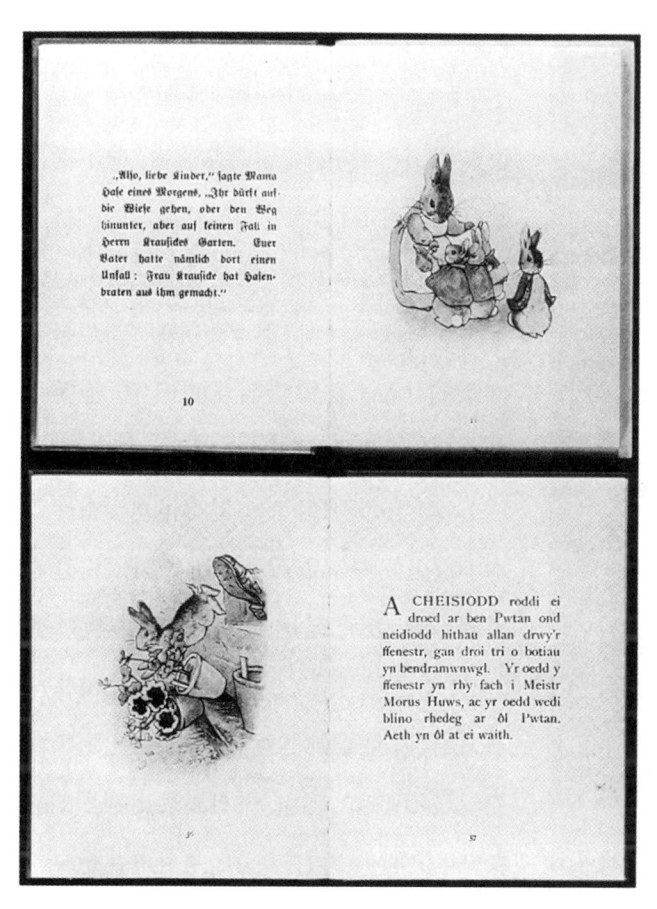

篇评论文章："比阿特丽克丝·波特的创作最明显的特点是——选择性的现实主义，她把情绪视作理所当然，以温柔的笔触避开爱与死亡——这点颇具E.M.福斯特先生的风格。"与此同时，格林还详细地阐述了他的一个推论，他认为"1907年至1909年间，波特小姐一定经历了一场情感上的挫折，所以豚鼠的角色才发生了改变。若对这场情感挫折的性质妄加揣测，则显得太过粗鲁。但有趣的是，她在这点上，与亨利·詹姆斯颇有相同之处。两人都是因为某些事件而动摇了各自的信念"。接着，格林又继续阐述了"波特小姐这段黑暗的日子"在水鸭子德瑞克先生、杰克逊先生、大胡子塞缪尔以及陶德先生等角色中的具体表现。通常情况下，比阿特丽克丝与评论家很少有书信往来，但是格林先生的评论让她不得不做出回应。她曾写信给格林先生，并在信中表示，她在创作《陶德先生的故事》期间，患了严重的感冒，而不是因为经历了情感上的波折，同时她也表现出对"弗洛伊德学派"批评方法的强烈排斥。

此时的比阿特丽克丝仍然与美国的朋友们保持着书信往来，这些朋友也时常来访，只不过次

约翰·希利斯和他的弟弟大卫·希利斯。比阿特丽克丝一直关心着希利斯侄子的这两个孩子。摄于1933年

数越来越少，因为她和她的朋友们都已经上了年纪，不过他们给比阿特丽克丝寄来了很多书。比阿特丽克丝时常感冒，动不动便感染风寒，同时也深受腰痛和风湿的困扰。她发现，自幼年以来，她还是第一次有这么多时间来读书。她特别喜欢美国"新生代"作家的作品。在写给朋友的信中，她曾请求"再寄一本凯瑟·薇拉的书……我刚刚读过《岩石上的阴影》……觉得再也没有比这本小说更好的作品了，不论是气氛烘托还是人物刻画，都已经达到了完美的境界"。此外，在美国图书馆工作的朋友们也时常寄些童书给她，征求她的意见。对此，比阿特丽克丝表示了她的感激，并且表现出强烈的兴趣。"美国的作家很重视青少年文学……可在英国，主流的儿童文学大多被人忽视，多数精力放在了如何让俗气的封面更具有吸引力、如何装订更好看和到底选择哪家玩具销售商上面。"

与此同时，比阿特丽克丝与丈夫威廉的大家庭也保持着紧密的联系，帮忙照料病人、定期拜访老人、时时关注家里孩子，偶尔还会出于善意出面干涉一些家庭事务。1933年，威廉四十四岁的侄子突然去世，当时他的妻子还很年轻，孩子年纪尚小，比阿特丽克丝非常关心他年幼的儿子。约翰·希利斯后来回忆道："当时我正在读预备学校，爸爸去世后，婶祖母开着一辆破旧的轿车来到学校，开车的司机已经上了年纪。她开口便对校长说：'我要把约翰·希利斯带走，他们家里拿不出学费了。'校长是个聪明人，他马上让保姆带我出去散步，然后打电话给我的妈妈，结果却发现婶祖母早已支付了整个学期的学费,而且她根本不想让我离开学校!她这么做是不想让我知道她对我们有任何的恩惠,这是她的一贯作风,她一直都很在意别人是否会心里不安。后来,她又想供我在温德米尔读书——她早已跟校长就学费问题做好了安排。"

每年暑假,比阿特丽克丝的外甥女丝黛芬妮都会和丈夫肯尼斯·杜克带着孩子们到索里村避暑。他们的两个女儿罗斯玛丽和简总是兴奋地期盼着假期的到来。简·杜克(嫁人后改名为简·霍兰德)回忆说:"我在莫斯·艾克拉斯湖钓到了有生以来的第一条鱼。我们很喜欢到索里村去,威廉和姨婆B对我们非常热情。有一段时间,我很喜欢收集香烟卡,威廉就把他成批订购的十分珍贵的烟盒拿出来,让我拿走里面的卡片。姨婆B家里有两台老轿车,我们经常坐着其中的一辆出去玩。开车的司机沃尔特已经上了年纪,车子的前后座之间有一块玻璃板,司机坐在前面开车,我们就坐在后面——这里本来是用来装运绵羊的位置。车子顶棚上破了一个洞,如果赶上下雨天,我们就在车里打雨伞!"

"卡斯特农场的后面堆着许多波特老夫人的照片和遗物,还有大捆大捆的软呢子,都是用赫德威克绵羊的羊毛纺织而成。有一年,我们在度假的时候,农场来了一对儿热心的夫妇,他们将姨婆B的作品改成了曲子,并演奏给大家听。"

在1935年7月20日的一封信中,比阿特丽克丝向她的朋友路易·翠茜说起这件事:"我们现在对接待一些奇怪的访客很有经验……弗雷明……这个年轻人创作了一首钢琴曲,完全适合孩子们,因为是从

比阿特丽克丝的外甥女丝黛芬妮的女儿简·杜克。她的手里提着她在莫斯·艾克拉斯湖钓到的第一条鱼。威廉摄于1933年

路易·翠茜，一战期间曾经在索里村为比阿特丽克丝工作，一直和比阿特丽克丝保持友谊并且经常联络。这张照片是1934年她在她的小屋外面拍摄的

《兔子彼得的故事》这本故事书改编而来的，他从中获得了灵感。不过他没演奏完就被打断了，说起来像个笑话，我对音乐一窍不通。不过这首曲子对我来说还是非常迷人的，后来他又演奏了一些赞美诗，其中有一首实在是太糟了，因为他太用力，钢琴差点被毁了。"

简·杜克也记得这件事："等大部分曲子弹奏完毕，两位访客又弹起了旧约中的《圣诗第三十二首》。""演奏完毕后，姨婆B对爸爸说：'听得我全身舒坦，忍不住想喝点白兰地，你要不要来一点儿，肯尼斯？'"

"1936年，沃尔特·迪士尼公司写信给姨婆B，请求她授权，将《兔子彼得的故事》拍成电影。当时我们正在那里度假。姨婆B对这个提议一点儿也不感兴趣。她回复说：'我画得还不够好，如果拍成《糊涂交响曲》，就必须要把图画放大，这样一来，画中的缺点就全都暴露出来了。'"

"妈妈曾养过一只狮子狗，走到哪里都带在身边。姑婆B每次都会挑剔地说：'狮子狗最蠢了。'然而有一天，小狗跟着我们一路爬上了赫尔福林山，这让姨婆B不得不对狮子狗刮目相看，对它的体力和勇气赞不绝口。于是，她就向妈妈要了一只小狗崽儿。"

比阿特丽克丝非常喜爱这只刚刚到手的小狗，她给它取名叫初西。"我们家里养了一只怪模怪样的小家伙，一只母狮子狗，虽然它总爱调皮捣蛋，但是它却很忠诚，也很讨人喜欢。家里的牧羊犬却不喜欢它，因为它非常粗鲁。"仅仅过了几个月，比阿特丽克丝又养了一只名叫秋里的狮子狗："在桌子和椅子下像暴风一样乱窜，小的追着大的，它们是姐妹。"

她给一位美国朋友写信提到它们："我们养了两只狮子狗，温驯有趣又有益。之前我一直看不起外国狗，不过这两只很讨人喜欢，也很活泼，不像猎狗一样时常惹麻烦，因为菜园里有足够大的地方让它们玩耍和锻炼。"比阿特丽克丝和威廉渐渐对两只狮子狗产生了很深的感情，一刻也离不了。两只小狗不但可以在屋子里自由玩耍，晚上甚至还可以在床上睡觉。

1936年7月，比阿特丽克丝接待了一位不速之客。"一个中年男子，很有活力，肯特郡的牧师，开车穿过湖区去苏格兰。她在一封信里对美国的孩子说了他来索里村的情形。他光临这里，说：'您还记得我吗？'我说：'好像记得你这张脸。'来客是诺埃尔，他在一封图画信里收到了兔子彼得的画儿以及最早的故事！"

距离比阿特丽克丝给当时只有四岁的诺埃尔写信时已经过去四十多年了，摩尔的这个长子如今是英国国教牧师，在伦敦东部与穷人的孩子打交道。他终身未娶，他儿时便患了骨髓灰质炎并因此一生跛脚。没有记录表明比阿特丽克丝和诺埃尔还见过面。

多年以来，比阿特丽克丝一直保持着与艾维·亨特的书信联系，经常给这个当初到博尔顿花园来送帽子的小女孩写信。这个小女孩现已移居到了美国，并且嫁给了杰克·斯蒂尔，他们的女儿茱恩都已经十二岁了。比阿特丽克丝刚刚过完七十岁的生日不久，便安排艾维和茱恩回苏格兰探亲，并到索里村做客。她为两人买了横跨大西洋的船票，只不过这艘船有点小。"那些配有游泳池、航速很快的大船才真正称得上奢华。不过在这艘不是最新潮的船上度过八天也还是不错的，前提是要坐游人舱。"两人的来访给比阿特丽克丝带了许多快乐，艾维让她想起了在伦敦

丝黛芬妮·杜克，比阿特丽克丝的外甥女。比阿特丽克丝在1906年创作的《渔夫杰瑞米的故事》就是献给她的。多年后，丝黛芬尼让比阿特丽克丝对狮子狗产生了兴趣

比阿特丽克丝晚年养的两只狮子狗初西和秋里，它们深得比阿特丽克丝和威廉的喜爱，一刻也不能分离

蒙克康尼斯顿领地内的柴郡农场。比阿特丽克丝在七十岁的时候，将这里交给了国家信托社管理

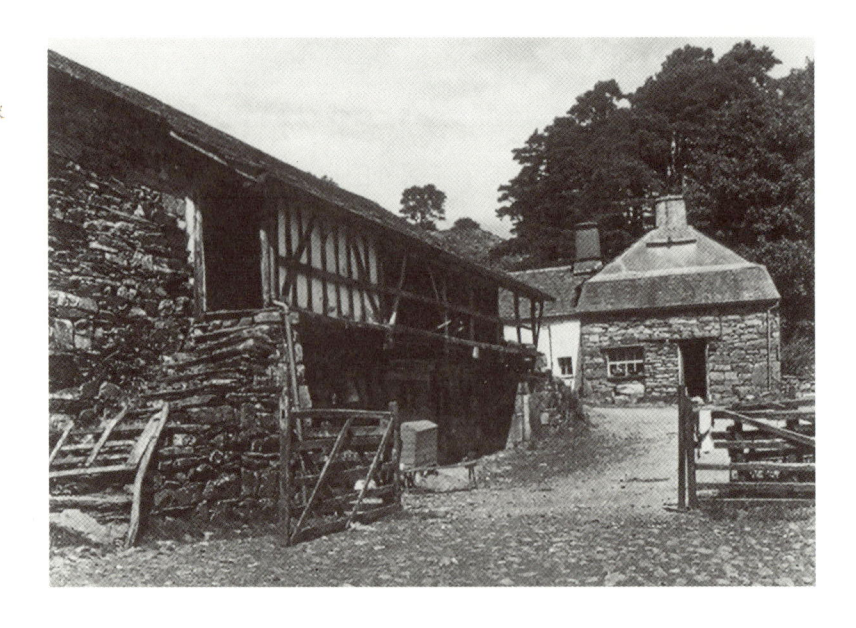

度过的那些岁月。

就这样，比阿特丽克丝以乐观的心态迎来了古稀之年。"我并不讨厌长岁数，虽然行动迟缓些，但这也意味着我的经验和经历更加丰富了……在过去的一年里，我倒莫名地感到身体更好、更年轻了！不过偶尔有一两次，我也觉得身体虚弱、心情烦躁，不过我不在乎。用一位朋友的话来说：'感谢老天，至少我的眼睛还能看见东西。'也就是说，我躺在床上的时候，还能想象出一步一步登上高地的情景，望着那里的每一块石头、每一朵花、每一片沼泽、每一块棉花地——我的两条老腿再也迈不动了，也去不了这些地方了。你难道不觉得，比起那些聪明但什么都不懂的年轻人，变老是件好事吗？……七十岁的时候，我开始在乎自己的权威了，但我肩上还是压着许多担子……很可惜，年老带来的睿智和经验，多数都被浪费了（除非是永远都能像上帝这位法官一样，永远都不会犯糊涂）。"

不过，比阿特丽克丝也感觉到，自己确实应该放下一些担子了。就在国家信托社任命了一名新的经纪人——布鲁斯·汤普森时，她将蒙克康尼斯顿农场的管理权移交给了他。不过移交工作进行得并不顺利。在过去的六年里，比阿特丽克丝已经形成了自己独特的管理风格。布鲁斯刚刚上任时，农场的租户们并不承认新来的管理者，每逢遇到问题他们仍然来找比阿特丽克丝，而不是信托社。接下来的几年里，比阿特丽克丝几乎每周都与布鲁斯·汤普森通信，讨论修葺屋顶、修建排水池以及种树等问题，但并不是每次讨论都进行得十分愉快。

第六章

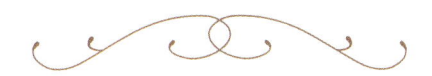

"我已经很多年没有到自己喜爱的山丘上走一走了,不过我仍然清晰地记得那里的每一颗石子,每一块岩石,每一根树枝。"

七十七岁的比阿特丽克丝在索里村的寓所里

1938年，比阿特丽克丝在给美国友人的书信中写道："在这偏僻的乡下，还没有什么人把防毒面具当回事儿。"

1938年，战争的阴霾再次笼罩在欧洲大陆的上空。这一年夏天，希特勒的军队入侵捷克斯洛伐克，英国局势日趋不安，比阿特丽克丝也同所有国民一样，终日忧心忡忡。她对那个名叫希特勒的男人充满了厌恶。她曾在给美国友人的信中这样写道："现在，所有人的心里都惊惶不安。在我看来，没有什么——或者说几乎没有什么能比战争更残酷。所有人都在暗自担心，因为眼前的和平没有任何荣光可言，而所谓的和平未必能够持久。在美国也能通过无线电广播听到希特勒的演说吗？那残暴毒辣、丧心病狂的演说，你们可曾听到了？虽然他那阴阳怪气、连珠炮似的德语，我一句都听不懂，但从他的咆哮声中，从电传照片上他嘴角泛起的那丝笑意看来，他绝对是个精神不正常的人！"

比阿特丽克丝对当时的英国首相张伯伦的评价也不高："如果张伯伦阁下真的以为仅凭一味的妥协和姑息，就能够为英国换取和平和安全，那他一定是个无可救药的乐观主义者……没有人会喜欢张伯伦那样的人，他只知道在《慕尼黑条约》中一味退让，除此之外一事无成。事态发展到了如此令人绝望的地步，这到底是谁的过错？眼下不容忽视的事实是，张伯伦甚至连最基本的责任感都已丧失殆尽。"

比阿特丽克丝和威廉虽然远离国际纷争的中心，但他们同所有的英国国民一样，不可避免地被卷入到备战的恐慌之中。她在给美国友人的信中写道："在这偏僻的乡下，还没有什么人把防毒

1939年3月，比阿特丽克丝积劳成疾，住进医院。此前，她一直在收拾和修葺她买下的那栋宅院和果园。她对花木非常喜爱，这点从她早期绘制的一幅山楂花中便能看出

面具当回事儿。不过这样也好，至少心里会平静些。实际上，政府配发的防毒面具大小都不合适，清一色儿的大号，中号和小号寥寥无几。警察了解情况后，决定收回那些戴不了的防毒面具。"

然而这一年尚未过去，比阿特丽克丝就已经住进了医院。在此之前，她就曾出现过剧痛和出血的症状。经过利物浦的医生诊断后，她当天就住进医院，并且接受了局部小手术。然而仅在医院住了十天，她就匆匆返回索里村，一如既往地忙碌起来。

翌年2月，比阿特丽克丝与威廉一同去苏格兰参加了弟媳玛丽·波特的葬礼，两只狮子狗留在家里，由哈蒙德小姐和米尔斯小姐照看。当时，两人还养着一只名叫尤米的小狮子狗。"但愿我们不在家时，两只小狗能乖乖的，不会觉得太寂寞。我们收拾行李的时候，秋里眼里含着泪，而初西则是一脸的冷漠，对我们的离去十分不满。在饭店里，一只苏格兰小猎犬在我们跟前拼命地闻来闻去。"

夫妇俩刚从苏格兰回来没多久，比阿特丽克丝就面临着这样一个任务——清理和修葺霍克斯黑德附近的一处破败不堪的深宅大院。这里曾是她的美国友人丽贝卡·欧文长年居住的地方。欧文性情古怪，一生中充满传奇色彩，最终于1939年初客死异乡罗马。在动身前往意大利之前，她曾将这座优雅的乔治王朝时期的古宅贝尔蒙特宅邸卖给了比阿特丽克丝和威廉。比阿特丽克丝曾在给朋友的信中提到过她于1937年收购的这座宅子："这栋房屋破旧得无法居住。但终归是石造房子，构造结实，倒还不至于倒塌。这么古老的宅院，现如今已不多见了，落到别人手里太过可惜。精心修复一番，或许将来能改为一家小旅店……一英亩多的大院子，四周围着

比阿特丽克丝早年画的雪花莲水彩画

古朴的砖墙。我想按照自己的喜好,再添种些花草树木。原先的那些枝叶修剪成扇形的果树都有了年头,我在附近搭配着种了些争藤兰,又在中间的空地里栽植了一些落叶灌木,要不了几年就能长起来。不知蜡梅科植物在这里能不能生长?我栽植了几棵结坚果的榛树和蔷薇科落叶灌木,还种了不少紫丁香。"

就这样,比阿特丽克丝既要负责修缮破旧的宅院,又要管理农场,同时还担当着救济协会会长一职,整日操劳,终因疲劳过度出院还未满三个月就再次住进了利物浦那家女子医院。住院后,比阿特丽克丝在写给朋友的信中说:"因为这次要做全身麻醉,所以心里多少有些担忧,否则我根本不会在意。医生说三天就可以出院,但患病部位比较棘手,就在膀胱口处,若不做全身麻醉,手术比较困难,而且也会非常痛……在狭小的病房里还住着另外两名女患者,其中一位仿佛是这里的常客,气定神闲,满不在乎。另一位似乎是什么船长、大副或是轮机师的老婆,时时刻刻都紧张兮兮的,自从住院以来,一个星期就抽了三百支香烟……护士和护士长看上去挺和善的,只是房间窗户少得可怜,一根根暖气管热得叫人受不了。"

然而,比阿特丽克丝并没有像医生承诺的那样,三天之内出院,因为她不得不再接受一次手术——子宫切除手术。这次的手术非常必要而且十分急迫。手术的前一晚,比阿特丽克丝给住在农场的两位邻居好友写了一封信:"眼下的情况真是一团糟!其实之前便早有征兆,近两年,我的体力大不如从前,只是许多人不知道而已。有很多次,我走着去山顶农舍时,经常感到特别吃力。上个星期感觉好了许多,当时还暗自庆幸,今年春天又能看到雪花莲了。若不是考虑到W.H(威廉·希利斯)一个人怪可怜的,我才不在意手术的结果如何,大不了一死，倒落得清净自在。这总比久病卧床，徒等老死要好。更何况，整个世界似乎就要迎来'天启末日'。不过就算是希特勒，也无法战胜这里的高原气候。"

比阿特丽克丝还在信中交代了后事："万一我回不去了，我已写了一张单子，上面列出了一些物品，这些东西在威廉死后，要运回希尔托普农场……请茜茜莉·米尔斯和威廉不要忘记，每个星期日要带着狮子狗到外面散步。两只狮子狗都不小了，应该出去锻炼锻炼。如果我不在了，就让茜茜莉学着打皮克牌吧，或者你们三个凑在一起打惠斯特牌。威廉好面子，不愿因自己会不会同女用结婚的问题成为别人的笑柄。不然的话，效仿威里·盖达姆（比阿特丽克丝的表弟）再结一次婚，对他来说或许是最好的选择。遗憾的是，长年间我一直默默地顺从他的懒散邋遢和不守时，恐怕做女用的老小姐也难以忍受他的这些坏毛病。都这把岁数，很难改了。所以我希望你们俩能在冬季的晚上，尽可能地多照顾他。我打心底里相信你们俩的良知和仁慈……我深深地爱着你们和你们的小尤米。"

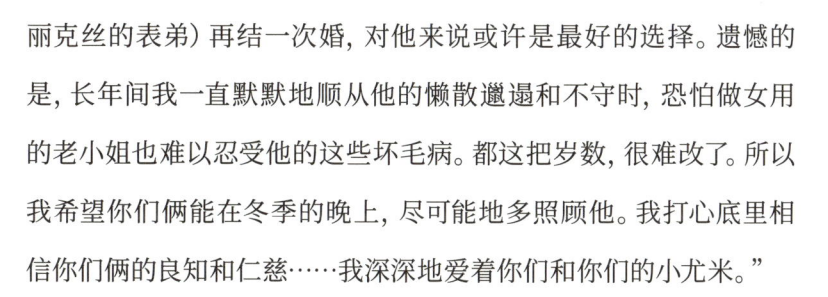

比阿特丽克丝将信中提到的单子和随后写好的遗嘱交给了威廉，她这份遗嘱中对所有的物品该如何处理做出了明确详尽的指示，多数作品及水彩画捐赠给美术馆。"我希望把我的水彩画捐赠给公共收藏机构，而不是被随意卖掉，考尔德科特的铅笔画和墨水画也一样。"贵重的家具置放在她特别指定的宅邸中保存。"有几件家具是我最中意的，希望能在我死后，摆放在山顶农舍里（如果农舍里我的房间能被保存下来的话）。"此外，比阿特丽克丝也没有忘记她养的那些动物。"上了年纪的马和狗绝对不能卖。如果可能的话，

比阿特丽克丝曾写信给哈蒙德小姐和米尔斯小姐，嘱托她们代为照顾威廉和他们的狮子狗

手术结束后三个月，比阿特丽克丝来到农场，观看工人给赫德威克绵羊剪羊毛。摄于里德兰代尔

可以送给真正喜爱动物、值得信赖的人照管，或者直接处理掉。"

与此同时，威廉写信通知国家信托社，自己的妻子正准备做手术，并转述了比阿特丽克丝关于地产捐赠的指示，最后还在信中强调道："她要求对此事守口如瓶，不可大肆宣扬。"比阿特丽克丝一贯如此，从来不愿意因任何事情小题大做。

比阿特丽克丝住院期间，威廉一直待在利物浦陪伴着她。手术后的头几天，比阿特丽克丝的情况相当危险，然而还不到两个星期，她就能坐起来甚至动手写信了。当时她在写给朋友的信中说道："这次总算活了下来，想想真有些好笑。手术的医生倒是说我一定能康复，不过还要观察一段时间才知道。无论如何不想再经历第二次了，这么大的岁数，竟然做完全切除……我之前过于紧张，把所有的后事都安排好了——甚至还询问了利物浦是否有火葬场（湖区就没有，很不方便）。不过现在好了，我总算又自由了。"然而比阿特丽克丝还是那样冷静和现实，她在信的结尾处写道："不过，说感谢的话还为时尚早，眼下仍要观察一段时间再说。"

同年6月，在七十三岁生辰即将到来之际，比阿特丽克丝几乎完全恢复到之前的常态。她在信中对朋友说："考虑到手术才过了没多久，我已经算恢复得非常不错了，唯一的不足就是脚踝还没有消肿，或许是因为很久没有走路了，但愿这只是一时的症状。"渐渐地，比阿特丽克丝又开始像从前那样四处奔走起来。"今天上午去了特罗特贝克农场，看了看工人剪羊毛。之后又把牛群赶回了'西边的牛栏'，场面壮观极了，大约三十头黑色的母牛，身边紧紧地跟着一群牛犊，还有一头威风凛凛的白色公牛——它非常温驯，也很安静。"

此时，英国全境都已进入战备状态。比阿特丽克丝在写给美国友人的信中说："家家户户都在忙着缝制黑色遮光布。我家里有一幅上次大战时用过的黑布窗帘，已经被虫子咬出了窟窿。估计这次与上次一样，要实行灯火管制，为了方便起见，通常是在熄灯后才开始。想要保持中立态度的确很难。每天就像是在玩备战游戏。德国人也不知道我们对于这场战争的态度有多么认真，就连我们自己也不知道。"整个英国不只是比阿特丽克丝一个人茫然失措："究竟要不要大量储存物资？我倒是储存了不少白糖……还为两只小狗存了一些饼干。"

比阿特丽克丝的外甥威廉·海德·帕克爵士一家在希尔托普农场的农舍门前。比阿特丽克丝摄

1939年9月3日，英国正式对德宣战。对从事农业生产的人来说，此番宣战可谓来得极不凑巧。"当时正值一年中最忙的季节。羊市多在9月、10月间，促销会才刚刚开始，但因为宣战的缘故，不得不中途取消。"由于汽油供给限量，比阿特丽克丝和威廉只得买了一辆双轮小马车。没过多久，夫妇二人发现，他们的大部分时间都花在了遵守新出台的战时管制条例上。"各种各样的申请书、表格、等级单、资料一张接着一张，没完没了地填……真是麻烦透顶。所有农产品上市前都要登记，以便政府部门能够根据这些记录调配物资。"这一切都让比阿特丽克丝烦躁不堪。这期间，她又因湖区两片林地的问题与国家信托社的负责人布鲁斯·汤普森发生冲突，因而对信托社越发不满。信托社自然不愿把事情闹僵，他们比谁都清楚，比阿特丽克丝曾打算在死后向信托社捐赠部分地产，她是万万开罪不起的人物。因此，信托社的主管专程从伦敦赶来，才使比阿特丽克丝就此作罢。

战争爆发后不久，比阿特丽克丝收到远房外甥威廉·海德·帕克爵士的妻子寄来的书信。这封信是从萨福克郡那栋气派优雅的梅尔福德宅邸寄来的，信中写满了她遇到的困境。原来，威廉·海德爵士在灯火管制期间，不幸遭遇意外，身受重伤，而他的丹麦籍夫人又刚刚生下女儿贝丝。正在这关键时期，梅尔福德宅邸又被军队征用，一家人眼下连个住的地方都没有。比阿特丽克丝再次挺身而出，立即将一家人安排在索里村的一间旅馆中安身。但很显然，这一家人需要一处更安稳、更隐蔽的住处，于是比阿特丽克丝便把山顶农舍的钥匙交给了他们。

对于比阿特丽克丝而言，做出这番决定并不容易。自从她与威廉搬到卡斯特农场以来，山顶农场就从未让人住过。山顶农舍里存放着她多年来精心收集的大量珍品。二十多年来，这里一直都是她的专属领地，她的个人博物馆，但现在她却把这里让给了三个大人和两个幼小的孩子居住（海德·帕克夫妇还带着一位保姆，照看两岁的理查德和刚出生的女儿）。对于这个决定，比阿特丽克丝心里的确有些忧虑，但除此之外别无良策。令她更加担心的是，为了收容从邻近乡镇逃出来避难的家庭，政府当局难保哪一天不会征用山顶农场。于是，她将那些最为贵重的、容易破碎的宝贝统统收了起来，"又搬进了一张大床和各种适用的家具及生活用品"。就这样，海德·帕克一家在山顶农场里安顿下来。尽管这里的生活过于简朴，与梅尔福德宅邸的生活大相径庭，但一家人仍是感激不尽。平日里，海德·帕克爵士便同威廉一起到莫斯·艾克拉斯湖钓鱼，他的夫人则常去卡斯特农舍看望比阿特丽克丝，或是邀请比阿特丽克丝到山顶农舍来喝茶。比阿特丽克丝也为他们住到索里村而感到欣喜。她写信告诉美国友人："帕克一家现在住在小猫汤姆的家里……两个小孩子都特别讨人喜爱……三岁的理查德是个极有个性的倔小子。"

战争爆发后的最初几个月里，索里村并未受到太大的影响。在给美国友人的信中，比阿特丽克丝曾这样写道："由于这里靠近海岸，上空的飞机来往非常频繁，不过到目前为止，西海岸还未遭受空袭。每次听到飞机的声响，村里人都会跑出去看。"这一年的冬季，英国各地流感蔓延，比阿特丽克丝和威廉也没能逃脱。然而寒冷的冬季过后，他们迎来了烂漫的春季。"蓝铃花开得漫山遍野，漂亮极了。山楂花如同白雪一般点缀着绿色的围篱，布谷鸟唱着歌儿。无论我们这里遭受了什么，这美丽的世界都将长久地延续下去——自由也将延续下去。"

1940年6月，英军从法国北部的敦刻尔克撤退。"我们目前正处在异常焦虑的时期。上个星期更是人心惶惶，直到获悉海外派遣部队已经从弗兰德斯安全撤出，才算松了一口气。我们都为他们顽强不屈的精神感到自豪。但想到援军这次突围损失的大量武器及交通工具，心里不禁再次忐忑不安起来。"对美国的袖手旁观，比阿特丽克丝感到极为气愤，不过她也知道，这并不是美国那些图书馆馆员朋友的过错。"我现在根本没有耐心往美国寄信。我知道，如果不是因为政治原因，新英格兰人一定会帮助老英格兰人……的确，美国或许可以为我们提供飞机和武器，但这样一来，他们必然要卷入欧洲的战争……即便是美国伸手援助，也无法在8月之前扭转局势。"

比阿特丽克丝与所有人一样，为希特勒入侵英国带来的危险而担忧。她也像很多人一样，开始考虑能否把一些孩子送往国外。"不论发生什么，我都不打算逃走！我只是不放心外甥女的两个正在上小学的女儿。"比阿特丽克丝建议丝黛芬妮和肯尼斯·杜克把罗斯玛丽和简送到美国，她在那里有很多朋友可以照顾两个孩子，而且她的书在美国的版税也相当可观，能够为两个孩子提供足够的生活费。比阿特丽克丝为此做了周密的安排，准备把外甥女丝黛芬妮的两个小姑娘及另外两个亲戚家的小孩子送到她在费城的朋友那里去。但出国许可迟迟批不下来，当他们即将拿到出国许可的时候，迫在眉睫的险情已经过去了。"此时的感受发生了很大的变化——与之前黑暗的十天相比，现在完全恢复了自信。现在看来，前几天的延误反倒成了好事。这里的勇敢与无畏，是我无法用语言表达的。"

比阿特丽克丝和威廉都竭尽全力为战争提供支持。威廉当上了战时农业委员会的委员，同时还兼任了预备警官。比阿特丽克丝写信告诉美国友人说："他得到了一顶钢盔，但他说除非希特勒打过来，否则他是不会戴在头上的！……可我一直担心希特勒能否受得住这里的天气。威廉的职责是在村子附近的道路上，查看各家各户

威廉与照片中几位全身戎装的警员不同，他这位预备警官拒绝佩戴发给他的那顶钢盔

帕克一家现在住在小猫汤姆的家里

在当地的牲畜品鉴会上，总能看到比阿特丽克丝拄着拐杖的身影。照片里，她正在凯西克的品鉴会上评判赫德威克绵羊

是否严格执行了灯火管制，同时还协助正规警察监管违章车辆。除此之外，他正学着执行其他任务，以防随时被调配到其他地方去。"

不管内心情愿与否，比阿特丽克丝都不得不承认自己正慢慢变老。"上次大战的时候，我还喂了不少的猪和小牛，还有一大群鸡鸭，但这次却不行了。不过我还能出去走走，照管一些事情。说实话，这已经超出我的意料了……腿脚不听使唤，腰也比前几年更弯了。"尽管比阿特丽克丝走路时必须借助拐杖，但她还是坚持经常到农场去监督秋收，确保自己的牛和羊能够保持一如既往的高质量。此外，她与米尔斯小姐开始繁育兔子，一来可以避免牧羊犬断粮，二来可以贴补家里的肉食供给。在索里村偶尔也能听到战场上传来的声响，敌军的轰炸机时常去而复返，隆隆的噪声打破了高地的宁静。"若不是想到这场战争给人们带来的巨大灾难和伤痛，远处的空袭景象倒也十分壮观：高空上嗡嗡作响的飞机，枪弹炮火如流星般陨落；森林里的雄山鸡呜呜地叫着，警察专员也大惊小怪地叫着，他们一边吹着嘴里的哨子，一边当当地敲着手里的钟，徒劳地催促妇女们躲进屋里。但在这月光皎洁的夜晚，没人肯听话，我们都等着观赏空中大战。"

在这段时间里，除了偶尔要收取定期支付的版税，比阿特丽克丝已很少同弗雷德里克·沃恩出版公司联系，因为她的作品在战时仍然保持着极高的销售量。然而在1941年，她收到公司总经理亚瑟·史蒂芬斯寄来的一封信，信中提到出版公司正考虑出版《兔子彼得的故事》系列作品的廉价版，这个提议让比阿特丽克丝十分欣喜。她甚至建议印制早期黑白版的《兔子彼得的故事》，但前提是彩色版要继续发行才可以。但最终出版公司还是决定只发行彩色版，所有彩

20世纪40年代，希尔托普农场与当时英国的许多农场一样，建起了圆柱形的筒仓，以备战时物资不足

色插图都要重新制版，而且还要把复制的全套制版寄往美国，以便沃恩出版公司能够在那里发行自己的版本。当时英国国内纸张虽然仍旧充足，但装订工人大多应征入伍，装订工作成了大问题。

此外，空袭也对人和书构成了极大的威胁。由于多家印刷厂被敌军炮弹击中，《兔子彼得的故事》的整整一部制版也随之丢失。比阿特丽克丝只好将之前作品的所有原始画稿都拿回索里村保管。她在寄给美国友人的信中写道："哪里都不安全，但不管怎么说，乡下私家住宅被炮弹击中的概率总会小一点儿。但前些日子，因为军队的卡车开着车灯在街道上行驶，导致一座农家的房子被炮弹击中，当场死了十一个人，军用卡车却安然无恙。整整一个晚上，敌军的轰炸机都在头顶上嗡嗡作响。这里是必经之路，他们飞过去，又飞回来。通过隆隆的声响判断，有些飞机像是迷失了方向，在空中来回打转……也不知贝得福德街眼下怎么样了，但愿那里能保住。"正如比阿特丽克丝所愿，贝得福德街并无大碍，只是每当屋顶上的对空监视员拉响警报，职工们就得放下手里的工作，躲进防空地道。

比阿特丽克丝知道自己的书多年来一直深受青睐，销路颇好。但在1942年5月收到一笔巨额版税时，她仍然感到万分惊讶。"如此惊人的数字！让我简直不敢相信自己的眼睛。发行近二十万册的书，得费多少纸张、绳子和捆包的工夫呀！想到这些，我真奇怪这场战争到底打到哪里去了？看着这天文数字的版税，好像整个世界都疯狂了。对每个人来说，这一年是多么艰辛、困苦的一年啊！我实在搞不明白，自己什么都没做，怎么就收到了这么大的成果。可以说，去年一年，获得了巨大的胜利。"

　　珍珠港事件及美军参战的消息传来后，比阿特丽克丝写给美国友人的书信已不再像之前那样满腹牢骚、充满指责。她一直与美国的朋友保持联系，在书信中介绍着英国战时的情况、她个人对欧洲战局的分析以及周围农场和乡村里发生的事。美国的朋友们则除了照旧为她寄书外，还时常给她寄大包小包的食品："今早收到您寄来的包裹，意外之余又感到惊喜——除了柠檬汁，竟然还有黄油、葡萄糖、炸洋葱片儿、巧克力、熏猪肉和奶酪。去年圣诞节寄来的那瓶柠檬汁，帮了我大忙，非常感谢……整个5月份，我都忍受着支气管炎的折磨，每次咳嗽的时候喝点柠檬汁，非常见效。我现在已经不咳嗽了，所以要把这瓶柠檬汁好好儿地保存起来，留着下个冬天用。葡萄糖我会在早上拌在粥里吃，正像标签上写着的那样，补充营养，增强体质。"

　　比阿特丽克丝收到的读者来信，大部分来自美国。"几十封一捆儿的几大捆信件，从美国寄到我这里的信件的数量以及字里行间的友情，常令我感到惊讶。这仅是我几年来收到的大量信件中极小的一部分。我从未收到过这么多英国读者的信。信件几乎都是孩子们写来的，里面也有要我签名的和一些热心的家长写的感谢信（都是从美国寄来的）。除了善于恭维的美国人以外，迄今还从未有人说过我能写一手好散文。"

　　1940年年末，比阿特丽克丝收到一封伯莎·玛霍妮·米勒女士寄来的书信。米勒女士是美国青少年杂志《号角杂志》的编辑，比阿特丽克丝与她从未谋面，但自从1929年起，两人便一直保持着定期的书信往来。在这封书信中，米勒女士请求比阿特丽克丝再次帮忙看一看她在1929年为《号角杂志》撰写的一篇关于《兔子彼得的故事》起源的文章。这番请求促使比阿特丽克丝对《兔子彼得的故事》的热销现象进行了深入的思考："兔子彼得的魅力可谓经久不衰，但其中的奥秘究竟是什么，就连我自己也不知道。在我看来，或许是因为彼得和他的那些小伙伴始终一心一意地走他们自己的路，勤勤恳恳、忙忙碌碌地埋头做着他们自己喜爱的事。他们一向独立自主。他们像《汤姆叔叔的小屋》中的托普西一样自食其力地茁壮成长起来。至于他们的那些名字，我从未费过心思，自然而然地就那么叫了！在我认识的农夫里没有一个人叫'麦克戈尔'。一些留着胡须的园艺家时常因为'麦克戈尔'这个外号而感到愤慨，可连我自己都不知道这个名字是怎样来的，就像我也不知道'彼得'为什么叫'彼得'。有个小男孩甚至曾扯着嗓子问'兔子彼得是不是耶稣的十二门徒中的一个'，这的确有些令人难堪。但是想要找到或想出与任何人名、地名都不相关且不会令人难堪的名字，倒也不是件容易的事。故事中确有几个角色，多多少少带了些对现实的讥讽和调笑，但'麦克戈尔'却不在其中。'兔子彼得'中的背景都取自现实生活中的一些场景，杂糅到了一起。'松鼠愣头金'住在凯西克附近的德文特湖畔；'刺猬提吉·温克太太'住在纽兰兹一带的山谷中；'水鸭子杰米玛''渔夫杰瑞米'及其他的小动物，都生活在英国湖区南部的索里村。"

比阿特丽克丝再次翻出了多年前的旧画册，找出了当时未能完成的作品以及创作《精灵的大篷车》时，不得已删掉的部分，从中发现了一篇还没写完的奇妙故事——《带着摆锤的大挂钟》。这是关于一位老太太和一把黑色大水壶的故事。比阿特丽克丝把它寄给了米勒女士。米勒女士看过之后，来信恳请她完成这部作品，并在《号角杂志》上发表。比阿特丽克丝非常欣喜，并在接下来的一年里，把所有的闲暇时间都放在了这篇故事的修改和推敲上。

即便在战争期间，也仍然有人趁着假期到湖区拜访。在战争刚刚爆发的时候，一位男士曾来到比阿特丽克丝的家，请求比阿特丽克丝允许他为希尔托普农场拍几张照片。这位男士名叫雷金纳德·哈特，当时供职于布莱克浦的公共工程部，是主管建筑许可及建材调度的一名建筑师。他对陶瓷器及儿童读物都十分感兴趣，同时还是伦道夫·考尔德科特作品的收藏家。他当时还带着妻子和幼小的女儿艾莉森一同来到索里村，参观那些在比阿特丽克丝·波特作品中出现过的房屋和菜园。其实早在年前，雷金纳德就曾造访索里村，拿着比阿特丽克丝的作品对号入座，仔细地寻找书中出现过的场所。这一家人的来访让比阿特丽克丝非常高兴，她不仅破例在山顶农场招待了他们，还在艾莉森拿来的全套书上签了名，然后又向雷金纳德·哈特展示了自己收藏的陶瓷器，以及挂在二楼墙壁上的那幅

1925年，美国《号角杂志》的编辑曾向比阿特丽克丝询问有关她本人和作品的信息，从此便一直保持着这份持久的兴趣

1929年，比阿特丽克丝在寄给《号角杂志》的文章中明确表示："在我认识的农夫里没有一个人叫'麦克戈尔'。"

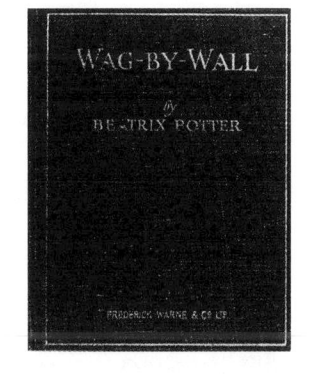

1940年，《号角杂志》上发表了比阿特丽克丝的《带着摆锤的大挂钟》，后于1944年在美国发行了这部作品的单行本

1942年夏，雷金纳德·哈特带着五岁的女儿艾莉森到索里村的卡斯特农场拜访比阿特丽克丝

1922年比阿特丽克丝同霍克斯黑德品鉴会的委员们在一起

父亲遗留下来的考尔德科特的原作"狂犬"。

此次拜访之后，哈特又先后两次重返索里村，每次都要到卡斯特农场看望比阿特丽克丝，而且每次都受到了比阿特丽克丝的热情款待。在此期间，雷金纳德曾帮比阿特丽克丝省去不少麻烦，他利用自己的职务之便，帮助比阿特丽克丝把建筑申请直接提交给相关部门，省去了烦琐的手续。在其他问题上，他也时刻准备伸出援助之手。"他又瘦又高，长胳膊长腿，看起来像只长臂猿。上次假期，他带着家人来我这儿的时候，帮着我把一个蓝色的古瓷盘挂在了床对面的墙壁上，不用梯子，一伸手就能够到上端的框围，那副滑稽样儿真是好笑极了。他的夫人身材矮小，非常腼腆。他女儿艾莉森是个讨人喜爱的小姑娘。"

比起兔子彼得的作者，五岁的艾莉森对比阿特丽克丝养的那两只狮子狗秋里和初西更感兴

1942年12月19日,比阿特丽克丝在写给艾莉森·哈特的圣诞贺信中用了她称作《中国伞》的绘本故事里的插图。里面用了秋里和初西的形象。至于路易·翠丝,给她的则用了另外的版本

趣。当时比阿特丽克丝拿出一块巧克力,让她去喂两只小狗。艾莉森的母亲至今仍清楚地记得她当时的惊讶之情——由于战时食品十分匮乏,小孩子几乎吃不到任何糖果,但比阿特丽克丝显然没想到要把巧克力拿给孩子吃,却只想着让孩子拿巧克力喂狗。

在卡斯特农舍做客期间,雷金纳德·哈特曾为艾莉森和比阿特丽克丝还有两只狮子狗拍了一些照片。比阿特丽克丝对其中的一张非常满意,并冲洗了许多张,分别寄给了她的美国友人。她在信中写道:"你看,这张四方形的照片里,小姑娘正低头对着我们笑,我握着秋里的一只小爪子,照得多好啊……我的花边儿软帽,正好遮在鼻子上边,样子蛮可爱的吧,老太太戴着再合适不过了!"

唯一让比阿特丽克丝感到可惜的是,照片里并没有初西。"初西自尊心很强,从不让人给它照相。"可怜的秋里前些日子同威廉一起出门散步,在追赶兔子的时候,不小心被戳瞎了一只眼睛。"我们都慌了神,它自己似乎并不介意,照旧追着兔子跑。初西吓得够呛,开始对秋里不理不睬,它那可怜的小妹妹秋里一靠近它,它就立刻起身走开。我不知道它还会不会再像从前那样舔秋里的脸了。眼下给它舔一舔,或许对秋里有好处呢。"

1942年至1943年间的冬季,湖区一带的天气并不似以往那般寒冷,但却阴雨连绵,十分潮湿。由于赫德威克种绵羊披着"防水性极强的外套",这种天气可谓再合适不过。比阿特丽克丝也为此感到十分欣慰。由于战时需要,政府将羊毛的价格上调到以往的两三倍,并收购了比阿特丽克丝农场里的所有羊毛。"据说是为了制作军服。先做成毛料,然后运往俄国。但愿这是真的,而且会持续下去!"与此同时,政府还为丘陵地带的牧羊场发放了补助金。"对丘陵地带的牧羊农场来说,这是一笔相当可观的收入。"比阿特丽克丝和威廉平安地度过了这年的冬春两季,只是偶尔几次感染了风寒和流感。夫妇俩除了各自的工作外,还都在不同的委员会里兼了职。她曾十分诙

战争期间，女童军在索里村露营，比阿特丽克丝与炊事小分队合影留念

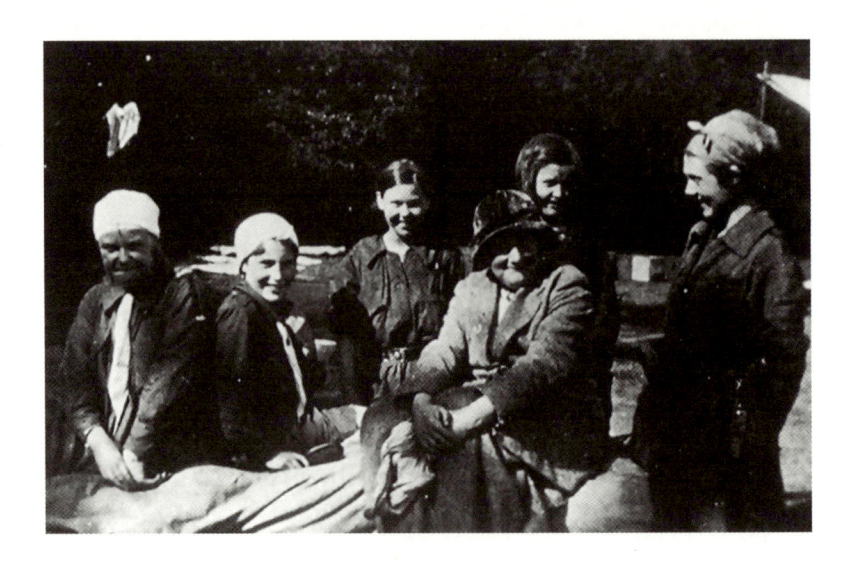

谐地写信告诉朋友："我在'赫德威克种绵羊饲养协会'当了主席。你要是见到我夹在那些老农夫中的样子，一定会忍不住笑——通常开完羊的促销会，都要同他们一起到酒馆儿里去坐坐！"这年初夏的天气十分炎热，干草的收获创下了新纪录。夏天的来临，预示着女童军的小姑娘们快要来了。

比阿特丽克丝总是满怀欣喜地盼望着她们的到来，在战争期间，她一直让女童军在自己的土地上举办露营活动。曾担任过地方露营活动指导教官的冈迪斯小姐，与比阿特丽克丝很熟，如今回想起当年的情景，心里依然充满了温暖："为了防止被上空的敌机发现，希利斯夫人让孩子们把帐篷支在她种植的树下面。她还特地给了一个小姑娘一把斧子，叫她把碍事的树全都砍倒！学校放暑假的时候，我每周都会带着五十几个孩子到她那里露营。这些女孩大多来自物资匮乏的区域，不少孩子因粮食配给不足，长期吃不饱。她们来到这里后，希利斯夫人总是转过身来，小声对我说：'今晚杀只羊吧。'她特别喜爱那帮小姑娘，但那些不懂规矩、没有礼貌的孩子却不讨她的喜欢。对那些粗鲁地爬到她的苹果树上偷吃苹果的乡下孩子，她可是一点儿情面都不留。有一次，比阿特丽克丝还带着一群女童子军来到山顶农场，向她们展示了自己的珍藏品。前屋的卧室里摆着一架古钢琴，她听到一个小姑娘弹了几下，于是便提议大家'像从前那样'一起唱歌。她坐在铁床架上，我们把能想起来的野营歌曲，全都唱了一遍，接着又唱了儿歌和赞美歌，但她仍嫌不够，让我们再唱一首。最后，我们只好一同唱了英国国歌《天佑女王》！这才让她心满意足。那天，她开心极了。"

1943年7月27日，正在野营的女童子军偶然得知第二天就是比阿特丽克丝七十七岁的生日，

于是她们暗地里商量好，分别扮成她的故事书中的小动物，来到卡斯特农场为她祝贺生日。凡是帐篷里能够用上的物品全部都用作装扮，连食品包装袋都统统打开用上了，食物被倒在一个大盆里，最后都发了潮。她们用麦片儿的包装袋做了水鸭子杰米玛的两只脚，拿粉色毛毯和防毒面具的鼻口部分扮成小猪布兰德，又在灰色毛毯上缝了许多落叶松的针状叶子当提棘·温可太太身上的尖刺。就这样，她们一个接着一个地站到了比阿特丽克丝的跟前，祝她生日快乐。比阿特丽克丝高兴得不得了，连连称赞。小姑娘们走了之后，她立刻给沃恩出版公司写了一封信，让他们尽快寄些新书来。"有些孩子真是扮演得惟妙惟肖——我必须好好儿地奖赏奖赏她们。"

1943年冬，当比阿特丽克丝因支气管炎卧床不起的时候，浮现在眼前的，正是她所热爱的湖区的田园风光

这年11月，伯莎·玛霍妮·米勒寄来书信，打算把《带着摆锤的大挂钟》登在第二年5月发行的《号角杂志》的二十周年纪念版里。她在信中询问比阿特丽克丝是否同意将这个故事延迟到来年5月发表。比阿特丽克丝回复说："延迟到5月份，太好了！我举双手赞成……这样一来，就有充足的时间校正了。考虑到贵社二十周年纪念版的名誉，我会尽最大的努力把文章修改得完美些。"

遗憾的是，比阿特丽克丝既没有看到这篇文章的样版，也没能看到它在杂志上发表。这年的9月份，她的支气管炎犯了，并导致心脏病复发，病倒在床上迟迟不见好转。重病期间，她在给朋友的信中写道："自从年轻时患上风湿病，我的心脏就从没正常地跳动过——我也从来没有在乎过。在伦敦的时候，状况时常比现在还要糟。可眼下毕竟是七十七岁的老人了，再这么视同儿戏——或许当真就没了回天之力。眼下即使在家里，也有做不完的事。两只小狮子狗是我最亲密的小伙伴——用来暖脚，比热水袋还管用。"天越来越冷，到11月中旬时，丘陵地带的山脚下已经积累了一层厚厚的雪。"我已经很多年没有到自己喜爱的山丘上走一走了，不过我仍然清晰地记得那里的每一颗石子，每一块岩石，每一根树枝。我宁可一遍遍在脑海中回想那些矮墩墩的老山楂树和冬青——这总比亲自去看、却发现它们已经不在了，心里要舒服得多。那些小山

1943年12月22日，比阿特丽克丝去世，随后遗体在布莱克浦进行火化，骨灰由牧羊人汤姆·司多利撒在索里村的农场。图为汤姆·司多利驾着马车经过希尔托普农场后方的小路

丘会长久地存在下去，尽管不会永远存在。"

1943年12月22日清晨，女管家洛格森太太找到了比阿特丽克丝的牧羊人汤姆·司多利。"洛格森让我傍晚过去一下，说希利斯夫人要见我。"汤姆回忆道，"老夫人躺在卡斯特农场后屋卧室的一张大床上。前一阵子就听说她病了，却没想到病得那么厉害，我当时吓了一跳。她告诉我说自己要死了，请求我在她死后不要离开，留下来帮助希利斯先生照管农场，我答应了她。那天晚上，她就去世了。当时离圣诞节仅差三天。"

讣 告

1943年12月22日，星期三，威廉·希利斯的爱妻、已故鲁珀特·波特的
独女———海伦·比阿特丽克丝于安布尔赛德近郊索里村卡斯特农场去世，
遵遗嘱火葬，不举行任何悼念仪式。恳辞吊丧、鲜花、唁函。

比阿特丽克丝的遗体于当年的最后一天送往布莱克浦火化，骨灰被带回索里村，由牧羊人汤姆·司多利亲手抛撒在了她终生热爱的高地上。"关于骨灰的处理，都是老夫人亲口叮嘱的，她还对我说'千万不要把撒骨灰的地方告诉任何人，我想保密'。"就这样，汤姆·司多利毕生都保守着这个秘密，直到1986年9月去世，享年九十岁。

比阿特丽克丝去世后，威廉被彻底击垮，比阿特丽克丝的遗物仍然存放在卡斯特农场，至于这些遗物是否该移出农场，他连想都不敢去想。在他每天用餐的桌子上，依旧堆积着比阿特丽克丝生前的大量信件。比阿特丽克丝将他指定为财产继承人之一，此外还有威廉的哥哥乔

治·希利斯和住在霍克斯黑德的侄孙约翰·希利斯，比阿特丽克丝的外甥沃尔特·盖达姆及外甥女丝黛芬妮的丈夫肯尼斯·杜克。她在遗嘱中，几乎把所有的财产都留给了仍然在世的威廉，并明确指定待威廉去世后，外甥沃尔特·盖达姆和外甥女丝黛芬妮·杜克将继承她留下的那笔数目可观的遗产。弗雷德里克·沃恩出版公司的股票则遗留给诺曼的侄子弗雷德里克·沃恩·史蒂芬斯，她的著作权及版税也都转让给史蒂芬斯。比阿特丽克丝在湖区拥有的四千余英亩土地，以及其中的十五座农场、二十座农舍全部捐赠给了国家信托社。同时她还在遗嘱中强调：希尔托普农场的几个房间要按照她生前的原样保存，不得对外出租；高地农场饲养的羊，必须维持纯粹的赫德威克种；除此之外，为纪念那些在1914年至1918年第一次世界大战中战死的索里村出生的士兵，位于弗利高地的萨特·豪牧草地必须按现状保留下去。

与此同时，比阿特丽克丝没有忘记住在伦敦南肯辛顿的老友伍德沃德小姐，她早年的家庭教师安妮·摩尔和梅德琳·戴维德森。当然还有哈蒙德小姐和米尔斯小姐。她也没有忘记那些忠诚的老用人：她的管家玛丽·洛格森，她的牧羊人、农场管理人汤姆·司多利以及她的老司机沃尔特·史蒂文斯。

由于向来讨厌一切野外运动，比阿特丽克丝在遗嘱的结尾写

位于里德兰代尔地区林格摩尔山脚下的的巴斯克农场。比阿特丽克丝在遗嘱中遗赠给国家信托社的15座农场中的一座（左上图）

比阿特丽克丝于1935年收购的埃斯科戴尔地区的彭尼希尔农场，这处农场在她去世后也遗赠给了国家信托社（右上图）

道:"在我的特罗特贝克农场境内,严禁携带猎犬捕杀水獭和野兔。"直到生命的最后一刻,比阿特丽克丝仍旧深切地关注着对自然界秩序的保护和维持。

就在比阿特丽克丝讣告发表的第二天,《泰晤士报》上刊载了一小段关于比阿特丽克丝的讣告。第二天,该报又发表了一篇有关比阿特丽克丝的评论,题目为《童书中的经典》。这篇文章的作者将比阿特丽克丝的作品与考尔德科特、卡罗尔及格雷厄姆的作品做了一番比较,随后写下了这样一段感人肺腑的话:"在圣诞节即将来临之际,比阿特丽克丝·波特离开了我们——在过去四十年间的圣诞节里,她曾给无数的孩子带来惊喜,或许用这番话作为她的墓志铭显得有些平淡,但有无数人将终生铭记对她的感激之情。"

同年12月30日,《泰晤士报》又登载了一篇由比阿特丽克丝的老友——肖像画家D.H.班纳撰写的悼文。这篇文章表达了许多索里村居民的心声:"生活在湖区山谷中的农民会永远怀念这位充满关切且善解人意的农场主。她是纯种赫德威克绵羊的著名繁育者、鉴赏家。每每在绵羊促销会、品鉴会上,都能见到她矮胖却令人肃然起敬的身影。她的脸上写满了知性和幽默,圆圆的脸颊透着苹果般的红润,蓝色的眼睛总是闪着睿智的光芒。她是一位名副其实的坎布里亚人,稳重、现实、纯朴。"

1944年1月6日,美国纽约的《先驱论坛》也登载了有关比阿特丽克丝去世的长篇社论,文章的结尾部分写道:"比阿特丽克丝·波特既是英格兰北部的农场主,又是陶瓷器古董的收藏家,她对自然与动物怀有深深的眷恋;众所周知,她还是一位用语言和画笔描绘神奇故事的艺术家。她塑造的完美的人物形象,将永远留在我们的记忆中。她的伟大之处在于,她曾一次又一次地创作出不可多得的作品——不论成人还是孩子,都能从中分享喜悦。"

尽管有哈蒙德小姐和米尔斯小姐悉心的照顾,威廉依旧陷入思念比阿特丽克丝的痛苦中不能自拔。据一位亲戚回忆说:"他整日穿着一身丧服,坐在那里痛苦不堪,直至去世。"1945年8月4日,威廉离开了人世。去世前,他将属于自己的二百五十英亩农场也捐赠给了国家信托社,卡斯特农场里他与比阿特丽克丝的全部私人物品则留给了肯尼斯·杜克。他在遗嘱中写道:"我确信肯尼斯·杜克能遵照我妻子的遗愿,对这些东西进行妥善安置。"

第七章

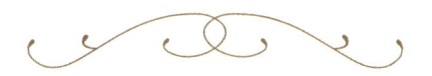

"兔子彼得的魅力可谓经久不衰,
但其中的奥秘究竟是什么,就连我自己也不知道。"

玛格丽特·莱恩伯爵夫人曾于1941年征求比阿特丽克丝·波特的意见，并请求为她作传，但却收到令莱恩伯爵夫人无比沮丧的回复："我的作品在销售时向来不做广告宣传，现在也没有这种打算。"比阿特丽克丝去世的时候，报刊上曾有文章感叹关于她的介绍太少，"参考文献上很难找到她的名字"。比阿特丽克丝在世时，曾极力回避媒体宣传和公众追捧，为此，她整整一生都将自己封闭在高墙之内，以求躲避公众的视线。然而自她去世之后，这堵高墙便被推倒了。短短几周之内《泰晤士报》上就相继登载了多篇有关比阿特丽克丝·波特的文章，数量远远地超过她在世时同类文章的总和。

关于比阿特丽克丝的讣闻、社论、悼念文章相继发表，直到1944年，各大报纸又陆续刊登了读者来信和短篇新闻报道，报道内容大多与她的遗言以及她与国家信托社的逸事有关。其中一封信件来自著名画家西塞莉·M.巴克——《花朵精灵》系列作品的作者，她在信中提到，有关部门应该举办比阿特丽克丝·波特的画稿展。她同时指出："这样的画展，不仅能受到孩子们的欢迎，也能引起画界同行们的广泛关注；而对那些熟知且喜爱波特作品的读者而言，这也无疑是条好消息。除此之外，此举还能为比阿特丽克丝·波特向来关心的慈善事业带来一笔可观的收入。"

在接下来的一个月里，《泰晤士报》上刊登了由伤残儿童救济协会（比阿特丽克丝长期从事的慈善事业之一）寄来的一份报告，这份报告中讲述了比阿特丽克丝生前通过设立"兔子彼得基金"帮助救济协会筹款的逸事——她为即将发行的圣诞卡创作了"多张精美的图画"，同时还允许协会在定价一便士的纪念邮票上使用"小孩子的好朋友"兔子彼得的图案。在她的大力协助下，截至1944年，筹集的善款已足够为西维克汉姆残障儿童救济协会的心脏专科病院购买四张病床。

1944年4月，比阿特丽克丝的名字再次出现在《泰晤士报》上。据报道："女王于近期访问红十字及圣约翰图书运动的总部（《泰晤士报》图书俱乐部在全国范围内开展了一场图书运动，以此支持格洛斯特郡杜克公爵成立的红十字及圣约翰基金）后，又为孩子们购买了比阿特丽克丝·波特的兔子彼得系列全集。"为支持战争前线，英国国内曾掀起一场全国性的纸张收集运动。在这场运动的影响下，越来越多的书被回收并用于纸张生产，这曾一度导致图书馆存书量不足，民众甚至很难购买到书籍。为此，《泰晤士报》图书俱乐部提出了一套方案——回收一部分"极具价值的作品"并保留下来，用于在市场上流通，书籍出售所得的利润，则用于支持格洛斯特郡杜

比阿特丽克丝为残障儿童救济协会设计的卡片之一。在她的大力帮助下，截至1944年，筹集到的资金足够为西维克汉姆残障儿童救济协会的心脏专科病院购买四张病床

克公爵的红十字及圣约翰基金。这些作品主要面向公共图书馆和郡级图书馆的工作人员出售，随后才面向广大民众出售。在前往维格摩尔街、对红十字及圣约翰基金图书运动的总部进行访问时，伊丽莎白女王从书架上选购了十五本书，并打算购买一套兔子彼得的全集，但却被告知捐赠的书籍中并没有这类作品。但幸运的是，当时正在发售的兔子彼得书架上，还剩下一整套兔子彼得系列图书，正欲与书架一同出售。这套作品立即被送到了身在温莎城堡的女王手里。

从此以后，比阿特丽克丝·波特和兔子彼得的名字便频频在报纸上出现，几乎从未消失过。1946年7月8日，国家信托社决定将比阿特丽克丝钟爱的希尔托普农场面向公众开放，农舍内的家具、画作及装饰品等，都按照比阿特丽克丝生前所嘱原样陈列。这些藏品的背后都留有她对藏品来源的亲笔记录——例如，其中一幅画的背后便写着："巴尔托洛齐小幅肖像，经裁剪后镶入画框。由背后垫着的旧手抄纸判断，显然并非近期所剪。1908年4月25日，购于公开拍卖会。"另一幅画的背面则写着："希利斯夫人，爱斯维特山丘，购于W.D.希利斯先生藏品售卖会，价格十五先令。"

威廉曾在遗嘱中明确规定，比阿特丽克丝全部作品的原画稿，"在可能的情况下"，都要放在希

自1961年国家信托社决定面向公众开放希尔托普农场以来，到此参观的波特迷便络绎不绝

尔托普农场保管。正如威廉所愿，四十多年以来，这些画稿一直陈列在希尔托普农场的农舍里，供来访者参观。仅在四十年间，就有成千上万的男女老少前来朝觐比阿特丽克丝的这片圣地。由于来访人数过多，农场一度面临着濒临损毁的危险——无数的访客从农场大门涌入，农舍的建筑材料正不断遭受侵蚀，菜园的布局也被打乱。1981年，国家信托社发言人不得不发出如下声明："由于比阿特丽克丝·波特的崇拜者数量剧增，这座'儿童的心灵家园'正面临着损毁的危险。这里正逐渐失去和谐、感性以及共情——而这些恰恰是理解比阿特丽克丝对乡村、对动物，特别是对湖区的热爱的根本因素。"

从此以后，国家信托社不得不想尽各种办法来控制从世界各国赶来参观并且似乎永远不会间断的人潮。1985年，比阿特丽克丝的原始画稿已全部撤出希尔托普农场，以便"妥善保存"，要想看到比阿特丽克丝的原始画作已经很困难，直到1988年比阿特丽克丝·波特博物馆在霍克斯黑德正式开放。一年前，威廉·希利斯当律师时用过很多年的办公大楼也空了出来。按照威廉的遗愿，这座大楼已经归国家信托社管理。国家信托社与弗雷德里克·沃恩出版公司合作，把这座建筑创造性地改造成一个小型的、充满了吸引力的博物馆和陈列室。这里展出了比阿特丽克丝在不同时期为她的书所绘的五百多张插图。这些图片按照不同的年代陈列出来，每一张都能被看到。展示比阿特丽克丝画作的老希利斯办公室也是一个具有特殊意义的地方，因为这里也是比阿特丽克丝第一次见到威廉，并和他一起商讨购买希尔托普农场的地方。

位于霍克斯黑德主街上的希利斯办公室（上图拍摄于1986年）曾在1961年至1987年被占用。随后的这些年，它作为比阿特丽克丝·波特作品陈列室，用以展示小书系列里的各种插画

虽然霍克斯黑德开始展示比阿特丽克丝的画作，但是仍然阻止不了大量的波特迷到索里村来参观。尽管在一年的七个月里，希尔托普农场每周只开放五天，并且严格控制参观者的数量，限制长途汽车进入，但这些都无法阻止波特迷到此参观。由于英国旅游委员会把湖区作为"兔子彼得的故乡"在日本进行了大力推广，来参观的日本游客数量可谓前所未有，日文版的希尔托普农场导游手册也得以出版。

每年都有成千上万的游客到希尔托普农场参观，此外还有越来越多的波特迷来到比阿特丽克丝的旧居或昔日度假时居住的宅邸观光游览。但是很多这样的宅邸都是私人住所，并没有向公众开放，比如，坎姆菲尔德庄园已变成文学家芭芭拉·卡特兰德的私宅，她在那里生活了很多年。其他"波特宅邸"，要么被挪作他用，要么已经完全消失。博尔顿花园2号寓所，比阿特丽克丝的出生地，那个她生活了近五十年的地方，在1940年10月10日被德军埋下的地雷炸毁，旧址上建起了一所名为波斯菲尔德的公立小学。位于邓凯尔德的达尔盖斯宅邸已被少年军团的格拉斯哥分部收购，目前用于为青少年提供度假场所和培训服务。霍克斯黑德附近的雷伊城堡，如今已变为军民电子通信职业学校，近几年也开始对公众开放。伦内尔宅邸现在是一家敬老院。霍尔德柴郡宅邸在为残疾人服务。

然而还是有一些宅邸是可以参观的，凯西克附近的琳格霍姆宅邸，如今是罗彻达尔爵士的

比阿特丽克丝·波特临摹的达尔盖斯宅邸草坪上的一根石柱，柱子顶端是一尊独角兽。目前已经有人提出了一些关于整修这根石柱的计划

伯纳姆的比阿特丽克丝·波特公园，位于佩思郡的邓凯尔德附近，这里的青铜塑像出自大卫·安南德之手，是以波特书中出现的小动物形象为原型创作的

私人领地，每年夏季都定期对外开放。还有梅尔福德宅邸，现在是归国家信托社所有的海德·帕克家族的一处住宅。格维诺格宅邸在"二战期间"曾被一所女子学校占用，但仍然是波顿家的后人的私人宅院，现在已经恢复成了给比阿特丽克丝创作《弗家小兔的故事》带来灵感的那个花园的样子，并且在每年夏天开放。温德米尔附近的林迪斯豪宅邸和埃斯威克宅邸（在莱克菲尔德，波特一家曾经于1896年、1900年和1902年在此度假）现在已经变成了旅馆。

自1991年以来，到湖区来的参观者还可以在温德米尔的鲍内斯参观"比阿特丽克丝·波特的世界"，这里有一个立体的展览，可以"从视觉、声音和气味三个方面来展示比阿特丽克丝传奇的一生"。在凯斯维克，有一个由国家信托社在1993年建立的游客中心，该中心用来展示比阿特丽克丝对保护自然环境做出的贡献，国家信托社对那些地区的保护工作仍在继续。前往苏格兰的游客可以在邓凯尔德附近的伯纳姆发现一座比阿特丽克丝·波特花园，这座花园紧邻伯纳姆学院。在夏天，这里会举办一个小型的展览，主要展示比阿特丽克丝的菌类植物水彩画，以及一封写给查尔斯·麦金托什的感谢信。当年比阿特丽克丝在伯纳姆度假的时候，曾与这位博学的乡村邮递员一同分享她对菌类植物的研究和发现。这座花园是在1992年建成的，里面种满了当地特有的鲜花和灌木，这中间还布置着由大卫·安南德根据比阿特丽克丝小书里出现的当地的小动物形象创作的青铜雕像。

尽管波特大部分作品的原始画稿都由国家信托社保管在湖区，但是仍有三部作品存放在别的地方。弗雷德里克·沃恩出版公司保存着《兔子彼得的故事》，《格洛斯特的裁缝》被泰特画廊收藏，《弗家小兔的故事》则存放在大英博物馆。除作品中的原始画稿外，其余水彩画和墨笔画多数都由莱斯利·林德捐赠给维多利亚及艾尔伯特博物馆，收入该馆的国家艺术文库中。1973年，继圣诞节比阿特丽克丝·波特作品展之后，曾破译比阿特丽克丝密码文字的莱斯利·林德与其姐姐恩尼德，将他们收藏的两千多件比阿特丽克丝的画稿全部捐赠给了这家博物馆。莱斯利·林德是英国著名的收藏家、比阿特丽克丝·波特研究者，一开始，他只是将自己的藏品借给博物馆使用，但由于该馆对他提供的藏品十分珍视，保存得十分妥善，这才引来了他后来的捐赠义举。由于林德的藏品大多十分珍贵且容易损坏，不适合用来展览或开展一般性的研究。但不久之后，安妮·霍布斯和艾琳·沃雷对这些藏品中的多数材料进行了仿制，汇编成册后在1985年出版发行，这令波特研究者和爱好者如获至宝，甚感欣喜。

就在莱斯利·林德将两千余件藏品捐赠给博物馆的三年之前，他还曾将自己收藏的三百件波特的彩色画、墨笔画及她创作的图画故事书的最初版本赠送给了国家图书联盟。此前，他曾协助该联盟在伦敦市中心总部举办"波特百年纪念展"（1966年）。林德赠送的三百余件藏品均经过精心挑选且极具代表性，最适合面向公众展出。多年来，这些收藏品一直在国家图书联盟陈列展出。随后，国家图书联盟改名为"图书信托社"，目前已迁至伦敦的旺兹沃思路，离比阿特丽克丝·波特早年经常去的安妮·摩尔和她的孩子们住的地方不远。1989年末，保存在旺兹沃思路的所有材料（仍然属于林德藏品信托社所有）与维多利亚及艾尔伯特博物馆国家艺术文库中林德的捐赠品合为一处，存放在伦敦奥林匹亚展览中心附近的布莱斯大厦。1990年，在国家艺术文库工作多年的安妮·霍布斯接任新职，被任命为弗雷德里克·沃恩儿童文学馆的馆长，除了负责保管波特的大量作品外，她还要负责国家艺术文库中的其他儿童文学藏品。图书信托基金开始定期举办波特原稿展览，这些产品都是由安妮·霍布斯从波特档案中拣选出来的。

在比阿特丽克丝·波特的原始画稿藏品中，规模最大的一笔藏品被捐赠给维多利亚及艾尔伯特博物馆，收入该馆的国家艺术文库中。藏品目录于1985年出版

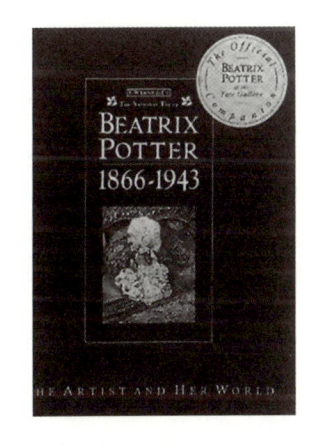

1987年，比阿特丽克丝·波特展于伦敦的泰特美术馆举办，第二年在纽约的皮尔庞特·摩根图书馆举办。为这两次展会而出版的藏品目录已经成为波特研究的文献材料

19世纪90年代，比阿特丽克丝用铅笔和水彩临摹了许多罗马文物，包括这些罗马人鞋子上的皮垫，这些文物均是20多年前在伦敦市出土的。目前，这些画作保存在安伯塞德的阿米迪图书馆中

在过去的十年中，这些收藏品中的一部分还多次被搬运到千里外进行展示。1987年11月，泰特美术馆举办了一场意义重大的展览——"比阿特丽克丝·波特1866—1943：艺术家和她的世界"。次年，这场展览在纽约的皮尔庞特·摩根图书馆继续举办，两次展览使用的展品目录已经成为公认的波特及其作品研究的参考文献。此后，日本、澳大利亚、新西兰、法国以及美国的多个城市都举办了类似的展览。

随着时间的流逝，比阿特丽克丝·波特和她的作品在全世界范围内引起了越发广泛的关注。令人欣慰的是，她的作品原稿绝大部分都完好无损地保留下来，这一方面要归功于她本人的妥善保管，另一方面也要归功于作品的畅销。

早在1935年，比阿特丽克丝就曾把她临摹的文物古迹的水彩画和她在1890年做的相关研究赠送给安伯塞德的阿米迪信托社。威廉·希利斯曾担任过阿米迪信托社的早期理事，比阿特丽克丝和罗恩斯利夫妇也都是该信托社的早期会员。"为满足波特曾经明确表达过的心愿"，在威廉·希利斯于1945年去世后，他妻子的三百多幅水彩画、她父亲的一部分藏书以及一些菌类植物、苔藓植物以及化石的素描作品，均被捐赠给阿米迪图书馆。阿米迪图书馆由1828年成立的安伯塞德图书俱乐部（华兹华斯曾是该俱乐部的会员）发展而来。阿米迪图书馆成立于1912年，是一家订阅图书馆，专门收藏"科学、文学或文物研究类的书籍，其目标读者是学生和书籍爱好者"。在获得波特藏品后的四十多年里，阿米迪信托社一直通过签订租约的方式，将这些材料放在阿米迪图书馆展示。目前，有人提出要将这些极具价值的藏品转移到夏洛特梅森学院新建的一栋建筑里存放。夏洛特梅森学院位于安伯塞德，属于兰卡斯特大学的一部分。

苏格兰的珀斯博物美术馆内收藏着二十五幅比阿特丽克丝的菌类植物水彩画，以及一封写给查尔斯·麦金托什的感谢信。多年前，比阿特丽克丝在伯纳姆度假时，曾与他一同分享她对

林林总总的现代衍生商品。生产这些商品的厂家均获得了生产授权,产品以比阿特丽克丝·波特创作的角色为主题,如今仍然可以买到

菌类植物的研究和发现。目前,比阿特丽克丝与查尔斯的往来信件都保存在苏格兰国家图书馆内。比阿特丽克丝写给美国友人的信件,寄送给他们的素描画、水彩画,以及这些友人多年来搜集的她的画作、手稿等,如今都已收入美国的博物馆和美术馆,如费城自由图书馆、纽约摩根图书馆和纽约公共图书馆等。比阿特丽克丝·波特写给艾维·亨特和她的女儿茱恩的几封信,现在已收入加拿大多伦多公共图书馆的奥斯本文库。

二十世纪七十年代初,弗雷德里克·沃恩出版公司偶然获悉,《格洛斯特的裁缝》中裁缝铺的原型——学院广场9号的房子即将出售。但直到1979年沃恩出版公司才最终将房子买到手,随后将这栋建筑恢复原貌,并于1980年在此开设了一家比阿特丽克丝·波特博物馆及专卖店,取名"格洛斯特的裁缝之家"。店里出售各种各样的"比阿特丽克丝·波特"商品,从图画书到铅笔刀,应有尽有。

与波特作品相关的衍生商品早在1903年便已经出现,那时沃恩出版公司刚刚发行《格洛斯特的裁缝》一书,当时比阿特丽克丝自行设计制作了兔子彼得布偶。从那以后,这些衍生商品便一直不断出现,种类层出不穷。二十世纪三十年代,斯托克城的约西亚·韦奇伍德父子公司第一个获得了持续生产衍生商品的权利。如今,该公司生产的兔子彼得以及提棘·温可太太主题的婴幼儿餐具正在全世界范围内销售。

现在,我们可以给婴儿选用各式各样、印有波特创作的动物形象的睡衣,让孩子睡在印着波特书中形象的床单上,就连屋内的装饰摆设,如窗帘、家具、地毯、壁挂等,都可以用波特书中的角色来装饰。我们可以从法定的金币、银币、成年人的T恤衫中,感受到一种与波特、与过去时代

波特作品的首批译本于1912年在荷兰出版，目前已经被翻译成三十多种文字在市场上销售

的连接。每件商品的生产都必须得到生产许可，并且在生产过程中接受严格监管，以确保尽量与书中人物形象保持一致。1988年，英国第一家名为"兔子彼得的小伙伴们"的商店开业，如今在澳大利亚也有一家这样的商店。美国的许多地方都有专门生产波特主题产品的公司，比如，位于宾夕法尼亚州拉哈斯卡的"比阿特丽克丝主题大全"以及加利福尼亚州卡梅尔镇的"兔子彼得和它的朋友们"等。

比阿特丽克丝·波特去世后，她的图书作品依然畅销不衰，销路越发广泛。不久前又陆续发行了日文版、冰岛文版。英文版本虽然保留着弗雷德里克·沃恩出版公司字样，但该出版公司已于1983年被企鹅丛书公司收购——此后，该出版公司的员工中再也没有出现过沃恩家族及史蒂芬斯家族的成员。1985年，沃恩出版公司的继任者开始了一项成本较高且极富挑战性的工作：重制二十三本小书的全部印版。为了与首版作品相呼应，他们一点一滴重新开始，将原始画稿拍摄下来，重新设计版式。这项工程耗时两年，最终，这套"原始授权版"作品于1987年面世，备受好评。1993年，沃恩出版公司开始筹办"沃恩公司兔子彼得百年纪念"，因为此时距离比阿特丽克丝·波特将兔子彼得的故事寄给诺埃尔·摩尔恰好一百年的时间。这一年，新一轮的衍生商品纷纷上市，世界各地都举办了展览和兔子彼得派对等各式各样的庆祝活动。

尽管当时尚未出现有关波特生平的"长片"电影，但有关她的电视纪录片、话剧、舞台剧却屡见不鲜。1971年，弗雷德里克·阿仕

1933年，阿曼达·克利福德设计的"沃恩公司兔子彼得百年纪念"徽章

顿爵士从波特的系列小书中得到灵感，将波特创作的故事改编为多幕芭蕾舞剧《比阿特丽克丝·波特的故事》。1992年，这部芭蕾舞剧经过改编后，被列入皇家歌剧院的经典剧目。1991年，弗雷德里克·沃恩出版公司开启了另外一项耗资不菲的工程——将波特的小书拍摄成六部时长为三十分钟的动画电影，其中三部电影讲述一个独立完整的故事，另外三部将小书中的两个故事合二为一。该项目被命名为"兔子彼得和它的小伙伴们"，属于沃恩出版公司与伦敦电视动画公司的合作项目，预算高达九百万美元。首部电影《兔子彼得与小兔本杰明的故事》于1992年上映。

波特创作的小动物形象以及故事情节，还常被世界各地的漫画家们用来攻击、嘲讽政治家及社会名流。此外，兔子彼得、水鸭子杰米玛、松鼠愣头金，以及波特早期创作的兔子形象都出现在了英国邮政部发行的邮票上。1993年，英国皇家邮政发行了一套珍藏版纪念邮册，主题为"比阿特丽克丝·波特的故事"。1994年，布莱恩·塔尔博特从波特的生平故事中得到灵感，创作了《一只坏老鼠的故事》，讲述了一个遭受虐待、孤立的女孩如何抚平了内心的伤痛的故事。可以说，几乎从来没有哪个作家或哪部作品能够激发如此丰富的想象力，并导致如此众多产业的出现。

1980年，一批专门负责比阿特丽克丝·波特作品鉴定与评议的博物馆专家成立了比阿特丽克丝·波特学会，该学会的宗旨是"促进

1992年，皇家芭蕾舞剧《比阿特丽克丝·波特的故事》在伦敦考文特花园的皇家歌剧院上演。舞蹈演员伊恩·韦伯饰演挠棘·温可太太

1979年7月18日，英国邮政办公室为"国际儿童年"发行了四张纪念版邮票，设计者为爱德华·修斯，邮票上印着英国著名童书中的角色形象

肖像画：比阿特丽克丝·波特（1866—1943），作者德尔玛·班纳，目前陈列于伦敦的国家肖像艺术馆

1980年，比阿特丽克丝·波特研究学会成立，该学会的会员遍及世界各地

针对比阿特丽克丝·波特的作品及生平而展开的研究，确保波特的故事传统和小书的原始风格延续下去"。该学会的会员来自世界各国，包括北美、日本、澳大利亚、新西兰、南非、俄罗斯等地。学会创办了季刊《时事通讯》，定期开展会议，每年举办林德纪念讲座，每两年召开一次国际研究性大会。学会创始人曾强调，比阿特丽克丝·波特不仅仅是一位经典儿童作品的作者，同时也是一位再现自然风景和历史的艺术家、日记作者、农业专家和环保人士。毫无疑问，这些身份才是比阿特丽克丝希望人们能够铭记的。

比阿特丽克丝·波特的友人，同为画家的D.H.班纳随即补充道："她向来拒绝公众的追捧，在为数众多的崇拜者中，真正能走进她的庭园里的人并不多。至于她那间挂满了珍品水彩画与镶着银边的老式猎枪的农舍，能够走进去的人，更是寥寥无几。但凡闯入者都会被她那犀利的目光所震慑。而她正是用这双眼睛，时刻观察着大自然的生灵，以稳健而高雅的笔触再现这些生灵。坚韧的性格让她从感伤的俗套中挣脱出来，奔向自由。"